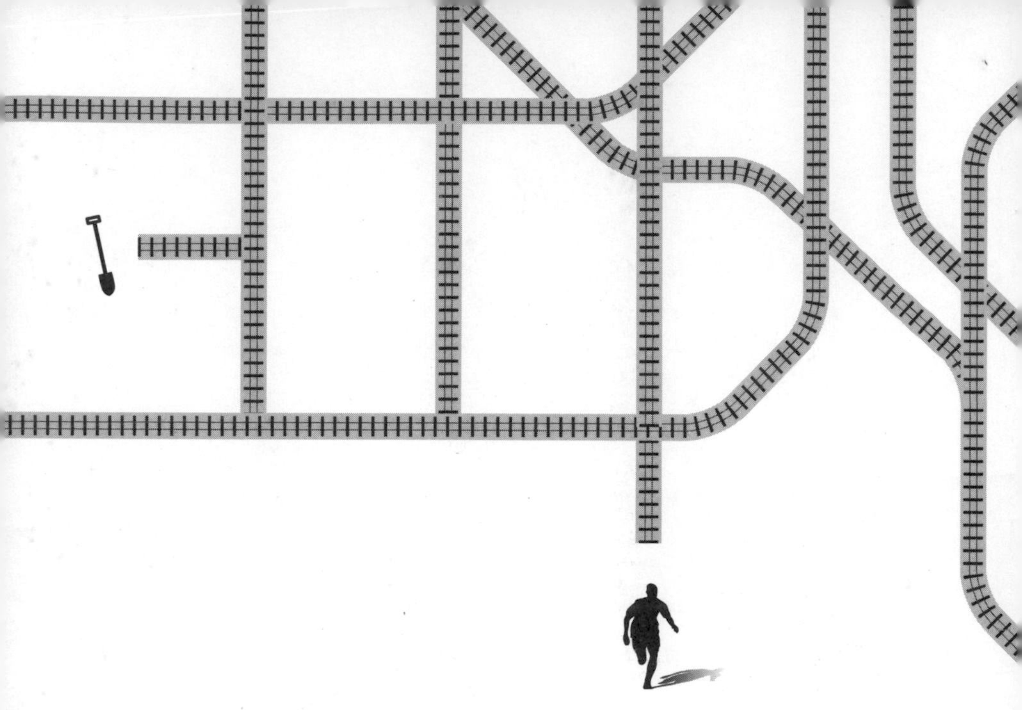

地下鐵道

Colson Whitehead

科爾森・懷特黑德——著 李靜宜——譯

The Underground Railroad

媒體名人盛讚

我熬夜讀這本書，心快跳到喉頭，幾乎不敢翻下一頁。……讀它吧！給你熟悉的人也買一本，因為當你讀完讓人心跳停止的最後一頁，你一定想要與他人分享。……我不得不停下來，細細體味我讀到的東西，讓憤怒和眼淚得到宣洩，而後再回到故事當中去。這才是偉大的文學作品所能實現的。它只是創造出空間，讓那些思想和感受自由發生。

——歐普拉

這是我新近讀過的一本小說。它讓我們憶起發生在幾代人之間的奴隸買賣之痛，不僅在於將之公諸於眾，還在於它改變了我們的思想和心靈。

——歐巴馬

有關逃亡、奉獻、拯救的絕佳故事！

——史蒂芬・金

懷特黑德的作品實現了寫作的應盡之務，它刷新了我們對於這個世界的認識。

——約翰・厄普代克

一個寫得極為出色、撕心裂肺的逃亡故事。科爾森・懷特黑德寫出了人類內心深處對自由的強烈渴望。正如珂拉去往北方的奧德賽之旅中所克服的種種困難，我們看到了原始的勇氣、英勇的時刻，一次又一次。一部振奮人心的小說！

——鄉村書店

這本書在上市伊始就獲得了兩位重磅人士推薦：歐巴馬、歐普拉，但必須聲明的是，作品的水準絕對經得起媒體記者的熱捧。珂拉追尋自由的道路並未一帆風順，雖然小說中一些悲慘的段落會讓讀者無法正視，但它也是一部充滿希望的作品，情節的緊張刺激讓人手不釋卷、欲罷不能。相信在讀過它之後，珂拉這個人物形像會永遠存活於讀者內心的某個角落。雖然是新書，但已經可以說它是部經典作品了。

——薩拉・曼寧

如果幫助美國黑奴逃亡的地下鐵道，不是一個秘密交通路線網，而是一條實實在在的地下鐵路系統會如何？這部被歐普拉選入讀書會的小說之中最別出心裁之處便在於此。小說集中展現了主角珂拉堅強的、極富魅力的品格。她出生在喬治亞州種植園，被遺棄，被殘酷對待，她坐上火車逃跑，卻不知不確定的未來預示著更多危險。緊張刺激，形象生動，振奮人心且極富感情，這是一個讓人樂於分享的故事！

——《人物》

把這本殘酷但重要甚至有些絕望的小說介紹給大眾讀者，並不會是歐巴馬任內最不起眼的政績（同樣也被歐普拉讀書俱樂部選為推薦書）……懷特黑德鋒利的敘述是如此才華橫溢……很久沒有一本書能這樣打動我並讓我時刻想接著讀下去。這是一個令人深思，令人憤怒，並展現作者超絕想像力的故事，不僅為最黑暗的歷史時期點亮一盞明亮的燈，同時也在小說這種文學體裁上開闢了新的方向。

——《觀察家報》

懷特黑德將非裔美國藝術家對種族神話及歷史的質詢，透過文字中鼓舞人心的勇氣以及犀利的獨創性持續下去，憑藉這部作品晉升一流作家的行列，他當之無愧！

——《柯克斯書評》

翻開《地下鐵道》，你能感受到一個老到的作家嫻熟駕馭自己的才能和野心。小說則是一個閃耀著寓言光輝但卻有著嚴謹筆法的故事，冷酷的敘事風格既保留了小說的文學性也增強了情節的懸念，而我們也在閱讀珂拉逃亡的旅程中感受到了作者被筆下主角所激發的史觀與情感。在這場備受磨難的逃亡之旅中，地下鐵道也在拷問美國民主最核心的部分，衡量了理想的願景與赤裸的史實之間存在的鴻溝。

——《華爾街日報》

懷特黑德以巧妙精練的筆法寫出了一個人間煉獄，小說的風格比起在煉獄中咆哮更像是冷靜地描繪地獄圖景。他不時以幾行字的妙筆寫下了一個人所能經歷的所有悲慘。

——《波士頓環球報》

《地下鐵道》瓦解了我們對於過去的特定觀念，同時也將歷史的連接延展至我們身處的時代。

——《華盛頓郵報》

一本引人入勝和撕心裂肺的小說。

——《星期日時報》

這是一部極富自信、內涵豐富的好作品，不論是從文學素養的角度抑或是道義原則的角度上來說，它都傲立於當下的書市中。這部作品之所以偉大，主要體現在還原歷史情境、訴說人類情感以及一位作家表達真理的決心上。不僅僅是美國讀者應該讀它，全世界的讀者也應該拿起這本書。我相信它會被全球的讀者所喜愛。

——《愛爾蘭時報》

算得上是今年讀過作品中最好的一本，懷特海德並未借用這段歷史來刻意煽情，反倒是小說質樸冷靜的筆法讓它得以實現一擊切中的效果。

——薩拉・沙菲

《地下鐵道》是懷特黑德撥正錯誤歷史的一次個人嘗試，他並未明確告知我們了然於心的東西，反倒是借助小說的力量來闡釋這個世界。它探究了美國建立伊始便存在的惡，這是一部勇敢和必要的書。

——《紐約時報書評》

我已經很多年沒讀過像這樣既深情動人、又兼具閱讀樂趣的小說……這個簡潔明瞭、情緒激盪，且富創造力的故事，不只照亮了我們歷史的黑暗時期，也開創了小說形式的新紀元。

——亞歷克斯．普雷斯頓，《觀察家報》

這本書應該和《頑童歷險記》、《梅崗城故事》並列為全國各學校的必讀書目。這本小說就算不是科爾森．懷特黑德的登峰造極之作，也肯定是年度好書，以及十年內最重要的一本書。

——《芝加哥論壇報》

呼應童妮．摩里森的《寵兒》，維克多．雨果的《悲慘世界》，拉爾夫．艾利森《看不見的人》，再加上宛如路易士．波赫士、法蘭茲．卡夫卡、強納森．史威夫特的筆觸……科爾森．懷特黑德述說了足以讓我們理解美國過去與現在的故事。

——角谷美智子，《紐約時報》

優雅且具衝擊力的一本書……在歐普拉的背書之下出版，贏得全球讚譽，實至名歸。

——蜜雪兒．汀恩，《衛報》

這部壯麗的小說重現一條真實的地下鐵道，讓女孩珂拉得以逃離獵奴人里奇威。驚恐的經歷以美麗的文筆加以描繪，而珂拉的勇氣為這個故事帶來無比的魅力。

——《週日郵報》，年度好書

這是我今年讀過最棒的一本書！……科爾森．懷特黑德從不刻劃過度，事實上，正因為留白，才讓這小說更有震撼力。

——莎拉．雪菲，時尚專家

科爾森．懷特黑德擅長說故事……成就極其卓越，他找到方法面對美國古老流傳的神話，讓《地下鐵道》成為一個新的神話。每個人都應該讀他的書！

——《每日電訊報》

歷史、個人經驗與藝術家陳述真相的義務，讓這本書成為每一個美國人，甚至全世界的人都應該讀的一本書。

——艾琳．貝特斯畢，《愛爾蘭時報》

清醒與睡夢中都揮之不去的小說……每一個角色都有獨特性格，栩栩如生。

——賓．阿德伍敏，《衛報》

令人傷痛至極、卻又欲罷不能的小說！

——《週日泰晤士報》

想像力豐富，感人至深的小說。

——愛森妮．法瑞，《快報》

逼近虛構極限的重量級小說！

——賈斯汀·喬丹，《衛報》，年度好書

大膽而溫柔，動人而創新！

——娜歐蜜·阿德曼，《衛報》，年度好書

《地下鐵道》承繼了奴隸制度的宏大敘事傳統，且是類似作品中最出色的一本！

——衛斯里·史塔西，《泰晤士報文學版》

直視美國歷史黑暗面的精采作品！

——《電訊報》，年度好書

以逃離南方農園為背景的這個動人故事，刻劃了驚恐與美麗交加的人類歷史悲劇。

——辛西亞·邦德，《衛報》

這是描繪奴隸制度的大膽創作，但透過懷特黑德的高明手法，大獲成功！

——麥克斯·達文森，《週日郵報》

讓人宛如身歷其境的說故事高手！

——艾力克斯·海明斯利，The Pool線上平台充滿想像力、令人歎為觀止的作品，獲歐普拉與歐巴馬喜愛。以極具能量與出色的手法重現痛苦歷史。

——《翡翠街》

《地下鐵道》讀來有時或許令人覺得殘酷不安，卻也充滿希望與魅力，讓人欲罷不能。讀完之後，珂拉會永遠在你心中佔有一席之地。經典之作！

——莎拉．曼寧，《紅》

乍看之下，《地下鐵道》只是個奴隸制度的故事，但其實這部作品更為恢宏，也更深刻動人，是刻劃美國內戰前情景的佳作……懷特黑德行雲流水的文筆飛快如逃奴的腳步。

——《紐約時報書評》

暢銷書作家科爾森．懷特黑德的這部小說一方面控訴奴隸制度，一方面也細緻刻劃人與人之間的人性互動。而珂拉的逃亡歷程讓讀者驚心動魄。

——《每日郵報》

阿嘉麗

希薩第一次找珂拉談北逃的事情時，她說不行。

這是她外婆的想法。抵達奧伊達港❶的那個亮晃晃的下午，是珂拉外婆第一次見到大海。那天，她從堡寨的地牢裡出來，眼前一片亮得讓人睜不開眼睛的汪洋。他們被關在堡寨裡等待船來。達荷美人的劫掠隊先綁走男人，隔一個月又回到他們村子，綁走女人和小孩，把他們兩兩個鍊在一起，跋涉過漫漫長途。走到那黑漆漆的地牢門口時，阿嘉麗以為自己就要和父親團聚了。但他們村子倖存的人告訴她，她父親在漫長的路途中腳步跟不上，所以奴隸販子敲碎他的腦袋，把屍首丟在路邊。她母親好幾年前就過世了。

珂拉的外婆在前往堡寨的途中幾度易主，從這個奴隸販子手裡賣到那個奴隸販子手裡，代價是瑪瑙貝和玻璃珠。她在奧伊達究竟賣了多少錢，並無法估算，因為他們是八十八個人整批賣掉，換得六十箱蘭姆酒與槍彈，這是用黃金海岸英語經過一番例行的討價還價之後所得到的結果。四肢健全的男子和有生育力的女人價格比小孩高，所以每一個人的價格究竟是多少，難以計算。

「南尼號」從利物浦出港，沿著黃金海岸停靠了兩個港口，才抵達奧伊達。船長把同文同種的奴隸打散開來，要是把講同一種語言的奴隸關在一起，天曉得他們會在船上鬧出什麼事來。這是「南尼號」最後一個停靠港，之後，這船就要航越大西洋了。兩名黃頭髮的水手划著小艇載阿嘉麗離岸上船。這兩人的皮膚白得像骨頭。

貨艙空氣污濁，陰暗幽閉，加上鍊在一起的其他人整天哭喊不休，讓阿嘉麗快發狂。因為她年紀尚小，俘虜她的人並沒有馬上在她身上發洩獸慾。但是，在航程進入第六週時，還是有幾個經驗比較老到的人把她拖出底艙。在抵達美國之前，她兩度企圖自殺，一次是絕食，另一次是想跳海。兩次都被水手攔阻，他們對奴隸的企圖和打算瞭若指掌。阿嘉麗想跳海的那次，連船舷都沒碰到。她那淒涼的表情洩露了她的意圖，因為在她之前，有好幾千個奴隸都曾有過這樣的神情。她全身被鎖上鐐銬，從頭到腳，從腳到頭，悽慘程度倍增。

儘管在拍賣會上，他們努力不讓彼此被拆散，但她其餘的親人還是被「維維里亞號」的葡萄牙商人給買走了。四個月之後，那艘船漂流在百慕達外海，據說是船上發生了瘟疫。有關當局放火燒船，看著整艘船解體沉入海底。珂拉的外婆並不知道這船的下場。終其一生，她都想像她的表親們替北方親切慷慨的奴隸主工作，做著比她更輕鬆的工作，例如紡紗織布之類的，而不是在田裡勞動。在她想像的故事裡，伊薩、希杜和其他人想辦法擺脫奴隸身分，在賓夕法尼亞城成為自由人。她有一回曾經聽兩個白人談起那個地方。勞力負荷把阿嘉麗壓得四分五裂，碎成無數碎片的時候，這些幻想可以讓她得到些許安慰。

珂拉的外婆在蘇利文島上的隔離屋待滿一個月之後又被賣掉，因為醫生已經證明她和「南尼號」上的其他奴隸都沒有染病。交易所再次迎來忙碌的一天。大型拍賣會總是會吸引來形形色色的人。沿海各地的交易商和皮條客齊聚查爾斯頓，詳細檢查貨品的眼睛、關節和脊椎，提防有性

❶ Ouidah，西非大西洋岸港口，昔為達荷美，今為貝南共和國。

病或其他傳染病。圍觀的人嚼著新鮮牡蠣和熱玉米，聽著拍賣人響徹雲霄的叫喊聲。奴隸光著身子站在台子上。一批阿桑蒂[2]年輕男子引起搶標，因為這個非洲部族是出了名的身手矯健、工作勤奮。有個採石場的工頭以驚人的價格買下一大批黑小孩。珂拉的外婆看見伸長脖子圍觀的人裡面，有個小男生在吃冰糖，很好奇他擺進嘴巴裡的是什麼東西。

就在太陽快下山之前，有個掮客用兩百二十六塊錢買下她。如果不是那時節年輕女孩供過於求，她應該可以賣到更好的價錢。那個掮客身穿白西裝，布料之白，是她這輩子從沒見過的。鑲有彩色寶石的戒指在他手上閃閃發光。他捏捏她的乳房看是不是已經發育，金屬碰觸她的皮膚冰涼涼的。她被烙上印記，這不是第一次，也不會是最後一次。然後，和今天買下的奴隸一起被銬上鐐銬。當天晚上，綁在一起的這批黑奴就啟程南下，跌跌撞撞跟在掮客的四輪馬車後面，展開漫長路途。這時「南尼號」已經在返航利物浦途中，船上滿載糖和菸草，底艙沒有任何尖叫聲了。

你或許會覺得珂拉的外婆肯定受了什麼詛咒，因為接下來幾年裡，她不斷被賣、轉手、再賣。她歷任主人破產的速度快得驚人。第一個主人被個騙子給拐了，買下據說比惠特尼軋棉機速度快兩倍的新機器。那設計圖看來很像回事，只是到最後，阿嘉麗又在地方治安官的判令之下，再次成為流動資產。這一次她被匆匆用兩百一十八元賣掉，這是當地市場價格下跌不得不然的結果。這個新主人因水腫病而喪生，遺孀拍賣所有的財產，籌錢回她生長的歐洲，因為那裡乾淨衛生。阿嘉麗成了一個威爾斯人的財產，但三個月之後，他就因為打輸了牌，把阿嘉麗和其他三個黑奴，以及兩頭豬，拱手讓人。諸如此類的事情一再發生。

她的身價起伏不定。要是你被賣掉這麼多次，這世界就會教你要好好睜大眼睛留意。她學會迅速適應新農園，分清楚哪些人專整黑鬼，哪些人只是天生心狠；哪些人生性懶惰，哪些人工作勤奮；哪些人會告密，哪些人會守密。男主人與女主人惡毒的程度各有不同，而各個農園地產的規模和發展野心也大不相同。有些農園主人只想過簡單的小日子，但也有些男女主人卻恨不得擁有全世界，彷彿土地面積的大小才是對他們最重要的事。兩百四十八元，兩百六十元，兩百七十元。她所到之處看見的盡是蔗糖和靛藍，只有一個星期和層層疊疊的菸草葉為伍，但馬上就又被賣掉了。奴隸販子來菸草農園找正值生育年齡的黑奴，要牙口好，性情溫順的。她這時已經是個成熟女人了，所以又被賣掉了。

她知道白人科學家洞悉事理，瞭解很多事物運作的道理。例如劃過夜空的星星，例如血液裡的各種成分，例如種出茁壯棉花的合宜氣溫。阿嘉麗在她自己的黑色身體裡也進行科學研究，累積各種觀察所得。每一樣東西都有自己的價值，價值改變的時候，其他的一切也跟著改變了。破掉的葫蘆比可以裝水的葫蘆價值低；可以抓住鱒魚的鈎鉤比勾不住魚餌的鈎鉤有價值。在美洲最離奇的就是，人竟然和東西一樣。你最好拋棄熬不過越洋之旅的老頭，以減少損失。出身驍勇部族的年輕男子讓買家流口水。生得出小仔的年輕女人就像鑄幣廠，錢會再生出錢來。如果你是個

❷ Ashanti，西非黃金海岸的原住民族之一，居住在現今的迦納中南部，極為驍勇善戰。

東西——例如一輛推車、一匹馬，或一個奴隸——你的價值就決定你的機運。她很留意自己的處境。

最後，她來到喬治亞。代表蘭道爾農園的人用兩百九十二塊錢買下她，雖然她的眼神變得有點茫然，但這反而讓她顯得心思單純。她這輩子沒再離開蘭道爾農場一步。她終生以此為家，在這個四顧茫茫的孤島上。

珂拉外婆嫁過三個丈夫。她喜歡寬肩大手的男人，老蘭道爾也是，儘管主人和奴隸心裡對勞動的定義並不一樣。蘭道爾的兩座農園奴工充裕，北園有九十個，南園有八十五個。阿嘉麗通常都挑得到喜歡的人。沒挑到的時候，她就耐心等候。

她的第一任丈夫後來養成愛喝玉米威士忌的習慣，開始把大手握成大拳頭。後來主人把他賣給邁阿密的甘蔗園，看著他在路上越走越遠，阿嘉麗一點都不難過。她接著跟南園一個貼心的男孩交往。沒染上霍亂病死之前，他老喜歡講聖經的故事，因為他以前的主人對黑奴與信仰的態度都比較開明。她喜歡聽這些故事和寓言，心想，白人或許也是有道理的：談救贖可以讓非洲人有信念。他們都是含的可憐子嗣[3]。她最後一任丈夫因為偷蜂蜜，耳朵被鑽洞，傷口流膿不止，最後死了。

阿嘉麗和這三個男人總共生了五個孩子，每一個都是在她小屋木板條上的同一個位置生的。要是小孩不乖，她就指著那個地方說，你們就是在那裡生出來的，要是不乖乖聽話，我就把你們再塞回去。教他們聽她的話，或許以後他們就會乖乖聽主人的話，好好活下去。她的兩個孩子發高燒死了，一個兒子玩生鏽的犁割了腳，結果得了敗血症。最小的兒子被主人拿木棍敲了頭，再也沒醒來。一個接一個。最起碼他們沒被賣掉，有個老女人這樣安慰阿嘉麗。這倒是真的——當時蘭道爾很少賣小孩。你至少知道他們人在哪裡，是怎麼死的。唯一活過十歲的孩子就是珂拉的媽媽，梅珀。

阿嘉麗死在棉花田裡，棉鈴一朵朵在她周圍迸開，宛如洶湧海洋上的白色浪濤波頂。她是他們村裡活得最長的一個。因為腦袋裡的一個腫塊，她倒在棉花田裡，鮮血從她的鼻子流出來，嘴唇冒出白色的泡沫。不死在這裡，她也會死在任何地方。自由是屬於其他人的，屬於朝北一千哩之外的賓夕法尼亞城裡熙來攘往的人。從被綁架的那個晚上起，她就一次次被估價、再估價，每天早上一醒來就在一把新的秤上。你必須知道自己的價格，知道自己的地位高低。要逃離農園，就等於逃離自己存在的基本原則：根本不可能。

那個週日晚上，希薩去找珂拉講地下鐵道的事情時，她腦海裡盤旋的就是她外婆的想法，所以她說不行。

三個星期之後，她說好。

這一次，是她媽媽的想法。

❸依據舊約聖經，諾亞有三個兒子在整個世界開枝散葉：閃（Shem）的子孫到了中東；含（Ham）的子孫到了東南亞與非洲；雅弗（Japheth）的子孫到了歐洲與亞洲。

喬治亞

懸賞三十元

緝捕黑人少女，名莉茲，本月五日從薩里斯伯利公告人家中逃跑。據信該女藏身於斯提爾夫人農園附近，倘擒獲送返該女，或提供該女被拘禁於本州任何監獄之消息者，定奉上賞金。倘有人窩藏該女，定當依法嚴究。

W．M．狄克森

一八二〇年七月十八日

喬奇的生日一年只有一兩次，他們想辦法弄個像樣的慶祝會。通常都是在週日舉行，因為那天他們有半天休假。下午三點鐘，工頭打個信號，結束工作，北園的人就匆匆開始準備，忙著各種雜務。修修補補，清除苔蘚，補好漏水的屋頂。這場生日餐會是最重要的，除非主人准你進市區去賣手工藝品或有人雇你去打零工。就算不想要打零工的額外收入——沒有人不想要——也沒有黑奴敢魯莽地對白人說他不能去上工，因為今天是某個黑奴的生日。大家都知道，黑奴是沒有生日的。

珂拉在她的那一小塊園子，坐在倒臥的糖楓樹幹上，清理指甲縫裡的泥土。只要有可能，她總是為生日餐會準備蕪菁或蔬菜，但是今天什麼都沒有。巷子那頭有人大吼大叫，八成是某個新來的男孩，還沒被康納利完全馴服。吼叫變成吵架，那聲音其實不完全是憤怒吶喊，但非常大聲。要是慶生會還沒開始，大家就已經這麼焦躁，那這次的餐會可就很難忘了。

「要是你可以選擇自己的生日，那你會選哪一天？」小可愛問。

因為小可愛背著光，所以珂拉看不清楚她的臉，但完全可以想見她這時的表情。小可愛原本就是個心思單純的女孩，再加上晚上又有慶生會。小可愛很喜歡這些久久才一次的活動，不管是喬奇的慶生會、聖誕節，或者是採收的夜晚，雙手健全的每一個人都在田裡忙著採棉花，蘭道爾家會讓工頭分玉米威士忌給大家喝，好讓他們保持愉快的心情。雖然還是勞力工作，但月光讓一切顯得美好。她總是第一個叫小提琴手拉琴，也是第一個開始跳舞的人。她不顧珂拉的抗議，拚命想從圍觀的人群裡拉出珂拉來。彷彿只要有珂拉跟著她跳，兩人手挽手，每舞動一圈，就可以多吸引到一個男生的目光。但珂拉向來都甩開她的手，不和她一起跳。珂拉只看不跳。

「我告訴過你，我是什麼時候生的。」珂拉說。她生在冬天。她媽媽梅珀老是埋怨生產的過程有多困難，那天早上很罕見地下了霜，風呼呼灌進小屋的縫隙裡。她媽媽出血好幾天，但康納利連醫生都懶得叫，一直拖到她整個人不成人形。偶爾珂拉的心會玩花樣，把媽媽的這個故事混雜進她的回憶裡。她看見死去的黑奴，一張張帶著憐愛嬌寵表情的臉俯望著她。甚至包括她痛恨的人，在她媽媽一死之後就踢她、偷她食物的人。

「要是你可以自己選的話。」

「不能選。」珂拉說，「什麼時候生是註定的。」

「你心情就不能好一點嗎？」小可愛說完就走了。

珂拉揉揉小腿，很慶幸有機會歇歇腿。不管有沒有餐會，珂拉週日半天的休息時間總是這樣度過的：坐在自己的這個位置上，找東西來修補。每個星期擁有屬於自己的幾個鐘頭，這是她所期待的，拔草，抓蟲，給菜圃疏苗，瞪著那些想闖進她領地的人。照料好這片園子是必要的維護工作，但也是為了傳遞一個訊息：從劈下斧頭的那天起，她的決心從未改變。

她腳下的這塊土地是有故事的，是珂拉所知最古老的故事。阿嘉麗經歷漫長旅程來到這個農園之後不久，就在她的小屋後面開始種起東西來。小屋位在一長排黑奴營舍的盡頭，而這一小塊地當時就只是荒蕪的泥土和灌木。再過去就是農田，更遠處則是沼澤。蘭道爾有天晚上做了夢，夢見一望無際的白色海洋，於是決定把農園裡的莊稼從可靠的靛藍換成海島棉。他在紐奧良簽了新的合約，和有英格蘭銀行當靠山的投資人達成協議。錢如潮水般湧進，前所未有的多。歐洲求棉若渴，需要大量進口。有一天年輕男工砍掉樹木，夜晚從農地回來之後，就忙著劈開木材，蓋一排新的木屋。

看著大夥兒在小屋忙進忙出，為餐會做準備，珂拉很難想像這十四間小木屋還沒蓋起來以前的景象。小屋如今已飽經風霜，每踩上一步都會從木材深處發出一聲哀嘆，但這一幢幢矗立的建築就像農園西邊的山丘或貫穿農園的小溪一樣，彷彿從久遠以前就已存在於此，一方面瀰漫著亙古不變的氣息，一方面也積累了所有曾經居住於此、死生於此的黑奴們所遺留下來的感覺：也就是嫉妒與怨恨。要是當初他們在舊木屋與新木屋之間留下更大的空間，這些年來的憾事想必會減少許多。

白人們在法官面前爭奪的是一頃頃遠在千里之外，只能靠著地圖來瓜分的廣袤土地。而黑奴們以同樣的激憤吵得不可開交的，卻只是自己腳下的一小塊地。小木屋之間的空地是個可以養頭羊，蓋個雞舍的地方，或者也可以種點東西，讓你除了每天早上廚房發放的粥之外，還有別的吃食可以填填肚子。當然你得動作夠快才行。蘭道爾和他的兒子們想到要把地賣給你的時候，合約上的字都還沒乾，就有別人來搶你的地了。看見你夜裡在那裡靜靜待著，或微笑或哼歌，你的鄰居肯定會想要用脅迫惡毒的手段搶走你的地。到時候又有誰會聽到你的哀求？這裡又沒有法官。

「可是我媽不讓他們碰她的田。」梅珀告訴女兒。把這裡說成是田實在太誇張，因為阿嘉麗的這塊地不到三碼平方。「要是他們敢多瞄幾眼，她就會拿起榔頭敲他們的頭。」

對其他黑奴破口大罵的外婆，和珂拉記憶裡的那個外婆很不一樣，但她一開始種自己的地，就明白媽媽的描述頗符事實。農園幾經擴展變化，阿嘉麗始終牢牢守著她的地。蘭道爾家族決定不再固守西邊的這片農地，開始嘗試向外發展，買下史賓塞的產業，擴展到北邊，接著又買下南邊鄰接的農園，全部改種海島棉，然後給每一排奴工營舍增蓋兩間小屋，但阿嘉麗的那一小塊地始終夾在小屋中間，什麼也撼動不了，就像一棵根扎得極深的大樹。阿嘉麗死後，梅珀繼續在這裡種甘薯和秋葵，喜歡什麼就種什麼。但等到珂拉繼承的時候，紛爭就開始了。

梅珀消失之後，珂拉無依無靠。當時她年僅十一歲，應該是吧，但確切的年齡沒有人能肯定。仍然驚魂未定的她，眼中的世界突然失去色彩，變得一片灰濛濛。回到她眼裡的第一個顏色，是她家那塊地微微閃著亮光的紅褐色土壤。這讓她突然清醒過來，意識到周圍的人事物，她決定要固守自己的產業，儘管她年紀輕，個頭小，不再有人看顧。梅珀不愛講話，死腦筋，所以大家都不太喜歡她，但是阿嘉麗很得眾人尊敬，所以讓女兒也得到一些庇蔭。蘭道爾農園最早的一批黑奴，大部分不是死了，就是被賣了，以各種不同的形式離開此地。現在還有任何人對她外婆忠心嗎？珂拉把村裡的人細細想了一遍：沒有半個。忠於外婆的人全都死了。

她為土地奮戰。有些年紀太小還不能做像樣工作的小孩，跑來拔她地裡剛冒出的嫩芽，挖長在地下的甘薯，她總是大聲嚷著叫他們走開，用奴工餐會上的那種語氣哄勸他們去賽跑或玩遊戲。她對孩子們向來好脾氣的耐住性子。

但是覬覦的人從左右進擊。艾娃。珂拉的媽媽和艾娃在農園一起長大，也一起承受蘭道爾所謂的「熱情款待」，有些日日上演的荒謬行徑如家常便飯，熟悉得像天氣一般；但有些恐怖惡行則極盡想像力之能事，讓心靈無論如何也無法接受。有時候這樣的經驗會讓同病相憐的兩人變得更加親密；但有時也會因為自己的無力抵抗而覺得羞愧，把所有的目擊者都當成敵人。艾娃和梅珀始終合不來。

艾娃結實強壯，雙手動作快得像水蝮蛇一樣，不只摘棉花速度快，為了弟弟妹妹懶惰或做錯事摑他們耳光的速度也一樣快。比起這些小毛頭，她更愛她養的雞。她覬覦珂拉的這塊地，想用來擴建她的雞舍。「太浪費了，」她的舌頭彈著牙齒說，「只給她自己一個人用。」艾娃和珂拉每天晚上身體挨著身體一起睡在架高的小木屋裡，儘管還有其他八個人擠在一起，但珂拉可以透過木板感覺到艾娃的每一分挫折。這女人呼出的濕氣裡有著憤怒的酸臭。她每次起來上廁所都要故意撞珂拉一下。

「你搬到霍伯屋去。」有天下午珂拉綑完棉花回來的時候，摩西對她說。摩西和艾娃不知用了什麼方法做成交易。康納利升官當上工頭，幫監工控管工人之後，摩西就自告奮勇調停奴工營舍的種種紛爭陰謀。農田裡的秩序必須維持，但有些事情是白人無法出面介入的。摩西喜孜孜地擔當這個角色。珂拉覺得他有張卑鄙的臉，活像從矮壯扭曲的樹幹上長出的樹瘤。他露出真面目的時候，她一點都不意外——只要等得夠久，惡人終究會露出真面目的，就像破曉一樣。珂拉無精打采地搬去霍伯屋，這是專給可憐蟲住的地方。這裡沒有人可以求援，沒有法律，只有每天重新擬訂的規定。有人已經把她的東西搬過去了。

沒有人記得這幢小屋的名字來自於哪個倒霉鬼。但他在這裡勢必住得夠久，久到讓整幢屋子全染上他的氣息。被監工打到殘廢的人搬到霍伯屋，在工作時因為你看得見或看不見的方式跌斷手腳的人搬到霍伯屋，腦袋壞掉的人搬到霍伯屋。搬到霍伯屋都是孤苦伶仃沒人要的。

起初住在霍伯屋的都是受傷的、或已經不算是男人的男人。接著住進了女人。白種男人和褐色皮膚的男人用暴力的方式對待女人的身體。她們生下的孩子癡呆，發育不良。而拳打腳踢更讓她們腦袋全壞了，夜裡，她們在一片漆黑裡不停叫著死去孩子的名字：伊娃、伊麗莎白、納桑尼爾、湯姆……珂拉蜷縮在大房間的地板上，身邊這些悲慘的人讓她嚇得不敢睡覺。她罵自己器量狹小，因為她自己之前也同樣軟弱無力。她盯著那一個個暗色的形影。壁爐，撐住小屋的橫梁，用釘子掛在牆上的各種工具。這是她第一次沒睡在自己出生的小屋裡。一百步的距離形同一百哩。

艾娃執行下一步的計畫只是時間遲早的問題。而且還有老亞伯拉罕的問題要考慮。老亞伯拉罕一點都不老，只是打從學會坐起來之後，就表現得一副老氣橫秋的樣子。他沒什麼陰謀，基本上就只是想要拿走這塊地而已。為什麼他和其他人要尊重這小女孩的主張，就只因為多年前她外婆佔據了這塊地？老亞伯拉罕不是尊重傳統的人，但也因為被轉賣過很多次，所以說話沒什麼份量。珂拉有很多次經過時，不小心聽到他在要求重新分配她那塊地。「竟然全部歸她一個人！」整整三碼見方的地。

然後布拉克來了。那年夏天年輕的泰倫斯．蘭道爾走馬上任，開始為將來與哥哥共同接掌農園做準備。他從卡羅萊納買進一批黑奴，總共六個，是芬特人和曼丁果人❹，若是掮客的話可信，他們的體格和性情都是天生適合勞動的。布拉克、帕特和愛德華在蘭道爾農園自成一個部族，聯手排擠非我族類。泰倫斯．蘭道爾讓大家都知道，他們是他的新寵，而康納利更確保要每個人都記住這一點。這幾個男人心情不好，或是星期六晚上喝光他們的蘋果酒時，大家都知道要離他們遠一點。

布拉克魁梧得像棵大橡樹，每頓飯都要吃雙份，很快就證明泰倫斯．蘭道爾的投資是明智的。光是他生下的小仔就能賣不少錢呢。他不時和自己的夥伴或敢來挑戰的人角力，最後總是把對手打得落花流水，贏得勝利。工作的時候，他的嗓音如雷聲轟隆隆傳過一畦畦棉花田，就連討厭他的人也不由自主地隨著他哼唱起來。這人的個性很要不得，但從他體內深處發出的聲音能讓奴工們心情愉快起來。

經過幾個星期在北園到處探尋評估之後，他斷定珂拉的地是綁他那條狗的好地方。有陽光，有微風，而且很近。這條雜種狗是布拉克有回去鎮上的時候拐回的。布拉克上工的時候，這條狗就在燻製房旁邊徘徊，夜裡只要稍有動靜就吠叫。布拉克懂一點木工。雖然掮客常扯謊抬高黑奴身價，但在這一點上他說的倒是實話。布拉克給他的狗蓋了一間小狗舍，想引來大家的讚美。大家真心讚賞，因為這狗舍蓋得很漂亮，比例勻稱，角度俐落。有用鉸鍊門上的門，黑色的牆面刻有太陽與月亮的圖案。

「這房子不錯吧？」布拉克問老亞伯拉罕。布拉克打從來到這裡之後，對老亞伯拉罕偶爾有之的肺腑之言還頗為看重。

「做得真好。裡頭還有小床？」

布拉克縫了一個枕頭套，裡面塞滿苔蘚。他決定，他住的小屋外面這塊空地就是安置狗屋的恰當地點。以前他對珂拉視而不見，但現在只要她一走近，他就盯著她的眼睛，用眼神警告她說她不再是隱形的。

有些人欠過她媽媽人情債，她知道，她想要找他們幫忙，但他們卻都斷然回絕。例如裁縫碧悠，她發高燒的時候是梅珀照顧她的，梅珀還把自己的晚餐留給她，一匙匙把稀薄的豆子和根莖湯餵進她抖顫的嘴唇裡，直到她再次睜開眼睛康復為止。碧悠說她欠梅珀的人情不只還清了，甚至還多給了呢，叫珂拉回霍伯屋去。珂拉記得，有回農園丟了農具的時候，梅珀替凱文做了不在場證明，要是當初沒有梅珀的挺身捍衛，他肯定會被愛使九尾鞭的康納利抽得皮開肉綻，背上連半點肉都不剩。珂拉晚餐後偷偷去找凱文：我需要幫忙。他把她趕走。梅珀說過，她始終不知道他拿了那些農具去做什麼。

沒多久，布拉克的意圖就人盡皆知了。有天早上珂拉一醒來，地就被佔了。她離開霍伯屋去

❹ Fanti，Mandingo，均為西非部族。

查看她的園子。那是個涼颼颼的清晨，地上一顆顆白色的露珠。這時她看見了——她第一批甘藍菜的遺骸，就堆在布拉克住的那幢小屋台階上，糾纏的藤蔓都已乾枯，地已經被翻過壓平，變成那條狗的舒適窩。狗屋就在她這塊地的正中央，像是蓋在農園心臟地帶的豪宅。

狗從狗屋裡探出頭來，彷彿知道這本來是她的地，想表現出牠的漠不在乎。

布拉克走出小屋，雙臂抱胸，朝地上吐了口水。

珂拉眼角瞥見很多人：交頭接耳、冷嘲熱諷的身影。他們看著她。她媽媽走了。她搬進可憐人住的屋子，沒有人幫她。現在這個體積有她三倍大的彪形大漢搶了她的地。

珂拉一直在琢磨對策。要是再過幾年，珂拉可能會求助於霍伯屋的女人，或者小可愛。但當時沒有。她外婆常出言恐嚇，要是有誰敢動她這塊地的腦筋，她就劈了他的腦袋。這樣的做法似乎超乎珂拉的能力。但她彷彿被下了魔咒似的，走回霍伯屋，拿起掛在牆上的那把斧頭。剛搬進這裡的時候，光是看到這把斧頭就讓她睡不著，這是以前住在這裡的人留下的。某個沒有什麼好下場的人，不知是得了肺病，還是被鞭子打到體無完膚，倒在地上死了。

消息傳開了，很多人來到小屋外面看熱鬧，歪著頭，充滿期待。珂拉大步走過他們身邊，微彎著身體，彷彿逆風而行。沒有人制止她，這場面實在太怪異了。她的第一斧劈向狗屋的屋頂，那條狗慘叫一聲，尾巴差點被砍掉半截，倉皇跑回主人那幢小屋下方的小洞裡。她的第二斧重重劈掉狗屋的左側，最後一斧則讓整間狗屋全垮了。

她站在那裡大口喘氣。雙手握著斧頭。斧頭在風中顫動，彷彿和鬼魂拔河似的，但這小女孩絲毫不讓步。

布拉克握緊拳頭，走向珂拉，一幫跟班緊隨在後，氣氛緊張。他停下腳步，這兩個人——強健的大男人和身穿白色寬鬆洋裝的纖瘦小女孩——之間的對峙優勝劣敗，端看你從哪個角度看。站在舊木屋前面圍觀的人看見布拉克表情驚詫扭曲，活像誤闖大黃蜂領地的人。而站在新木屋這邊的人則看見珂拉的目光來回掃射，彷彿打量入侵的一群人，而不僅僅是一個男人。那是她已經準備好要迎戰的一支敵軍。無論結果如何，眼前最重要的就是透過她的動作和表情，讓所有的人清清楚楚理解她要傳達的訊息：你或許可以打敗我，但必須付出慘痛的代價。

他們就這樣對峙了好一會兒，直到愛麗絲敲響早餐鐘。沒有人想錯過他們的早餐粥。等大家從田裡回來的時候，珂拉已經收拾好她園子的一團混亂，把蓋新木屋遺留下來的糖楓樹樁推了過來，當成她每到休息時間就過來坐的地方。

如果說在艾娃耍心機之前，珂拉還不屬於霍伯屋的話，現在她也確確實實成為霍伯屋的一分子了，是這裡最惡名昭彰，也住得最久的人。工作最終會毀了身有殘疾的人——向來如此——而腦筋不正常的人沒被賤價賣掉，也拿刀子割了自己的喉嚨了結一生。但霍伯屋裡的空位不會留得太久，很快就會有人補上。只有珂拉始終都在。霍伯屋是她的家。

她把狗屋的木頭劈開來當柴燒，讓她和霍伯屋裡的人有個溫暖的一夜。在她待在蘭道爾農園的期間，這起傳奇事件一直如影隨形。布拉克和他的那夥朋友開始造謠。布拉克說他有天在馬廄打盹醒來，看見珂拉拿著斧頭低頭看他，哭哭啼啼的。他天生善於模仿，比手劃腳的動作讓很多人都信以為真。等珂拉的胸部開始發育，布拉克那幫狐群狗黨裡最缺德的愛德華就開始吹噓，說珂拉對著他撩起裙子，做出淫蕩的暗示，他拒絕，她就威脅要剝了他的頭皮。年輕女子竊竊私語，說她們在月圓的時候看見她溜出小屋，到樹林裡，和驢子與山羊性交。儘管很多人不相信她們的說法，但還是覺得應該離這個奇怪的女孩遠一點，免得有辱他們的尊嚴。

得知珂拉初潮來了之後沒過多久，愛德華、帕特和另外兩個南園的工人一起把她拖到燻製房後面。就算有人聽見或看見，也都沒有出面干預。霍伯屋的女人幫她縫合傷口。當時布拉克已經不在了。或許是因為那天看見珂拉的神色，他早就警告自己的弟兄要當心她的報復：對她動手必定會付出代價。但他已經離開了。珂拉劈了狗屋之後，事隔三年，他逃跑，在沼澤裡躲了好幾個星期。是他那隻雜種狗的吠叫洩露了他的行蹤。珂拉大概會說這是他罪有應得吧，想起他遭受的懲罰，她一點都不膽寒心驚。

他們已經從廚房搬出大桌子來，為喬奇的慶生宴擺滿食物。桌子一頭，設陷阱捕獵的人正給捉來的浣熊剝皮，另一頭是芙羅倫絲在刷洗甘薯外皮的泥土。大汽鍋底下的柴火劈哩啪啦嗖嗖響。黑色的鍋裡滾著湯，切成一塊塊的甘藍菜追著上下浮沉的豬頭，豬眼睛在灰色的泡沫裡打轉。小崔斯特跑過來，想抓一把黑眼豆，但愛麗絲用杓子打跑他。

「今天沒帶東西來，珂拉？」

「還不到收成的時候。」珂拉說。

愛麗絲露出失望的表情，繼續去打理晚餐。

這就是扯謊的表情，珂拉想，暗暗記下。她的園子也像她一樣被排斥。上一次的慶生會，她貢獻了兩顆甘藍菜，愛麗絲欣然收下。但珂拉千不該萬不該走出廚房之後又轉回來，正好看見愛麗絲把她的那兩顆菜丟進廚餘桶。她走進陽光裡，腳步蹣跚。那女人覺得她的菜有毒嗎？過去五年來，珂拉所貢獻的東西，每一顆蕪菁和每一把酸菜，她都是這樣處理掉的嗎？是從珂拉開始才這樣？還是從梅珀，從她外婆在世的時候就開始？沒必要找那女人對質。蘭道爾家本來就很喜歡愛麗絲，而現在當家的詹姆斯．蘭道爾更是愛吃她做的肉餡餅。悲慘也是有等級之分的，悲慘之中還有更悲慘的，你得要隨時留神。

再說蘭道爾兄弟兩人。詹姆斯從小只要有廚房的甜點就能安撫，一塊糖漬蘋果就能讓他不再大吵大鬧發脾氣。但他弟弟泰倫斯就不一樣了。泰倫斯少爺嫌湯不好喝，那句話至今仍讓愛麗絲耿耿於懷，當時他才十歲啊。打從會走路開始，他就表現出不討喜的個性，而且隨著年歲漸長，開始接掌家業之後，這性情就越發明顯。詹姆斯個性像鸚鵡螺，愛鑽研自己的嗜好；而泰倫斯則不放棄任何一絲機會表現他的權威。這也確實是他的權利。

在珂拉周圍，鍋子匡噹匡噹響，小孩尖聲高叫興奮不已。南園那邊則什麼動靜都沒有。蘭道爾兄弟一年前擲銅板決定誰接管哪一半的農園，也就因此，北園才有今天的慶生會。像這樣的餐會不可能在泰倫斯的轄區出現，因為這位弟弟很看不慣黑奴的嬉樂。蘭道爾兩兄弟依照各自的脾性管理他們繼承的產業。詹姆斯安於種植普遍流行的作物，讓資產穩定緩慢地增加。土地和墾植土地的黑奴比任何銀行都來得可靠。泰倫斯則採取更為積極，甚至是更為有謀略的手法來增加運往紐奧良的貨物，榨出每一分可以賺到的錢。如果黑血就是金錢，這個悟性頗高的生意人當然知道要剖開血管賺錢。

崔斯特和朋友突然抓住珂拉，害她嚇了一跳。但他們都還只是孩子。賽跑開始之前，珂拉總是幫忙整隊，讓孩子們在起跑線前排好隊，對齊腳步，安撫吵鬧的孩子，有必要的話，還會拉出幾個，要他們加入年齡較大孩子的賽組。今年她讓崔斯特參加高一級的比賽。他孤伶伶一個人，就像她一樣。他還沒學會走路，爸媽就被賣掉了。珂拉從小照顧他。一頭刺絨絨的頭髮，紅紅的眼睛，過去六個月以來，他突然抽高，彷彿農田喚醒了他柔軟身體裡的某些力量。康納利說崔斯特有成為頂尖採摘工的潛力，他可是很少讚美人的。

「你跑得很快。」珂拉說。

他雙臂抱胸，歪著頭：這還用得著你來告訴我。崔斯特已經是半個大人了，雖然他自己並不知道。他明年就不能參加賽跑了，珂拉知道，只能在場邊和朋友說笑，想些鬼點子。

老老少少的黑奴聚在跑馬道邊線外面，失去孩子的女人慢慢聚過來，用種種的可能性與絕無可能實現的期望壓抑自己的心緒。男人們則圍在一起傳著蘋果酒喝，彷彿酒一下肚，身體所承受的恥辱也逐漸消散了。霍伯屋的女人很少參加餐會，但涅葛幫忙把孩子們趕在一起，要年紀小一點的孩子集中注意力。

小可愛站在終點線當裁判。除了孩子們之外，誰都知道只要情況許可，她就會宣布自己偏愛的孩子得勝。喬奇也在終點線，坐在他那張搖搖晃晃的楓木安樂椅裡。夜裡，他常坐在這把椅子裡看星星，在他生日的這天，他會把椅子拉出巷道，享受這以他的名義舉行的慶生會。賽跑的人跑過終點線之後，都會來到喬奇身邊，喬奇在他們掌心放一塊薑餅，不管他們跑第幾名。

崔斯特手撐著膝蓋，大口喘氣。他最後有點力不從心。

「差一點點。」珂拉說。

這男生說：「差一點電。」就走開去拿他的薑餅。

最後一場比賽結束之後，珂拉拍拍老人的手臂。你永遠也猜不透，他那雙混濁的眼睛能看見多少東西。「你幾歲啦，喬奇？」

「噢，我想想喔。」他昏昏沉沉睡去。

她很確定，上一回慶生的時候，他是一百零一歲，也就是說，他是蘭道爾南北兩農園有史以來最老的一個黑奴。年齡大到這個程度之後，你有可能是九十八歲，也有可能是一百零八歲。這世界對你來說，除了殘酷之外，也沒有什麼大不了的了。

十六或十七吧，這是珂拉對自己年齡的估計。距康納利命令她挑個丈夫已經一年；距帕特和他那幫狐群狗黨玷辱她已經兩年。他們沒再侵犯她，但在那天之後，沒有任何一個值得託付的男人再多看她一眼，更何況她住在霍伯屋，又有瘋狂的故事如影隨形。距她媽媽離開，已經六年了。

喬奇對自己的生日自有計畫，珂拉想。總是在某個出其不意的週日醒來，突然宣布他要慶生，然後就舉行了。有時候是在春天的雨季裡，有時候是在收成之後。有時候一晃幾年不辦，或許是因為忘了，也或許是因為他心有不滿，覺得農園不值一顧。對他的任性無常，大家都不以為意。他是大家所認識最老的黑人，熬過白人所給的大大小小的苦難，光這個事實就已經足夠了。他眼珠混濁，有條腿是瘸的，受過傷的手永遠蜷起，像抓著一把鏟子不放似的。但他還活著。白人也放任他。老蘭道爾對他的慶生會不置一詞，詹姆斯管事之後也是如此。監工康納利每到週日就不見人影，八成是叫那個月服侍他的某個黑奴女孩到他屋裡去。白人什麼都沒說，彷彿他們已經放棄，或認定這小小的自由其實是最嚴酷的懲罰，因為在暫時的痛苦解脫裡，反而讓人看見真正的自由會是如何豐美。

總有一天，喬奇會挑中他真正出生的日子，只要他活得夠長。倘若如此，那麼如果珂拉不時給自己挑個日子當生日，也總有一天會撞對。事實上，今天也可能就是她的生日。不過這又有何用，知道自己進入白人世界的那個日子要做什麼呢？那似乎不該是要記得的事。反而應該遺忘吧。

「珂拉。」

北園大部分的人都走向廚房找東西吃，但希薩卻拖拖拉拉的浪費時間。他站在珂拉面前。這人來到農園之後，珂拉還沒機會和他講過話。很快就會有人警告新來的黑奴，小心霍伯屋的女人。這樣一來雙方都不必浪費時間了。

「我可以和你講句話嗎？」他問。

一年半前熱病肆虐，死了不少人，之後詹姆斯．蘭道爾從一個到處兜售黑奴的掮客手裡買下希薩和其他三個人。兩個女人在洗衣房工作，希薩和普林斯加入農工的行列。她看過他拿著彎彎的雕刻刀挖弄松木塊，不和農園那些討人厭的傢伙混在一起。她知道他有時候會和女僕法蘭絲一起，他們還上床嗎？小可愛一定會知道。她雖然還是個小女孩，但對男女之間的事情，對婚配的安排都很關心。

珂拉覺得和他講講話沒什麼不對。「有什麼事嗎，希薩？」

他沒費事張望四周，看看有沒有人聽得見。他知道沒人，因為他早就計畫好了。「我要回北方去，」他說，「很快就要動身了，逃離這裡。我希望你和我一起走。」

珂拉想，是誰慫恿他來搞這場惡作劇的。「你去你的北方，我要去吃我的東西了。」

希薩拉住她的手臂，動作很輕，但很堅定。就像其他同齡的農工一樣，他身材精瘦結實，但沒使勁，只輕輕拉住她。他有張圓臉，塌塌的鼻子很像鈕釦。她記得他笑的時候有酒渦。為什麼她會記得呢？

「我不希望你去打我的小報告，」他說，「這我只能信任你。但是我很快就要離開了，而且我需要你，希望有好運。」

這時她才明白他的意思。這不是逗著她玩的把戲，而是他自己騙自己的把戲。這男孩太單純了。浣熊肉的香味召喚著她回慶生餐會，她甩開他的手。「我才不想被康納利打死呢，我不想被巡守隊逮回來，或被蛇咬死。」

珂拉端起第一碗湯的時候，還在斜眼偷瞄著蠢到無以復加的他。白人每天都想慢慢折磨你到死，但有時候他們也會想快一點宰了你。何必讓他們的工作變得更容易呢？這明明是你可以不去做的事啊。

她找到小可愛，但沒問她女孩們是怎麼議論希薩和法蘭絲的。要是他對自己的計畫是認真的，那麼法蘭絲註定要獨守空閨了。

自從搬進霍伯屋之後，就沒有任何一個年輕男子對她說過這麼多話了。

他們點起火把，準備進行角力比賽。有人已經挖出早先藏起來的玉米威士忌和蘋果酒，輪流傳遞到每個人手裡，讓圍觀的人保持高昂的意興。住在其他農園的丈夫們也來了，這是他們週日定期造訪的時間。他們走了好幾哩路，一路上有足夠的時間可以編織綺麗幻想。有些妻子一想到今夜的溫存就格外開心。

小可愛咯咯笑。「我以前和他角力過。」她說，朝著梅約的方向點個頭。

梅約彷彿聽見她的話似的，抬起頭來。他已經漸漸長成一個精壯的男人，工作勤奮，很少逼工頭揚起鞭子。他對小可愛很有禮貌，因為以小可愛的年紀來看，康納利哪天把他們兩個送作堆也不意外。這年輕人和對手在草地上扭成一團。不能把一肚子怒氣發洩在罪有應得的人身上，那你們也只好發洩在彼此身上了。小孩們擠在大人中間看，雖然沒有賭注可押，還是會打賭。他們現在還只能拔拔雜草，和垃圾清潔班一起工作，但有朝一日，農田裡的勞動會讓他們變得像此刻在草地上扭打的人一般強壯。快拿下他，拿下那個男孩，給他一點教訓。

音樂響起，跳舞開始的時候，大家紛紛向喬奇表達最高的感激之意。他再次挑了個好日子當生日。他和大家一樣，除了有奴隸身分的束縛之外，也時時處在緊張擔憂之中，日積月累，愈益深重。但過去的這幾個鐘頭，卻讓他們可以擺脫大部分的不滿怨懟，讓他們可以面對早晨的勞苦，以及再往後的一個早晨與無數個漫長的日子，因為他們有一個美好的夜晚可以讓自己重新振奮精神，不論這份美好有多麼單薄，但他們終究有個夜晚值得回憶，有下一次的慶生會可以期待。他們手拉手圍成一個圈圈，守護住人性不致沉淪。

諾伯拿起鈴鼓，輕輕敲了起來。他是個動作迅速的摘棉高手，而在工作之餘，則是個性情愉快善於帶動氣氛的人。這天晚上他這兩種能力都派上用場了。拍著手，彎著手肘，搖晃屁股。有樂器，也有演奏的人，但有時候一把小提琴或一面鼓就能讓樂手好好發揮，和著歌聲演奏起來。在這樣的慶生會上，喬治和威斯利拿起他們的小提琴和斑鳩琴開始演奏。喬奇坐在他的楓木安樂椅裡，光腳丫踩著泥土打拍子。黑奴們上前跳舞。

珂拉沒動。她很害怕有時音樂一奏起來，會有個男人突然挨近身邊，而你不知道他會做什麼。所有人的身體都在動，所以他想怎麼做都行。他們會用力拉你，抓住你的雙手，儘管可能出於善意。有一回在喬奇的生日會上，威斯利奏了一首他很久以前在北方學會的曲子，是其他人從來都沒聽過的。珂拉鼓起勇氣，往前踏進跳舞的人群裡，閉上眼睛，輕輕搖擺，結果眼睛一睜開，愛德華就站在面前，眼神灼灼如燃燒的烈火。一直到愛德華和帕特死了之後——愛德華是因為在布袋裡偷塞石頭充重量，被吊死了；帕特是被老鼠咬了，渾身發紫斃命——她還是無法擺脫那條綁在自己身上的繩子。喬治拉著小提琴，音符在夜空翩然飛舞，宛如火中迸出的星星點點火花。沒有人上前把她拉進這歡快狂亂的人群裡。

音樂停了。手拉手圍成的圈圈斷裂了。有時候黑奴會在短暫的瞬間迷失自我，以為自己得到了自由。無論是在田溝偶然湧起的幻想裡、在清晨糾纏不解的神秘睡夢裡，或是在某個溫暖的週日夜晚，一首悠揚的曲子裡。然後現實突然就出現了，總是會出現的：監工的吼叫，叫喚上工的聲音，主人的影子，總是會出現來提醒她，永遠是個奴隸的她，就只有在這一眨眼的瞬間可以稱之為人。

蘭道爾兄弟從大宅裡出來，走到他們中間。

黑奴讓開，思忖著應該要離多遠才能讓敬意與恐懼保持適當比例。詹姆斯的馬僮高福瑞高舉燈籠。據老亞伯拉罕說，詹姆斯比較像媽媽，身材矮矮胖胖像水桶，性情也同樣冷靜沉著。而泰倫斯像爸爸，個頭高，一張臉像貓頭鷹，隨時都像要撲向獵物。除了土地之外，他們也接收了父親的裁縫，那人每個月來一次，駕著快要解體的馬車，載來許多麻布和棉布的樣品。兩兄弟從小穿著打扮就很相像，長大了也還是如此。他們的白襯衫和白長褲在洗衣房女工雙手的努力刷洗下潔白無瑕，橘色的火光讓他們像是從暗處竄出來的兩條鬼魂。

「詹姆斯老爺，」喬奇說。他完好的那隻手抓住椅子扶手，彷彿要站起來，但卻動不了。「泰倫斯老爺。」

「別讓我們打斷你們。」泰倫斯說，「我哥哥和我正在討論生意上的事情，聽到音樂聲。我告訴他，我從沒聽過這麼可怕的吵鬧聲。」

蘭道爾喝著裝在雕花玻璃杯裡的葡萄酒，從那神態看來，他們已經喝完好幾瓶酒了。珂拉在人群中搜尋希薩的身影，但沒找到。上一回主人兄弟一起出現在北園的時候他並不在場。你得從這些經驗裡一次次學會不同的教訓。蘭道爾兄弟到黑奴營舍來總會有壞事發生，只是時間早晚的問題。這回會有什麼新花樣，沒人能事先預料，一直要到厄運落到你頭上才見分曉。

詹姆斯把農園的日常運作交給康納利負責，很少來巡視。他或許會帶客人、特別的鄰居或樹林另一頭的好奇農園主人來參觀，但這樣的情況並不常見。詹姆斯很少對黑奴講話，只用鞭子來教他們學會努力工作，所以他們平常也很少注意到他的存在。泰倫斯到哥哥農園來的時候，總是仔細打量每一個黑奴，說哪個男的最身強力壯，哪個女的長得最漂亮。對哥哥農園裡的女奴，他只是色眯眯盯著看；但對他自己那片農園的女人，他可是恣意享用。「我喜歡品嘗我的黑李子。」泰倫斯說，不時在一排排木屋之間穿梭，尋找可以引起他興趣的女人。他硬生生拆散婚姻情愛，有時還會闖進黑奴的新婚之夜，好好示範一番，讓新郎知道該如何履行婚姻義務。他品嘗他的黑李子，弄破果皮，留下他的印記。

大家普遍認為詹姆斯和弟弟是不同類型的人。詹姆斯和父親與弟弟不一樣，從不用自己的資產來滿足自己。他偶爾會邀郡裡來的女人吃飯，愛麗絲使出渾身解數，竭力煮一頓最豪奢誘人的晚餐。蘭道爾夫人很多年前就已過世，愛麗絲覺得有位女主人，能給農園添點文明氣息。詹姆斯和這些白皮膚的女人往來，她們的白色馬車駛過草地，朝這幢大宅而來。廚房裡的女孩們咯咯笑，胡亂揣測。但每回總是只維持幾個月，來訪的女人又換人了。

據貼身男僕普萊德福說，詹姆斯的性能力都用在紐奧良一所妓院的某個特別房間裡。那裡的鴇母不拘泥傳統，思想先進，精通各種滿足人性慾望的手法。普萊德福的說法很難讓人相信，雖然他一再保證他是從妓院僕役那裡聽來的，因為他們近年交情密切。但是怎麼可能有白人自願挨鞭子的？

泰倫斯用手杖刮刮泥地。這支頂端有隻銀狼頭的手杖原本是他父親的。很多人都還記得那手杖打在他們身上的疼痛。「我聽詹姆斯說，這裡有個黑人，」泰倫斯說，「會背《獨立宣言》。我不信他說的話。不過呢，今晚他或許可以讓我見識一下，既然從這裡的喧鬧聽起來，所有的人都來了。」

「我們馬上就能搞定。」詹姆斯說，「那男孩人呢，邁可？」

沒有人作聲。高福瑞拿著燈籠四處照。幾個領班裡面就數摩西最倒霉，因為他站得離蘭道爾兄弟最近。他清清嗓子，「回詹姆斯老爺，邁可死了。」

摩西叫一個小孩去找康納利，雖然這肯定就得打斷監工週日晚上的好事。詹姆斯臉上的表情讓摩西知道他得開始解釋來龍去脈。

這個黑奴邁可，確實是很會背長篇文章。康納利聽黑奴掮客說，邁可的前任主人對南美鸚鵡的模仿能力嘖嘖稱奇，覺得既然可以教鳥唸打油詩，應該也可以教黑奴學會背誦。光是看看腦袋瓜的大小就知道，黑人的頭比鳥大得多。

邁可是主人馬車夫的兒子，有種類似動物的聰敏，就像你有時候會在豬身上看見的那種機靈。主人帶著他這個可能有潛力的學徒開始唸些簡單的韻文和英國知名散文的短段落。他們一遍遍唸著黑人並不懂的詞彙文句。如果大家謠傳的說法是事實，那麼連主人自己對這些文章都只是一知半解，因為他的家庭教師是個老無賴，每個高尚的工作都做不了多久就被趕走，所以暗下決心，把最後的這個工作當成秘密復仇的工具。然而，菸草農園主人和馬車夫的兒子聯手創造了奇蹟。《獨立宣言》是他們的傑作。「接連不斷的傷天害理與強奪豪取的歷史[5]」。

[5] 出於美國《獨立宣言》。原文指英國的歷史就是接連不斷的傷天害理與強奪豪取。

邁可的背誦能力其實就等同於鸚鵡的模仿能力，是在每回討論到黑人的低能時，用來取樂賓客的技能而已。後來他的主人膩了，就把他賣到南方來。邁可到蘭道爾農園的時候，已經因為刑求或懲罰而影響了智力。他是個平凡的工人，但老是抱怨噪音和邪惡魔咒阻礙了他的記憶力。大發雷霆的康納利乾脆把他僅剩的腦子也給刨掉。鞭子並不打算留邁可活命，最後也確實達成目的了。

「這事應該要向我報告的。」詹姆斯說，顯然很不高興。邁可背誦《獨立宣言》是個新奇的玩意兒，他曾兩度把這黑奴帶到賓客面前娛樂大家。

泰倫斯喜歡嘲弄哥哥。「詹姆斯，」他說，「你應該看好自己的財產。」

「少管閒事。」

「我知道你讓黑奴辦餐會的事，但我不知道他們竟然這麼放肆。你這是故意要讓我顯得很不盡人情啊？」

「少表現得一副你在乎黑奴怎麼看你似的，泰倫斯。」詹姆斯杯裡的酒喝完了。他轉身離開。

「再聽一曲嘛，詹姆斯。我挺喜歡這個音樂的。」

喬治和威斯利孤伶伶站在那裡，諾伯帶著他的鈴鼓已經溜得不見人影了。詹姆斯抿緊嘴唇，打個手勢，要他們再開始演奏。

泰倫斯敲著手杖，臉一沉，看著眾人。「你們不跳舞嗎？我一定要看你們跳。你，還有你。」

他們沒等主人下令。北園的黑奴聚在小徑上，腳步略顯猶疑，努力想重拾之前的節奏，好好表演一番。頗有心機的艾娃就像以前對珂拉百般騷擾的時候一樣，非常會假裝——她大聲呼嘯，用力跺腳，彷彿迎來聖誕慶祝會的高潮。為主人而表演是常用的手段，可以藉著偽裝換得一些小恩小惠，於是他們擺脫恐懼，全心投入表演。噢，他們跳動，喊叫，呼嘯，躍動！這肯定是他們有生以來聽過最生動的一首曲子，這幾位樂手也是黑人裡最有才情的音樂天才。珂拉勉強加入跳舞的圈子，就像所有的人一樣，每跳一圈，就偷偷瞥著蘭道爾兄弟臉上的神色。珂拉看見希薩的臉。他站在廚房的陰影裡，面無表情。接著就不見了。

「你！」

是泰倫斯。他伸出手，彷彿那裡有個只有他看得見、而且永遠去不掉的污漬。這時珂拉看見了——他潔白無瑕的白襯衫袖口有一滴酒漬，只有一滴。崔斯特撞到他。

崔斯特吃吃傻笑，對著這個白人鞠躬。「對不起，主人！對不起，主人！」手杖打向他的肩膀，他的頭，一次又一次。這孩子尖聲慘叫，整個人縮在地上，但手杖還是如雨點落下。泰倫斯的手揚起，落下。詹姆斯一臉厭煩。

又一下。珂拉心中情緒翻攪。她已經好多年沒這種激動的感覺了，自從用斧頭劈了布拉克的狗屋，讓木材碎片飛濺之後，她就再也沒有過這樣的情緒了。她見過有男人被吊死在樹上，任由禿鷹和烏鴉啄食。有女人被九尾鞭打到皮開肉綻見白骨。活人死屍在柴火堆上炙燒。砍斷雙腿不讓再逃，砍斷雙手不讓再偷。她看過比眼前這個男孩年紀還小的男生女生，沒來由的挨揍。這一夜，這情緒再次在她心中翻騰。她克制不了自己，身而為人的部分主宰了身而為奴的部分。她俯身護住那男孩，伸手一把抓住手杖，宛如沼澤地帶的男人制住蛇一般，眼睛瞪著手杖頂端的雕像。那頭銀狼露出銀牙。手杖從她手中抽走。再次落下，這次是打在她頭上。一次又一次，直到那銀牙撕裂了她的眼睛，她的鮮血噴濺在泥土上。

那年霍伯屋裡的女人總共有七個。年紀最大的是瑪麗。她住進霍伯屋是因為癲癇經常發作，像隻瘋狗那樣口吐白沫，眼神狂亂，在泥地上扭動翻滾。據說她和另一個採棉工貝莎長期不和，所以最後貝莎給她下了咒。老亞伯拉罕說瑪麗的毛病是從小就有的，但沒有人聽信他的說法。就記憶所及，她現在發病的情況和年輕時完全不一樣。每回從抽搐中醒來，她總是疲憊不堪，心神不寧，恍惚迷惑，於是因為恍神而被懲罰，接著又因為被懲罰之後的皮肉痛而讓工作更恍神。一旦工頭討厭你，誰也救不了你。瑪麗把她的東西搬進霍伯屋，躲避小木屋室友的嘲諷。她老是拖著腳走路，彷彿隨時可能有人會攔下她似的。

瑪麗和瑪格莉特、黎妲一起在牛奶房工作。這兩個女人被詹姆斯．蘭道爾買下之前，吃過很多苦頭，沒辦法融入農園的生活。瑪格莉特經常在最不適當的時間發出可怕的聲音，像動物般的嚎叫，最悲慘的痛哭和最惡毒的咒罵。主人來巡視的時候，她掩住自己的嘴巴，免得他注意到她的毛病。黎妲則有嚴重的衛生問題，不管是威脅或利誘都無法奏效。她渾身臭氣沖天。

露西和蒂塔妮亞從來不開口講話。露西不講話是因為她不想講；而蒂塔妮亞不講是因為不能講，她的舌頭被前一個主人給割了。她倆在廚房工作，受愛麗絲指揮。愛麗絲不喜歡助手整天嘰嘰喳喳，她寧可只聽見自己的聲音。

另外兩個女人那年春天自殺了，這是很稀鬆平常的事，沒什麼特別值得一提的。等冬天來臨時，再也不會有人記得她們的名字，她們存在的痕跡如此輕淺。還有兩個就是涅葛和珂拉。她們一年到頭都在棉花田裡工作。

結束一天的工作時，珂拉腳步蹣跚，涅葛衝上來穩住她，扶她回霍伯屋。工頭瞪著她們緩緩走離田埂，但沒說什麼。大家都認為珂拉顯然是腦筋有問題，但這反而讓她免去了通常會有的訓斥。她們碰到希薩。他和一群年輕工人在一間棚屋消磨時間，拿著小刀雕木頭。珂拉轉開視線，板起臉孔。自從他提出逃跑的建議之後，她就一直這樣對待他。

喬奇慶生會已經是兩個星期以前的事了，但珂拉的傷還沒痊癒。手杖打在她臉上，讓她一隻眼睛腫得睜不開，太陽穴也裂開一條大傷口。浮腫慢慢消失，但銀狼頭咬上的地方卻留下一條明顯的疤痕，形狀像個X。傷口滲血好幾天，彷彿是慶生會留在她身上的印記。但更慘的是隔天早上在鞭刑樹無情的枝幹下，康納利給她的一頓鞭打。

康納利是老蘭道爾老爺最先雇來的那批人之一。詹姆斯接管農園之後，保留了他的職位。珂拉年紀還小時，這監工頂著一頭典型愛爾蘭人的紅髮，從草帽底下露出一綹綹茂密的鬈髮，像是北美紅雀的翅膀。當時他都撐著一把黑傘巡視農田，但最後放棄了，如今白襯衫底下的皮膚已經曬得黝黑。他頭髮灰白，肚子大得皮帶都束不住，但除此之外，他還是當年鞭打她外婆和她母親的那個人，拖著略微歪斜的腳步，昂首闊步穿過村子，讓她覺得活像頭老公牛。要是他覺得不急，那就沒有什麼事情能讓他著急。唯一能用來展現速度的，是他拿起他那條九尾鞭的時候。這時的他會像剛拿到新玩具的小孩一樣，顯得精力充沛，按捺不住。

蘭道爾兄弟意外到訪時發生的事情，讓這位監工很不高興。原因有好幾重。第一，打斷了他和近來的新歡葛羅麗亞的好事。他接到消息，忙從床上跳起來。第二，是邁可的事。邁可死掉，康納利並沒有向詹姆斯報告。因為農園工人的變動，向來都沒必要讓主人煩心的。但泰倫斯的冷嘲熱諷讓這事成為問題。

再來還有崔斯特的莽撞，以及珂拉令人費解的行徑。隔天日出時分，康納利就公開打得他們皮開肉綻。他先從崔斯特下手，打完之後，還按懲罰的慣例，給他們背上塗辣椒水。這是崔斯特第一次正式挨鞭子，而珂拉則是半年來的第一次。接下來兩天的早晨，康納利都繼續抽他們鞭子。據在宅子裡伺候的黑奴說，詹姆斯老爺倒沒那麼氣崔斯特和珂拉，他氣的是弟弟竟然公開打他的奴僕。所以啦，弟弟的惡行，就得由隸屬於他的黑奴來承擔。崔斯特自此沒再和珂拉講過半句話。

涅葛扶珂拉走上霍伯屋的台階。進了門，一避開其他黑奴的視線時，珂拉就癱倒在地。

「我幫你弄點吃的來。」涅葛說。

就像珂拉一樣，涅葛也是因為個人紛爭而被趕進霍伯屋的。有很多年的時間，她都是康納利的最愛，大半的夜晚都在他床上度過。遠在還沒被監工看上之前，涅葛就已經是個高傲的黑女孩，因為她有雙淡灰色的眼睛，與款擺有致的臀部。她變得很討人厭，對獨獨她自己一個能倖免的暴虐對待洋洋得意，甚至幸災樂禍。她媽媽常和白種男人廝混，所以也教涅葛學會許多淫蕩的行為。她獻身於他，儘管他常把他們的孩子給送走。大蘭道爾農園的南北半部不時互換黑奴，沒什麼章法地送走筋疲力盡的黑人、偷懶的工人和不守規矩的痞子。涅葛生下的孩子總是被送走。因為看見那些個黑白混血兒頂著滿頭在陽光下閃閃發亮的愛爾蘭紅色鬈髮，康納利是絕對無法忍受的。

有天早上，康納利把話挑明，說他的床再也不需要涅葛了。這是她的仇敵等待已久的一天。除了她自己之外，每個人都知道這一天遲早會來。她從田裡下工回來，發現家當已經被搬到霍伯屋，宣告她在村裡已無立足之地。她蒙受的恥辱，帶給村人任何食物都提供不了的養分。但霍伯屋也一如往常，讓她變得堅強。屋子可以塑造一個人的性格。

涅葛以前和珂拉的媽媽並不親近，但珂拉變得形單影隻之後，她就開始對小女孩很好。慶生會的那個晚上，以及接下來那可怕的幾天，她和瑪麗一起照顧珂拉，給她遍體鱗傷的皮膚用鹽水消毒、敷藥，而且一定要看著她吃下東西。她們摟著她的頭，透過她，為失去的子女唱搖籃曲。小可愛也來探望朋友，但這小女孩畏於霍伯屋的壞名聲，只要涅葛、瑪麗或其他人在，就很害怕，但她沒有跑走，最後緊張的情緒也慢慢消失了。

珂拉躺在地上呻吟。事發兩個星期之後，她還是常頭暈，腦袋裡像有什麼東西用力敲擊似的。大部分時間她都還可以勉強控制，在田裡正常工作，但有時候她就只能站得直挺挺的，直到太陽下山。每個鐘頭送水來的女孩把水杓遞給她的時候，她總是把水舔得乾乾淨淨，牙齒嚐到一股金屬味。如今她又一無所有了。

瑪麗出現。「又病了。」她說，已經準備好一塊濕布，貼在珂拉額頭上。她還保有母性，雖然已經失去了五個孩子——三個還沒學會走路就死了，其他兩個大到可以扛水或給大宅周圍拔雜草，就被賣掉了。瑪麗是純種的阿桑蒂人，她的兩任丈夫也都是。像這樣的品種，不太需要推銷就會是搶手貨。珂拉嘴巴嚅動，無聲地道謝。小屋四牆壓迫著她。架高的小木屋裡還有個女人——發臭的黎妲——在那裡東翻西找，亂砸亂打。涅葛揉揉珂拉手上的腫塊，「我不知道哪種情況比較慘，」她說，「明天泰倫斯老爺來的時候，是你病了看不見人影，還是可以起床出門。」

他即將來訪的消息，讓珂拉身上的最後一絲氣力也沒了。詹姆斯．蘭道爾臥病在床。他去紐奧良和利物浦來的貿易代表團洽談生意，之後去了他那不可告人的安樂窩。回程在馬車上暈厥，自此而後，就再也沒露過面。大宅的僕役傳說，泰倫斯在哥哥養病期間要接管北園產業。這天早上，他要巡視北園，讓工作運轉能和南園的做法和諧齊一。

究竟會是什麼樣的和諧，沒有人會有疑問。

她朋友雙手滑開，牆壁似乎也鬆開了原本的壓力，她就這樣暈過去了。珂拉在深夜醒來，頭枕在捲起來的棉麻毯上。所有的人都睡著了。她揉揉太陽穴的傷痕，感覺好像還在滲血。她知道自己為什麼想保護崔斯特。但是那一刻為何如此迫切，又是什麼樣的情感讓她著了魔似的奮不顧身，她卻怎麼也想不起來。那個感覺已經退縮回原本躲藏的那個心中小角落，不管怎麼勸誘都不肯再出來。為了讓心裡的不安平靜下來，她偷偷溜到自己的那塊地，坐在她的楓樹樁上，聞著空氣的味道，側耳傾聽。沼澤裡有吹口哨與水花潑濺的聲音，是有人在充滿生機的夜裡捕食。夜裡走在那裡，朝北走向自由州。你肯定得失去理智才會這麼做。

但她媽媽就做了。

阿嘉麗來到蘭道爾農園之後，終此一生都沒再離開。就像阿嘉麗一樣，梅珀也寸步未曾離開農園，直到她逃離的那天。她沒洩露她的意圖，至少在後來接連不斷的審訊裡，沒有人承認知道她的計畫。在這個充斥醜陋天性與告密者的村子裡，光是做到這一點就是個不凡的成就。因為黑奴們為了不被九尾鞭痛打，連最親愛的人都可以出賣。

珂拉靠在媽媽肚子上睡著，自此未再見到她。老蘭道爾敲響警鐘，召集巡邏隊。不到一個鐘頭，搜捕的隊伍就隨著聶特．卡瓊的狗群踏進沼澤。在一長排追緝好手隊伍最後壓陣的卡瓊，天生是個獵捕黑奴的高手。獵狗代代繁殖，隔著整個郡的距離都聞得出黑人的氣味，不知齧咬撕裂過多少逃跑的奴工。這群綁著皮繩的猛犬奮力往前衝，爪子凌空抓動，發出的吠叫聲足以讓營舍的每一個人膽喪心寒，躲回木屋裡。但是這天採摘棉花是黑奴的首要工作，他們站在那裡等待命令，誰也不敢動，只能忍受獵狗發出的恐怖吠叫，等著看即將出現的血腥場面。

告示和傳單在方圓幾百哩內到處張貼發送。靠追捕逃跑黑奴補貼家用的自由黑人在樹林裡搜尋，找可能的共謀套消息。巡邏隊和低等白人組成的隊伍到處騷擾恐嚇。附近的農園都被翻遍，還有許多黑奴被抓來嚴刑拷打。但獵狗什麼也沒嗅到，牠們的主人也同樣一無所獲。

蘭道爾找了個巫師來施法，恐嚇他那些有非洲血統的奴工，說他們如果逃跑，肯定會嚴重中風癱瘓。那個女巫在秘密的地點埋下咒物，領了酬勞，坐著騾車離開。奴隸村裡對這巫師的施法有過一場激辯，這魔咒是只對有意逃跑的黑奴有效，還是任何踩線的人都會受影響？過了一個星期之後，才有黑奴敢再到沼澤獵捕搜尋。那裡是他們找食物的地方啊。

至於梅珀，則沒有任何下文。以前從未有人逃離過蘭道爾農園。逃走的人總是會被逮回來、被朋友背叛，或沒搞清楚星座的方向，往奴隸州深處走。被逮回來之後，他們求死不得，要先用種種狠毒手段懲治，才准去死。而他們的親人則被迫眼睜睜看著他們被折磨至死。

一個星期之後，惡名昭彰的獵奴人里奇威造訪農園。他騎著馬，帶了五個聲名狼藉的手下一起來，領頭的是個模樣可怕的印第安探子，脖子上掛了條乾枯耳朵串成的項鍊。里奇威身高六呎五吋（一九六公分），國字臉，脖子肥厚如榔頭。他從頭到尾都泰然自若，但渾身散發嚇人的氣息，就像暴風雨的雨雲看似還遠在幾哩之外，但瞬間就出現在你頭頂上，發出驚人的雷響。

里奇威靜靜聽了半個鐘頭，在一本小筆記本上記下重點，據大宅裡的奴僕說，他是個很專注，而且口才很好的人。他隔了兩年才回來，就在老蘭道爾過世前不久，來為他任務的失敗而道歉。那個印第安人已經不在了，取而代之的是個留有一頭黑色長髮的年輕人，背心裡同樣戴了一條戰利品串成的項鍊。里奇威剛好到附近拜會鄰近的農園，皮製袋子裡裝了兩顆逃跑黑奴的頭當證據。在喬治亞，越過州界是可以處死刑的重罪；有時候主人寧可殺一儆百，而不想真的要回屬於他的財產。

獵奴人轉述流言，說地下鐵道有條支線在本州南部運行，聽來似乎不假。老蘭道爾蹙起眉頭，同情黑奴的人都應該被鏟除，被拔毛剝皮，或任何符合本地習俗的嚴厲懲罰。里奇威也附和稱是。他再次道歉、告辭，帶著他的一幫手下騎馬上路，趕赴下一個任務。他們的工作源源不絕，無數的黑奴等著被趕出藏身的洞穴，讓他們帶回去給白人換得優渥報酬。

梅珀為自己的出走準備了行囊。一把刀、打火石和火種。她偷了小屋室友的鞋，因為比她自己的鞋好一些。好幾個星期以來，她那空蕩蕩的園子見證著她逃逸無蹤的奇蹟。離去之前，她挖出園子裡的每一顆甘薯。帶上這沉甸甸的東西，對需要飛快腳步的旅程來說，實在不是明智之舉。挖空的洞和旁邊隆起的土堆，提醒著每個經過的人，她已不在。有天早上，地填平了。珂拉跪在地上，種了新的作物。這是她繼承的土地。

此刻，在稀微的月光裡，她的頭猛烈抽痛。珂拉看著自己小小的園子。野草、象鼻蟲，還有凌亂的足跡。從慶生會之後，她就荒廢了她的園子。是該回來好好整理了。

泰倫斯隔天的造訪除了令人不安的片刻之外，大致平安無事。康納利帶他巡視哥哥農場的運作情況，因為泰倫斯已經好幾年沒好好參觀過了。從各個方面來看，他的態度都出乎意料的溫和節制，不像平常那樣一開口就是冷嘲熱諷。他們討論上一年的收穫，查驗從九月以來的採收秤重紀錄。泰倫斯對監工那手亂七八糟的字很不耐煩，除此之外，這兩個人處得還不錯。他們沒巡視黑奴和村子的情況。

他們騎馬越過農田，比較南北兩園的收成進度。泰倫斯和康納利穿過棉花田的時候，附近的黑奴都加倍勤奮工作。好幾個星期以來，他們忙著砍雜草，拚命鋤地。棉花抽長的梗子已經和珂拉齊肩高，重得往下垂，搖搖晃晃，冒出的葉子和蒴果一天比一天大。下個月棉鈴就會迸裂開來，露出一團團的白色棉絮。她暗自祈禱，希望白人經過的時候，棉花夠高可以遮住她。他們從她身邊經過之後，她抬頭望向他們的後背。這時泰倫斯突然轉頭。他對她點點頭，用手杖指著她，繼續前行。

詹姆斯兩天之後過世了。是腎臟的問題，醫生說。

在蘭道爾農園住得夠久的人不由自主地拿父子兩人的葬禮來比較。老蘭道爾是農園園主圈子裡很受敬重的一員。如今所有的人都關注騎馬馳騁西部的人，但蘭道爾和他的夥伴們才是真正開疆闢土的拓荒者，在那麼多年前就來到潮濕荒涼的喬治亞開創人生。其他的農園主人非常推崇他，因為他是這個地區第一個改種棉花的人，帶領他們進入這個獲利頗豐的產業。很多貸不到錢的年輕園主來找蘭道爾提供建議——他慷慨大方地給他們建議——在他有生之年，以令人豔羨的速度開創基業。

黑奴放假去參加老蘭道爾的喪禮。他們靜靜擠在一旁，看著優雅的白人先生女士向這位備受敬愛的父親致敬。大宅的僕役當抬棺人，一開始所有的人都覺得這樣做很丟人，但再想想，便覺得這是真情流露的表現，因為他們也曾經很愛自己的黑奴，例如年幼時用乳汁哺育他們的奶媽，或在洗澡時伸手到肥皂水裡替他們清洗的僕人。後來下起雨，葬禮被迫結束，但每個人都鬆了一口氣，因為乾旱已經持續太久了。棉花都渴了。

詹姆斯過世的時候，蘭道爾家這兩兄弟都已經和父輩或父親的門生晚輩沒有什麼社交往來了。詹姆斯有很多書面往來的生意夥伴，其中有些也見過面，但他朋友很少。就這一點來說，泰倫斯這個哥哥對人情酬酢並不怎麼在意。來參加他葬禮的人並不多。黑奴繼續在田裡工作——棉花正要收成，當然得繼續工作。這是遵照他遺囑的吩咐，泰倫斯說。詹姆斯葬在父母親附近，在他們廣袤地產的一角，旁邊是他父親的兩條大型犬柏拉圖和狄摩西尼。這兩條狗很受人寵愛，不管是白人或黑人都愛，雖然牠們整天追雞追個不停。

泰倫斯親自到紐奧良搞定哥哥的棉花生意。雖然逃跑從來就沒有什麼好或不好的時機，但泰倫斯統管南北兩園，就讓這件事情有了正當的論據基礎。北園向來氣氛比較輕鬆。詹姆斯的殘忍無情不下於其他白人，但是和弟弟相比，他顯得比較溫和。南園傳來的故事駭人聽聞，而且是普遍的情況，並不只是某些特別的個案。

大安東尼把握機會。他並不是園裡最機靈的傢伙，但沒有人能說他是個不知把握時機的人。這是繼梅珀之後的第一起逃跑事件。他大膽挑戰女巫的詛咒，沒碰上任何意外，一路逃到二十六哩之外，最後因為在乾草倉裡呼呼大睡而被發現。治安官用大安東尼表親製作的大鐵籠把他送回來。「想像鳥一樣飛走，就該關在鳥籠子裡。」鐵籠前面有個小空格可以插進囚犯的名字，但沒有人費事去寫。治安官一行離開的時候，把鐵籠也帶走了。

大安東尼接受懲罰的前一天晚上——白人只要推遲刑罰的時間，肯定就是要安排一場大戲——希薩到霍伯屋來。瑪麗讓他進門。她很不解。這裡很少有人來，男人更少，通常就只有帶壞消息來的白人工頭上門。珂拉沒把這年輕人的提議告訴任何人。

屋裡的女人不是在睡覺，就是在偷聽。珂拉丟下她正在修補的東西，帶他到屋外。

老蘭道爾蓋校舍，是為了兒子，以及他期待未來會有的孫兒。這空蕩蕩的屋子看來不太可能很快履行職責。自從蘭道爾的兒子完成教育之後，這裡就只被用來幽會，進行另一種課業的修習。小可愛看見希薩和珂拉走進去。對朋友意興盎然的表情，珂拉只搖搖頭。

這腐朽的校舍臭氣四溢。課桌椅老早就被搬走了，留下的空間滿是落葉和蜘蛛網。她很想知道，希薩以前是不是帶法蘭絲來過這裡，來做什麼。希薩看過珂拉衣服被扒光接受鞭打，皮膚綻裂湧出鮮血。

希薩看看窗戶，說：「你的事情，我很難過。」

「他們總是這樣做的。」珂拉說。

兩個星期之前，她一口咬定他是笨蛋。但今天晚上，他看起來比實際年齡老成，像個睿智的老農工，講給你聽的故事總要過了好幾天或好幾個星期，等真相無可迴避的時候，你才會瞭解他所要告訴你的真正意旨。

「現在你願意和我一起走了嗎？」希薩說，「我覺得我們早該走了。」

她搞不懂他。在她接連被鞭打的三個早晨，希薩都站在人群前面。傳統上，奴隸必須觀看自己的同類接受嚴刑處罰，這是道德教育的一環。每一個人在圍觀的時間裡，總有那麼一刻，就算是再短的一刻，都不得不轉開視線，因為想到自己遲早會成為被鞭打的對象，而感受到那人身上的疼痛。彷彿受刑的人就是你自己，雖然明明不是。唯有希薩一點都不畏縮。他沒有搜尋她的目光，而是看著更遠處，更大也更難看見的東西。

她說：「你以為我是個幸運符，因為梅珀逃掉了。但我不是。你看看我。你知道自己一動念頭就會有什麼下場。」

希薩不為所動。「等他回來就慘了。」

「現在就已經很慘了。」珂拉說。「一直都很慘。」她不理他，逕自離開。

泰倫斯新訂製的刑具說明了大安東尼為何遲遲未受刑。木工連夜趕工完成，還展現無比雄心，雕上做工粗糙的刻花。人身牛頭怪物、胸部豐滿的美人魚，以及其他在樹林裡嬉戲的幻想生物。這刑枷豎立在前院草坪的豐美青草上。兩名工頭看守大安東尼，他就被吊在那裡一整天。

第二天，一群賓客搭著馬車蒞臨，是從亞特蘭大和薩凡納來的高貴人士。泰倫斯親自迎接這些打扮入時的紳士淑女，還有位從倫敦來的報社記者，要在美國現場採訪新聞。他們在草地上的餐桌用餐，品嘗愛麗絲烹調的烏龜湯和羊肉，對廚子的手藝讚不絕口。但她並不能出面接待他們。在他們用餐時，大安東尼一直挨鞭子，而他們吃得很慢。那名記者一面吃還一面在紙上寫東西。甜點上桌，貴客走進屋內，避開蚊蟲，而大安東尼則繼續被鞭打。

第三天，剛吃完午餐，工頭被從田裡召回，洗衣婦、廚子和馬廄工全放下工作，大宅的僕役也不再做家務。他們群集在前院草地上。蘭道爾的貴客啜飲香料蘭姆酒，看著大安東尼被泡進油裡，開始炙烤。圍觀的人聽不見他的慘叫聲，因為他的命根子第一天就被切下來，塞進他嘴巴裡，用線縫緊。刑具冒煙，變得焦黑，燒了起來，木頭上的雕刻扭動著，彷彿活了起來。

泰倫斯對南北兩園的黑奴訓話。如今兩個農園已經合而為一，不管目標或手段都無二致，他說。他對自己哥哥的過世表示哀悼，但知道詹姆斯會在天堂與他們爸媽重逢，他覺得安慰。他一面說，一面走進黑奴群裡，敲著手杖，摸摸黑小孩的頭，拍拍幾個南園較年高望重的人。他檢查一名他沒見過的年輕男子的牙齒，支起那男孩的臉仔細打量，讚許地點點頭。為了滿足世界對棉織品永不饜足的需求，他說，每個採摘工每天的定額將根據前一年收成的數量增加若干百分比。農田將重組，以求提高效率。他打了一個男人耳光，只因為那人看見朋友受刑竟然哭了。

泰倫斯走到珂拉面前，一隻手伸進她衣服裡面，握住她的乳房，捏了捏。她一動也不動。打從他開始訓話以來，就沒有人敢動，就連聞到大安東尼身體發出的焦臭味，也沒有人敢伸手捏住鼻子。除了聖誕節和復活節之外，不能再有其他慶祝會，他說。他會親自安排並核可婚配，確保配對合適，多子多孫。週日離開農園去打工的人，要課額外的稅。他對珂拉點點頭，繼續巡視他的非洲黑人，並分享他的改革措施。

泰倫斯結束演說。黑奴們都很清楚，在康納利解散他們之前，他們都得要乖乖站在原地。薩凡納的女士們從壺裡又斟了杯飲料。那名記者又打開一本新記事簿，開始記錄。泰倫斯老爺和客人會合，一起去參觀棉花田。

她以前不屬於他，而現在是了。又或者她始終屬於他，只是現在才知道。珂拉心思飄得遠遠的，越過那名被燒死的黑奴，越過大宅，和標示蘭道爾領地的界線。她努力想用她聽過的故事，用親眼見識過遠方城市的黑奴的說法，來給一切填補上細節。每一次她彷彿捉住了些什麼——潔白的石磚大樓，極目所見沒有半棵樹的廣闊海洋，開蹄鐵店的黑人鐵匠沒有主人，只為自己工作——但那點點滴滴的影像宛如滑溜的魚，迅捷溜走。如果她想留住這些影像，就必須親眼去看。

她可以找誰說？小可愛和涅葛會替她守密，但她怕泰倫斯會在她們身上報復。她們最好是真的對她的計畫一無所知。不，她唯一可以討論的對象，就是構思這個計畫的人。

泰倫斯訓完話那天晚上，她去找他，他一副她老早就答應的模樣。希薩和她以前見過的黑人都不一樣。他出生在維吉尼亞的小農場，主人是個嬌小的老寡婦。這位佳納夫人很愛烘焙，整天忙著照料花園，其他的事都不太管。希薩和他父親打理農地和馬廄，他母親管理家務。他們的菜園小有收成，可以到鎮上販售。他們一家人住在農場後面一幢兩房的獨立小屋，粉刷成白色，邊緣一圈知更鳥藍，就像他媽媽見過的白人房舍那樣。

佳納夫人什麼都不想，就只想舒舒服服安享晚年。她並不贊成一般人對奴隸制度的看法，但也認為這是必要之惡，因為非洲人種顯然智力不足。把他們從奴隸制度裡解放出來，會是很可怕的事——少了耐心關愛的人指引他們，他們要如何打理好自己的事情呢？佳納夫人用自己的方式幫助他們，教黑奴識字，好讓他們用自己的眼睛接收上帝的嘉言。對於黑奴的行動，她是很開明的，希薩和家人隨時可以到郡內各處。這個放任的態度惹惱了鄰居。但就她而言，這是在為他們即將迎來的自由做好準備，因為她已經允諾他們，在她死後就讓他們恢復自由。

佳納夫人過世之後，希薩和家人為她哀悼，繼續照料農場，等待解除奴隸身分的正式文書。她沒留下遺囑。唯一的繼承人是住在波士頓的一個姪兒，他委由本地律師變賣佳納夫人的資產。那是個恐怖的日子，律師帶著治安官來，告訴希薩和他爸媽說他們要被賣掉。更慘的是，賣到南方去，那有著許多殘酷不堪傳說的南方。希薩和家人加入銬在一起的奴隸隊伍，開始長途跋涉。

他父親往一個方向去，母親去向另一個地方，而希薩也有自己的命運要面對。他們哀戚道別，但被奴隸販子的皮鞭打斷。奴隸販子覺得很不耐煩，這樣的場景他已見過無數次，所以只漠不關心地揮鞭抽打這些難分難捨的家人。而希薩卻把這輕輕的揮鞭當成是個徵兆，以為自己有能力承受未來的懲罰。在薩凡納舉行的拍賣會上，希薩被賣到蘭道爾農場，他的惡夢就此展開。

「你識字？」珂拉問。

「是的。」當然是不可以讓別人知道他識字，但他們一旦逃離農場，就可以仰賴這在黑人身上極為罕有的能力。

他們在校舍碰面，或在收工後的牛奶房旁邊，哪裡方便，就約在哪裡。如今她對他和他的計畫已經很投入，整個心思都在這上面。珂拉建議他們等待滿月再行動。希薩則說，在大安東尼逃跑的事件發生之後，監工和工頭已經加強檢查，滿月時分會加倍警戒，因為皎潔的月光總是攪動黑奴心緒，讓他們想逃。不，他說。他想盡快行動。隔天晚上就走。月亮未圓，但這樣的月光已然足夠。地下鐵道的人會等著接運他們。

地下鐵道——希薩這一段時間可真夠忙的。在喬治亞這麼偏僻的地帶，真有地下鐵道運作嗎？她滿腦子都是逃亡的事。除了她自己的準備之外，他們要如何及時通知地下鐵道？希薩在週日之前都沒有藉口可以離開農園。他告訴她，他們的逃脫必定引起騷動，不必特別通知和他接頭的人。

佳納夫人在很多方面都給希薩心裡埋下逃脫的種子，但是有件事讓他特別留意到地下鐵道。

那是個週六下午，他們坐在前門廊，屋前的大馬路出現了週末的壯觀景象。有趕著貨車的商販、有步行到市場的一家子，還有脖子上銬著鎖鍊、步履蹣跚的奴隸。希薩揉著佳納夫人的腿，老太太鼓勵他學點手藝，成為自由人之後能派得上用場的手藝。他在附近一家鋪子裡學木工，店東是個心胸寬大的唯一教派信徒。後來希薩在廣場上販賣親手雕製的碗。就像佳納夫人說的，他有雙巧手。

到了蘭道爾農園，他繼續做木雕，大夥兒到鎮上賣苔癬、代縫補衣服、打零工，他也跟著去。他賣得不多，但每週一次的趕集，可以讓他稍帶苦澀地想起以往在北方的生活。日落時分，要告別眼前的熱鬧，這買賣與欲望交纏的場景，總是讓他很難受。

有個週日，一名略微駝背的灰髮白人男子邀他到店裡去。他說，他或許可以在平常日子代為販售希薩的手工藝品，這樣對雙方都有好處。希薩以前就注意到這個人，在黑人攤販之間逛來逛去，一臉好奇地停下來看他的手工藝品。他當時並沒有特別留神，但這人提出的建議，這時卻讓他心生狐疑。被賣到南方，徹底改變他對白人的態度。他很小心。

這人店裡賣日用品、乾貨和農具，但沒有顧客。他壓低聲音問：「你識字，對吧？」

「啥？」希薩學喬治亞男孩的腔調說。

「我在廣場上看過你在讀告示，還有報紙。你得要保護好自己。這事情不會只有我一個人看見。」

富萊契先生是賓夕法尼亞人。他搬到喬治亞來，是因為他的妻子不肯住在別的地方。等他發現妻子的心意，已經來不及改變事實了。她聽說這裡的空氣可以改善身體循環。他承認，妻子對空氣的看法是對的，但是除此之外，這個地方簡直一無是處。富萊契先生痛恨奴隸制度，覺得這是對上帝的公然違抗。在北方的時候，他並不是廢奴團體的活躍分子，但親眼目睹這醜惡的制度運行，讓他有了前所未有的想法。這想法很可能會讓他被驅離出鎮，甚至有更慘的下場。

他對希薩坦誠相告，冒著這黑奴可能會去告發他拿獎金的危險。希薩也以同樣的信任回報。他以前見過像這樣的白人，熱誠親切，對自己說出口的話一諾千金。這些話的真實度究竟為何是一個問題，但最起碼他們自己相信。南方的白人都是魔鬼的子嗣，誰也猜不透他們下一個邪惡的行為會是什麼。

第一次會面結束時，富萊契拿了希薩的三個碗，叫他下個星期再回來。碗沒賣掉，但兩人見面的真正目的，卻隨著討論而逐漸成形了。這想法像是一塊木頭，希薩想，需要費心思量與巧手雕琢，才能顯露出新的形狀。

週日最好。週日他妻子都去探訪親戚。富萊契向來就不喜歡住在這裡的那些親戚，他們也不喜歡他，因為他這人脾氣古怪。富萊契告訴他，大家都認為地下鐵道並沒有延伸到這麼南邊的地方。這點希薩早就知道了。在維吉尼亞，你可以偷偷溜進德拉瓦，或搭駁船北上切沙比克灣，靠著自己的機智和上蒼看不見的手，躲過巡邏隊和大批獵奴人。再不然，有著秘密中繼站和神秘路線的地下鐵道也可以提供協助。

在美國的這個地帶，反奴隸制度的文學作品是非法的。來到喬治亞和佛羅里達的廢奴運動者和同情者必得要逃命，不被鞭打，也會被暴徒痛揍，嚴刑拷打。衛理教會教友和他們的泛泛空論，在這個棉花王國的中心地帶沒有立足之地。農場主人絕不容許這些有毒言論四處擴散。

然而車站還是開設了。如果希薩能走三十哩路到富萊契家，富萊契就會帶他到地下鐵道車站。

「他幫過多少奴隸？」珂拉問。

「一個也沒有。」希薩說。他的聲音一點都不抖顫，是為了讓珂拉，也讓自己有信心。他告訴她，富萊契之前曾經和一名奴隸搭上線，但那人沒能赴約。隔週的報紙報導那名奴隸被捕，也描述了他所受的刑罰。

「我們怎麼知道他不是在耍我們？」

「他不會的。」希薩已經想過這個問題了。光是和富萊契在店裡講話，就足以構成讓希薩被吊死的罪名，富萊契並不需要編造這個騙局。希薩和珂拉靜靜聽著蟲子在身邊飛來飛去，心中思索著那滔天大罪的計畫。

「他會幫我們的，」珂拉說，「一定會。」

希薩拉起她的手，但又覺得不妥，忙放開。「明天晚上。」他說。

她在這裡的最後一個晚上無法入眠，儘管她需要睡眠來養足體力。霍伯屋裡其他的女人在她身邊沉睡。她聽著她們的呼吸聲。這是涅葛。每隔一分鐘就發出一聲刺耳喘氣的黎妲。明天的這個時間，她就會消失在夜色裡。她媽媽下決定的時候，也有同樣的感覺嗎？珂拉對她的印象已經很模糊了。她記得的，大多是她的哀傷。遠在霍伯屋名為霍伯屋之前，她媽媽就是個霍伯屋的女人了。她很孤僻，心裡的重擔讓她直不起腰，和其他人格格不入。珂拉沒辦法拼湊出她的完整圖像。她是什麼樣的人？她現在人在哪裡？她為何拋下女兒？沒有留下一個特別的吻，讓你以後回想起來會知道她是在道別，哪怕你當時並不知道。

珂拉在田裡的最後一天拚命挖土，彷彿要挖出一條地道來似的。穿過地道，你就得救了。她沒說一聲再見地默默道別。前一天，她晚飯之後和小可愛一起坐著，打從喬奇慶生會之後，她們就沒有這樣挨著聊天了。珂拉想留下幾句溫柔的話給她這位朋友，一份她以後可以珍藏在心底的禮物。*你當然是為她做了好事，你是個好人。梅約當然喜歡你，我在你身上看見的，他也看得到。*

珂拉把最後一頓飯留給霍伯屋的女人。她們空閒的時間很少聚在一起，但她讓各忙各的她們齊聚在一起。她們未來會怎樣呢？她們都是被放逐的人，但是一旦住進這裡，霍伯屋就提供了某種保護。她們像小孩怕挨揍那樣的傻笑和幼稚行為，讓她們顯得更加怪異，但也因此不必捲入奴工營舍的複雜糾葛裡。有些夜晚，霍伯屋的牆壁宛如城牆，保護她們免於尋仇陰謀。白人會吃你，但有時黑人也會吃你。

她把自己的東西堆成一堆，留在門口：一把梳子、一塊阿嘉麗多年前找到的銀片，和一堆涅葛稱之為「印第安石」的藍色石頭。這是她的道別。

她帶了她的小斧頭，也帶了打火石和火種。像她媽媽一樣，她也挖出地裡的甘薯。她想，明天晚上就會有人佔領這塊地，把土整個翻過一遍。豎起圍籬養雞、蓋間狗屋，或許繼續當成菜園。這裡是她在農園洶湧惡水裡的錨，讓她不致被水沖走。直到她自己選擇離開的這一天。

整個村子沉寂無聲之後，他倆在棉花田碰面。看見她帶了一袋甘薯，希薩露出逗趣的表情，但沒說什麼。他們穿過抽長的植株，跌跌絆絆的，穿過大半塊田地才想到要開始跑。他們覺得頭重腳輕，因為腳步的速度，也因為這原本不可能成真的事情。他們彷彿聽見有人喊他們，回頭一看，並沒有人，是他們自己心裡的恐懼作祟。在失蹤被發現之前，他們還有六個鐘頭的時間，而園主派來的人還要再晚個一兩個鐘頭才能追到他們所在的位置。可是恐懼已經追上他們了，就像他們在農園的每一個日子一樣，與他們的腳步並進。

他們越過土層太淺無法種植農作的草地，進入沼澤區。珂拉和其他黑人小孩在這黑黝黝的水裡嬉戲，講野熊、潛藏的鱷魚、游泳速度驚人的水蟒蛇的故事嚇彼此，已經是很多年以前的事了。男人們在沼澤獵捕水獺和水狸，賣苔蘚的人從樹上刮下苔蘚，每個人都走得很遠，但從來也不會太遠，被無形的鎖鍊拉回農園。幾個月以來，希薩和設陷阱的人一起來這裡捕魚打獵，學會如何在這片泥炭和淤泥地上行走，知道要緊貼著蘆葦地，知道怎麼找到有堅實泥土的小島。他用手杖戳著他們面前的黑暗大地。他的計畫是要往西，走到設陷阱的人帶他去看過的一列小島，然後轉向北方，走到沼澤乾涸之處。這樣走雖然有點繞路，但是那裡乾硬的土地可以讓他們加快腳步，是向北行最快的路線。

才走了一小段路，他們就聽到有人講話的聲音，停下腳步。珂拉看著希薩，想知道是怎麼回事。他雙手前舉，努力聽。不是憤怒的聲音，甚至不是男人的聲音。

認清對方身分時，希薩搖搖頭。「小可愛——噓！」

小可愛一追上他們，就很知道分寸地保持安靜。「我就知道你有什麼計畫，」她輕聲說，「和他偷偷溜出去，卻又不肯告訴我。然後你又把甘薯挖出來，有些都還沒熟呢！」她用舊布做的袋子揹在肩上，緊緊摟著。

「趁還沒破壞我們計畫，快回去吧。」希薩說。

「我要和你們一起走。」小可愛說。

珂拉皺起眉頭。要是他們趕小可愛回去，她溜回木屋的時候可能會被逮到。小可愛不是個嘴巴很緊的人，他們不可能再擁有時間的優勢。她不想為這女孩負責任，但又不知道該怎麼辦才好。

「他不能同時幫我們三個人。」希薩說。

「他知道我會去嗎？」珂拉問。

他搖搖頭。

「那麼兩個意外之客和一個也差不了多少。」她說，拎起袋子。「反正我們帶的食物夠吃。」

他有一整個晚上的時間來調適想法，他們還要很久才能睡覺。最後小可愛終於不再每一聽到夜行動物的任何動靜，或走進水深及腰的沼澤深處就驚叫。珂拉很習慣小可愛動不動就鬧脾氣的個性，但並不瞭解這個好朋友的另一面，不知道她究竟為什麼再也受不了，決定非逃不可。但是每個奴隸都想過這件事。早上想，下午想，晚上想，做夢也想。夜裡的每一個夢都關乎逃跑，儘管看起來似乎與逃跑無關。例如夢見一雙新鞋。機會來的時候，小可愛掌握住機會，不在乎可能遭鞭打。

他們三個人一路往西，涉過黑水。珂拉沒辦法帶路。她不知道希薩是怎麼辦到的。但他不停帶給她意外。他腦袋裡肯定有張地圖，而且他像會認字那樣懂得辨別星星的位置。

小可愛唉聲嘆氣，吵著說要休息，這倒讓珂拉省得出口要求。他們想看小可愛袋子裡的東西，結果裡面沒什麼特別的，只有她收藏的一些奇怪東西，例如一只小木鴨、一只藍色玻璃瓶。至於希薩的執行力，最起碼在尋找小島的這件事情上，是個很有能耐的導航人。但究竟是不是照著他計畫的路線走，珂拉也辨別不出來。到天色微亮的時候，他們已經走出沼澤。「他們已經發現了。」橘色的太陽從東方的地平線露出頭的時候，小可愛說。三個人又休息了一下，切開一個甘薯分著吃。蚊子和黑蠅纏著他們不放。天色大亮時，他們一身狼狽，脖子以下全是污泥，黏滿芒刺和草鬚。珂拉不以為意，她這輩子還沒離家這麼遠過。就算這時被銬上鎖鍊拖回去，她至少已經來過這麼遠的地方了。

希薩用手杖敲敲地面，他們再次上路。下一次又停下來的時候，他告訴她們說他要去找郡道。他保證會盡快回來，但他需要去確認一下他們走了多遠。小可愛很識趣，沒問他如果不回來該怎麼辦。為了讓她們安心，他留下他的行囊和皮革水袋，擺在一棵柏樹旁。萬一他沒有回來，她們也可以派上用場。

「我就知道。」小可愛說，雖然已經累得沒力氣了，卻還是要挑毛病。她背靠樹坐下，很慶幸這裡的土是乾硬的。

珂拉把事情的來龍去脈告訴她，從喬奇的慶生會說起。

「我就知道。」小可愛又說。

「他覺得我會帶給他好運，因為我媽是唯一逃脫的人。」

「想要好運，不會去砍隻兔子腳啊。」小可愛說。

「你媽媽會怎樣啊？」珂拉問。

小可愛五歲的時候和媽媽一起來到蘭道爾農園。她的前一任主人不認為黑小孩需要穿衣服，所以到這裡之後她才第一次有衣服穿。她媽媽吉兒是在非洲出生的，很喜歡講故事給女兒和朋友聽，說她小時候住在一個河邊的村莊，附近有很多動物。摘棉花的工作讓她身體受不了，關節浮腫僵硬，背挺不直，最後連走路都有困難。吉兒無法再工作之後，就幫在農田工作的婦人照顧她們的寶寶。儘管身體不行，但她很疼自己的女兒。只要小可愛一轉身離開，她那咧笑得大大的沒有牙齒的嘴巴就像斧頭那樣馬上垮下來。

「她會以我為榮。」小可愛回答說。她躺下來，翻個身。

希薩比她們預期的還早回來。他們很靠近馬路了，他說，走得算很快了。但現在獵捕隊馬上就要追來了，他們必須趕在馬隊出發之前盡可能拉開距離。騎馬的人很快就可以追上他們。

「我們什麼時候可以睡覺？」珂拉問。

「我們先避開馬路，然後再看看。」希薩說。從表情看來，他其實也很累了。

他們沒過多久，就放下行囊休息。希薩喚醒珂拉的時候，太陽已經西沉了。雖然姿態怪異地窩在一棵老橡樹的樹根上，但她睡得很沉，連翻身都沒有。小可愛早就醒了。就快天黑的時候，他們來到空地，是在一片私人農莊的玉米田後面。農場主人在家，忙著打理家務，在小屋子裡忙進忙出。他們三個躲起來，等到這家人熄了燈。從這裡到富萊契的農莊最短的距離是穿過人家的土地，但這樣太危險了。他們繼續在樹林裡蜿蜒前進。

最後是豬害了他們。他們沿著野豬走的小徑前進，碰上從樹林裡衝出來的白人。總共四個。這誘餌在前方，獵野豬的這幾個人正在等待他們的獵物。因為天氣炎熱，野豬都只在夜間活動。這幾個逃脫的黑奴不是他們所等待的那種野獸，但卻是更為有利可圖的獵物。

從這三人的特徵看來，無疑就是公告上懸賞的人。兩個獵豬人抓住個頭最小的一個，把她壓到地上。好一會沉寂之後——黑奴不想讓獵人察覺，獵人不想讓獵物察覺——他們同時發出一聲尖叫，卯足全力大吼。希薩抓住留著黑色大鬍子的笨重男人。希薩比較年輕力壯，但那人站穩腳步，抓住希薩的腰。希薩奮力出拳，彷彿以前常常揍白人似的，但這當然是不可能的，否則他早就進墳坑了。逃跑的奴隸就是因為不想進墳坑，如果這些人贏了，把他們抓回去給主人，他們的下場就是被丟進墳坑裡。

被兩人拖進暗處的小可愛發出哀號。對付珂拉的這人看起來還只是個男孩，身材瘦小，或許是其中一個獵人的兒子吧。她一個不留神被他抓住了，但他的手一碰到她的身體，她立刻脈搏加速，全力反擊，彷彿回到愛德華和帕特拖她到燻製房後面的那天晚上，回到其他人對她施暴的時候一樣。她奮力反抗。力氣從四肢泉湧而出。她張嘴咬，伸手打，出拳揍，把當初沒能用上的力氣全都發洩出來。她發現自己掉了那把小斧頭。她好希望手裡有斧頭。愛德華沒命了，這個男孩也要沒命，她才不要被拖回去。

這男孩把珂拉摔倒在地。她翻個身，頭撞上樹樁。他蹣跚走來，壓住她。她血液沸騰，伸手抓起一塊石頭，用力砸向男孩的頭。他踉蹌讓開，她再次出手攻擊。他的呻吟越來越大聲。

時間恍惚如虛不實。希薩叫她的名字，拉她起來。那個留鬍子的男人跑走，在夜色裡已見不到他的身影。「這邊！」

珂拉大聲喊著她的朋友。

她毫無蹤跡，沒辦法知道她往哪裡去了。珂拉遲疑了，但希薩用力拉她往前走。她乖乖聽話。

他們不再奔跑，前面是哪裡，他們一點頭緒都沒有。到處黑漆漆的，淚眼迷濛的珂拉什麼都看不見。希薩及時搶救了他的皮水壺，但他倆其餘的東西都丟了。他們也丟了小可愛。他用星座找出方向，兩人跌跌撞撞上路，走進夜色裡。他們好幾個鐘頭沒講話。他們的計畫宛如一棵大樹的樹幹，因為不同的選擇與決定，冒出一根根細枝嫩芽。如果他們在沼澤就把小可愛趕回去。如果他們沿著私人農莊邊緣走。如果珂拉走在最後，成為被那兩個男人拖走的人。如果他們一開始就沒逃跑。

希薩探查一個看起來妥當的地點，兩人爬上樹，像浣熊那樣睡覺。她醒來的時候，太陽已經升起，希薩在兩棵松樹之間踱步，自言自語。她從樹上下來，因為緊抱樹幹睡覺，臂腿都麻了。希薩表情嚴肅。這個時間，他們昨天晚上遇上獵人的事應該已經傳開了。巡邏隊知道他們往哪個方向逃。「你有沒有告訴她地下鐵道的事？」

「我想沒有。」

「我想我也沒有。我們很蠢，竟然沒考慮到這一點。」

他們中午涉過的小溪是一個地標。他們就快到了，希薩說。又走了一哩之後，他留下她，自己先到前方偵察。他回來之後，他們選擇更靠近樹林外緣的路線走，透過林木，隱隱約約可以看見房舍的輪廓。

「到了。」希薩說。那是一幢整潔的小平房，外面是整片的牧草地。這塊地整過了，但沒種任何東西。紅色的風向標讓希薩知道就是這幢房子沒錯；而後窗拉上的黃色窗簾則表示富萊契在家，他妻子不在。

「要是小可愛告訴他們了。」珂拉說。

從他們站的地方可以看見其他房子，但看不見人。珂拉和希薩迅速跑過野草叢，從離開沼澤之後，第一次曝露在陽光下。無遮無掩的開闊空地讓人緊張。她覺得自己彷彿就要被丟進愛麗絲的黑色大鐵鍋裡，在火上炙燒。他們在後門等待富萊契回應他們的敲門聲。珂拉想像民兵團在樹林裡搜捕，衝進田野裡。又或者，他們已經埋伏在屋裡，要是小可愛已經招供的話。富萊契終於出現，領他們進廚房。

廚房不大，但很舒服。可愛的鍋子掛在鉤子上，黑黑的鍋底朝外，細瘦的玻璃花瓶插著各色從草地上摘來的花。一條紅眼睛的老獵犬窩在自己的角落裡，一動也不動，完全不理會來訪的人。珂拉和希薩非常口渴，拚命喝著富萊契裝在壺裡給他們的水。這主人看見多出來一個人，並不太高興，但打從一開始，就有太多事情出差錯了。

這商店老闆一一說給他們聽。首先是小可愛的媽媽吉兒發現女兒不見了，所以離開木屋悄悄搜尋，因為男孩們喜歡小可愛，小可愛也喜歡男孩。有個工頭攔下吉兒，從她嘴裡套出消息來。珂拉和希薩看著彼此。他們自以為領先六個鐘頭，結果只是幻想。巡邏隊早就開始搜捕他們了。

早上才過一半，富萊契說，郡裡每個空閒的人都被徵召加入搜捕的行列。泰倫斯的賞金空前未有的高，每個公共場所都貼了告示。最歹毒的惡棍都加入捕獵的行列。醉鬼、壞胚子，甚至那些沒鞋可穿的低等白人都為有機會追捕黑人而興奮不已。巡邏隊掃蕩奴隸村，強行進入自由人的房舍，恣意偷竊搶劫。

但命運之神仍眷顧他們：追獵的人原本認為他們躲在沼澤裡——拖著兩個女人一起走，想必無法走得太快。大部分奴隸都會循黑水逃走，因為在這麼南邊的地方，沒有白人會幫他們，沒有地下鐵道等著運送逃跑的黑奴。這個失算，才讓他們三個可以往東北方走這麼遠。

但獵野豬的那幾個人碰到他們，小可愛被帶回蘭道爾農園之後，情況的發展逆轉了。民防隊已經來過富萊契家兩次，把話帶到，並偷偷瞄著暗處。但最壞的消息是年紀最小的那個獵人——十二歲的男孩——傷得很重，到現在還昏迷不醒。希薩和珂拉在全郡居民的眼中，已經是凶手。白人想要血債血還。

希薩掩著臉，富萊契手搭在他肩上安慰。珂拉對這個消息顯然沒有反應。兩個男人看著她。她撕下一塊麵包。希薩連同她的份一起愧疚。

他們談起逃脫的經過，以及在樹林裡的奮戰，讓富萊契精神振奮不少。他們三個人這時可以好好地待在廚房裡，證明小可愛並不知道地下鐵道的事，而且他們也沒對小可愛提起這位店東的名字。他們可以繼續進行。

希薩和珂拉狼吞虎嚥吃完剩下的黑麥麵包和火腿之後，兩個男人爭辯該是現在就出發呢，還是等天黑再走比較好。珂拉覺得自己最好別出主意。這是她這輩子第一次踏進農園以外的世界，她一無所知。她只贊成越快離開越好。她只要多遠離農園一哩，就算多一分勝利，她會好好珍惜。

兩個男人決定要馬上啟程，讓黑人躲在富萊契馬車後面的毯子底下，是最妥當的做法。這可以免除藏在地窖裡或躲開富萊契太太進進出出的麻煩。「你們覺得可以就行。」珂拉說。那條狗放了個屁。

在靜悄悄的馬路上，希薩和珂拉躲在富萊契的木箱之間。陽光穿過樹蔭間隙灑下來，透進毯子來。富萊契一路和他的馬講話。珂拉閉上眼睛，但眼前還是看見那個男孩頭纏繃帶躺在床上，大鬍子男人站在他床邊。這影像讓她無法入睡。他的年紀比她以為的還小。但他不該把手貼在她身上的。他應該找點別的消遣，不該在夜裡出來獵野豬的。她才不在乎他是不是能康復，她最後斷定。不管他是不是能醒過來，他們都會被處死。

鎮上的嘈雜聲喚醒了她。她只能想像那是什麼場景，想像人們遊逛，商鋪忙碌，四輪馬車和雙輪貨車互相閃避。交談的聲音越來越近，嘰嘰喳喳，是看不見的人群。希薩捏緊她的手。他們躲在箱子之間的姿態，讓她無法看見他的臉，但她知道他會有什麼表情。這時富萊契停下車。珂拉以為毯子馬上就會被掀開，心頭浮現即將出現的混亂畫面。那騷亂的陽光。富萊契挨揍，被捕，很可能被私刑處死，因為他窩藏的不僅是逃跑的黑奴，而且還是殺人凶手。珂拉和希薩被圍觀的群眾毒打，準備送回給泰倫斯，不管他們的主子是怎麼想的，刑罰肯定比大安東尼更慘，也一定比小可愛更慘，如果他沒等著讓三個逃奴一起受刑的話。她倒抽一口氣。

富萊契是因為朋友招手才停下來的。那人靠近馬車，搖搖車子的時候，珂拉不禁發出聲音來，但他沒聽見。那人和富萊契打招呼，把民防隊搜查的最新消息告訴這位小商店老闆——殺人凶手已經逮到了！富萊契感謝上蒼。但另一個人的聲音駁斥這個謠言。奴隸還在逃，早上還偷了某個農夫的雞，可是獵狗聞得出他們的氣味。富萊契再次感謝上帝眷顧白人與白人的利益。至於那個男孩，並沒有新的消息。可憐啊，富萊契說。

馬車直接駛向靜悄悄的郡道。富萊契說：「你們耍得他們團團轉。」搞不清楚他是對他們，還是對他的馬說。珂拉又開始打盹，逃亡奔波還是要他們繼續付出代價的。睡眠讓小可愛不再進到她的腦海來，等再度睜開眼睛，天已經黑了。希薩拍拍她，要她安心。車外有隆隆聲、匡噹聲，接著是門閂的聲音。富萊契掀開毯子，兩人伸展痠痛的四肢。他們已在穀倉裡了。

她最先看見的是鎖鍊。幾千上萬條鎖鍊掛在牆面的釘子上，手銬腳鍊，有銬腳踝的、銬手腕的、銬脖子的，各種不同的形式與組合，讓人觸目驚心的恐怖收藏。各式各樣的鐐銬是為了不讓奴隸逃跑，不讓人雙手移動，甚至是為了把人的身體撐高起來毒打。有一排是孩童的鎖鍊，小小的鐐銬與連接的鍊條。另一排是手銬，有非常厚重的鐵手銬，沒有任何鋸子鋸得斷，還有很細的手銬，細到戴上的人若非想到處罰的後果，一繃就能扯斷。有個區域擺放的是裝飾華麗的口鼻罩，角落裡還有一堆球和鍊條。球堆成金字塔狀，而鍊條盤成S形。有些鐐銬生鏽，有些破損，還有一些新得像今天早晨才剛鑄好。珂拉走近，摸著一個中心有圈刺向外凸出的鐵環。她想了想，覺得應該是戴在脖子上的。

「很可怕吧，」有個男人說，「是我四處蒐集來的。」

他們沒聽見他進來的聲音，難道他一直都在這裡？他身穿灰色長褲，透氣布料的襯衫，沒能掩飾他骨瘦如柴的身材。珂拉見過有些挨餓的奴隸，身上肉都比他多。「是我旅行帶回來的紀念品。」這白人說。他講話的神態有點古怪，略微失神，讓珂拉想起農園裡精神失常的人。

富萊契為他們介紹，說這人叫藍伯利。他和他們握手，有氣無力的。

「你是列車長？」希薩問。

「冒蒸汽的東西我搞不來。」藍伯利說，「應該說是站長吧。」不弄鐵道的事情時，他說，他都在自己的農莊過著平靜的生活。這是他的土地。珂拉和希薩必須躲在毯子底下，否則就得戴眼罩才能來到這裡，他解釋說。他們對自己所在的位置一無所知。「我還以為今天會來三個乘客呢。」他說，「這樣你們就不必擠在一起了。」

他們還沒搞懂他的意思，富萊契就說他該回去找他妻子了。「我的部分已經完成了，我的朋友。」他情感豐沛地擁抱他們兩個，珂拉不由自主地縮起身體。兩天之內，有兩個白人男人用手攬住她。這就是她獲得自由的代價？

希薩默默看著這位小商店老闆駕馬車離去。富萊契和他的馬講話，聲音越來越遠，終至消失。珂拉看見同伴滿臉掛慮。富萊契為他們擔了很大的風險，況且事態的發展比他原先計劃的要更為複雜。要還這份人情，他們只能想辦法活下去，同時在環境許可之下，盡力幫助其他人。至少她是這麼想的。希薩欠這人太多，遠遠不只是幾個月前帶他到店裡去而已。這是她在他臉上看見的——不只是掛慮，而且還有責任。藍伯利關上穀倉的門，一震動，鍊條隨即匡噹匡噹響。

藍伯利並沒有這麼感情用事。他點亮油燈，交給希薩，腳踢開乾草，拉起地上的一個掀門。看他倆很不安，他就說：「要是你們擔心的話，那我先下去。」樓梯井砌著石塊，一股酸臭味從下方湧出來。這樓梯並非通向地窖，而是一直往下。珂拉覺得蓋這個樓梯的人真是不得了。台階很陡，但石塊砌得平整，讓人可以腳步平穩地往下走。最後他們到了一條隧道，任何的讚賞都不足以形容他們眼前所見的景象。

樓梯通往一個小平台。隧道兩端敞開黑色的大嘴。高度起碼有二十呎，牆面鋪了石頭，顏色深淺交織。得要有非凡的工藝水準才能完成這樣的工程。珂拉和希薩發現了軌道。兩條鐵軌沿著隧道延伸，以枕木固定在土裡。這鐵軌看來是向南北兩個方向延展，從某個看不見的源頭而來，朝向不可思議的終點而去。有人很貼心地在小月台上擺了長凳。珂拉覺得頭有點暈，所以坐下。

希薩幾乎說不出話來。「這隧道有多長？」

藍伯利聳聳肩，「對你們來說，夠長的了。」

「一定花了好多年的時間。」

「比你想像的還多。光是解決通風的問題，就花了好多時間。」

「是誰蓋的？」

「這國家的其他東西又是誰蓋的？」

珂拉覺得他們的嘖嘖稱奇，讓藍伯利覺得頗為得意，這可不是他第一次展示這成就。

希薩說：「可是，是怎麼辦到的？」

「用雙手啊，不然呢？我們需要討論你們啟程的計畫。」藍伯利從口袋裡掏出一張黃色的紙，瞇起眼睛。「你們有兩個選擇。我們有一班火車一個鐘頭之內就會來。還有一班是六個鐘頭之後。這時間的安排不算很恰當。我們的乘客應該要能更妥當地安排抵達的時間才是，但我們的運作有很多限制。」

「下一班。」珂拉站起來說，這一點疑問都沒有。

「問題是，這兩班車開往不同的地方。」藍伯利說，「一班往這邊開，另一班……」

「往哪裡去？」珂拉問。

「就是離開這裡，我只能告訴你這麼多。你也知道，我們在聯繫上有種種困難，而路線又隨時會變。本地區間車，特快車，哪個車站關了，哪條路線又延長了。問題是某個終點站或許會比另一個終點站更合你們的意。但是車站會被發現，路線會不通，你只有到了那裡才會知道前面等著你的是什麼。」

逃跑的這兩個黑奴並不瞭解。從這位站長的話聽起來，有一條路線或許比較不繞路，但比較危險。他指的是其中一條路線比較長嗎？藍伯利不會多加解釋。他已經把自己所知道的都告訴他們了，他還是這麼說。到頭來，擺在他倆面前的兩個選擇不分高下：除了他們逃脫的地方之外，任何地方都有可能。和夥伴商量之後，希薩說：「我們搭下一班。」

「你們決定就好。」藍伯利說。他指著長凳。

他們等待。應希薩的要求，站長說了他為地下鐵道工作的緣由。珂拉沒辦法集中精神。隧道一直吸引她。要造好這樣一個地方，需要多少人力？而在條條隧道之外，又通向哪裡，延伸多遠？她想起採摘棉花，收穫的季節在田裡拚命往前摘，整群非洲黑人的肢體動作合一，卯足全身的力氣拚命工作。廣袤的田園有幾百幾千萬白色棉鈴迸裂，宛如最晴朗清澄的夜晚，無數顆星星灑落在夜空閃爍。完工之後，整片棉花田褪去了顏色。這是很不得了的行動，從種子到棉鈴，但沒有人為自己所付出的勞動感到光榮。那是從他們身上偷走的成果。是他們身上的血。而這隧道、這鐵道，以及靠著車站與時刻表的協調合作而得以保全性命的絕望之人——這是不可思議的工程，也是真正值得驕傲的成就。她很想知道，蓋了這個東西的人是不是得到應有的獎勵。

「每個州都不一樣，」藍伯利說，「每一個州都是一個可能性，有自己的習俗，和他們自己行事的方式。你們在抵達終點之前，會經過那些地方，會見識到這國家有多麼大。」

這時，長凳抖動起來。他們安靜下來，抖動變成了聲音。藍伯利帶他們走到月台邊緣，這陌生的龐然大物抵達了。希薩在維吉尼亞的時候見過火車，但珂拉只聽說過。這東西和她想像的不一樣。火車頭是一個黑色的、很奇怪的新奇機器，最前方是個三角形車鼻，長在一個防止撞上牛羊的防撞器上，雖然這東西不太可能會撞上什麼牛羊動物之類的。接著是大煙囪，一根包覆厚厚一層煙灰的長桿。火車頭主體像個黑色大箱子，上方是駕駛艙，下面是活塞和大型圓柱體，由十個轉個不停的輪子帶動。輪子兩兩一組，前面兩組是較小的輪子，後面三組較大。火車頭只拖著一個車廂，是個破爛的貨車車廂，廂牆的木板有許多都不見了。

黑人駕駛從駕駛艙裡對他們揮手，咧嘴笑，露出缺牙的笑容。「請上車。」他說。

藍伯利打斷希薩惱人的不停追問，迅速打開車廂門閂，滑開車門。「快點嘍。」

珂拉和希薩爬上車，藍伯利猛然把門關上，透過木板間隙對他們說：「要是你們想看看這國家長什麼模樣，我老是這麼說的，就一定要搭火車。你們偷偷往外瞄，就可以看到美國真正的面貌。」他拍拍車廂外壁，當成信號。火車往前衝。

逃跑的這兩人失去平衡，跌進用來充當座位的乾草球裡。車廂吱吱嘎嘎，開始抖動。這火車很舊了，在旅途中，珂拉有無數次都擔心車子就要解體。車裡什麼都沒有，只有乾草球、死老鼠，和彎曲的釘子。她後來發現有塊燒焦的地方，是以前有人在上面生火。希薩因為一連串的意外事件而變得麻木，窩在地板上。珂拉聽從藍伯利最後的指示，透過木板條看著外面。外面一片漆黑，一哩又一哩的黑暗。

等再次進入陽光裡，他們已經到了南卡羅萊納。她仰頭看著高樓，震驚不已，很想知道自己究竟走了多遠。

里奇威

阿諾德・里奇威的父親是個鐵匠。熔鐵液宛如夕陽餘暉的光澤令他著迷，那顏色緩緩從液體中顯現，逐漸加速，像情感般迅速奪佔一切，而鐵液突然變得柔軟，不安蠕動，彷彿在等待實現自己的目標。他的熔鐵爐是一扇窗，可以瞥見這世界最原始的能量。

他有個一起混酒館的夥伴叫大鳥湯姆，是白人和印第安人的混血兒，威士忌喝多了就感傷起來。每逢大鳥湯姆覺得自己人生不順遂的時候，就開始講起大神靈的故事。大神靈棲息在所有東西上面——泥土、天空、動物與森林——穿透萬物，以一條神聖的絲線把所有的東西連綴起來。儘管里奇威的父親對宗教之類的說法都嗤之以鼻，但大鳥湯姆提起的大神靈讓他想起自己對鐵的感覺。他不信仰任何神，只敬仰他熔爐裡的熔鐵液。他讀過大火山的故事，說大城龐貝被山底下噴發出來的大火給掩埋了。液體的火焰就是大地的血脈。他的任務就是把鐵搗毀、熔化、重製成讓這個社會得以運作的有用物品：釘子、馬蹄、犁、刀、槍、鐐銬。他覺得這是對神靈的侍奉。

如果獲得許可，小里奇威會站在角落，看他父親打造賓夕法尼亞鐵。熔化、捶打，在他的鐵砧上飛舞。汗淌下他的臉，從頭到腳一層煙灰，比非洲惡魔還黑。「你得侍奉這個神靈，孩子。」有一天他會找到他自己的神靈，他父親說。

這是個鼓勵。里奇威把這當成是他自己的重負。他想要成為的那種人並沒有榜樣可學。他不能打鐵，因為他無法超越父親的天分。他在鎮上看著一張張男人的面孔，猶如父親在鐵中尋找雜質一樣。不管走到哪裡，看見的人都忙著微不足道的瑣事。農人像傻瓜似的等待雨來；商店老闆擺設一排又一排生活必需卻乏善可陳的商品。工匠和手藝人創造出來的東西，和他父親的成品一比，就像易碎的謠言碰上鐵錚錚的事實。就算是最有錢的人，足以影響遙遠的倫敦貿易與本地商業的有錢人，也無法帶給他任何啟發。他明白他們在這個體系裡的地位，以大筆金錢建起豪宅大院，但他一點都不尊敬他們。要是你在一天結束之時身上還乾乾淨淨，沒半點髒污，那你就算不上男人。

每天早晨，他父親打鐵的聲音就像從未走近他身邊的命運腳步聲。

里奇威十四歲就加入巡邏隊。以十四歲的男孩來說，他算是很魁梧，身高六呎半吋（一八四公分），結實健壯，剛毅堅決。他的外表從未洩露出他內在的疑惑。只要在手下身上看見他自己的軟弱，他就動手揍他們。里奇威年紀太小，原本不能加入巡邏隊，但情況不停變動。棉花王國讓鄉間到處是黑奴。西印度群島的暴動，以及家園附近不平靜的意外，讓本地的農園園主擔心。開明的白人所不該擔心的事，奴隸主卻擔心不已。巡邏隊擴大規模，轄區也擴大了。年紀輕的男孩也找得到工作。

郡裡的巡邏隊長是里奇威有生以來見過最殘暴的那種人。錢德勒逞凶好鬥，欺凌弱小，人見人怕，正派的人看見他就閃，就算下雨街道泥濘，大家也會衝過街道躲開他。但他自己在監獄裡蹲的日子，比他逮回來的逃犯還久。往往人在牢裡呼呼大睡時，隔壁牢房關的就是他幾個鐘頭之前才攔下逮捕的惡棍。他不是好的榜樣，但很接近里奇威所尋找的類型。在法律規範之內執行法律，卻也遊走在法律之外。更好的是，他父親很討厭錢德勒，因為幾年前的一場爭吵餘恨未消。

里奇威很愛父親，但是父親整天叨唸神靈什麼的，不時讓他覺得缺乏人生目標。

巡邏的工作並不困難。他們只要看見黑人就攔下來，要求檢查通行證。碰到明知是自由人的黑人，他們也照攔不誤，並不只是為了找樂子，也是為了提醒非洲人，不管有沒有主人，都有一支大軍等著對付他們。在黑奴村子裡巡邏，找任何看不順眼的東西，一個微笑，或一本書。逮到逃跑的黑奴之後，他們會先毒打一頓，再送進牢裡；如果心情不錯，而且離下班時間還早，他們或許也會把奴隸直接送交主人。

聽到有黑奴逃跑，他們就振奮地行動起來。抓一堆渾身發抖的黑人來審問之後，就大舉突襲各農園。自由之身的黑人知道會碰上什麼事，事先藏好有價值的東西，看著他們砸傢俱和玻璃，也只敢呻吟悲鳴，暗自祈禱他們只奪物，不傷人。當著一家子面前羞辱某人，或揍某個不小心亂瞥他們一眼的人，確實可以帶來很大的快感，但是這工作還有額外的好處。老穆特農場有最漂亮的黑女人——穆特先生品味不錯——追獵的興奮樂趣讓年輕的巡邏員色慾勃發。有些人說，史東農園林子後面的釀酒廠，釀出來的玉米威士忌最好喝。不時去掃蕩一下，就可以讓錢德勒重新裝滿自家的酒罈。

在那段日子，里奇威的行為很節制，總是在同夥開始胡言亂行之前就離開。其他的巡邏員都是品性極差的男孩或男人，這個工作吸引來的就是這一類的人。在其他國家，他們很可能會是罪犯，但這裡可是美國啊。他最喜歡在夜裡工作，靜靜埋伏，等某個偷偷穿過森林到另一座農園去見老婆的傢伙，或是溜出來獵松鼠以補充每天吃的豬食的奴隸。其他的巡邏員都帶槍，樂於轟掉任何一個蠢到想逃的笨蛋，但里奇威學錢德勒的作風。大自然給他的武器就夠用了。里奇威追著他們，像追兔子似的，掄起拳頭制伏他們。他揍他們，因為他們離開木屋，因為他們想逃，甚至只是為了發洩他內心的騷動不安。在黑夜裡奔跑，樹枝拍打他的臉，樹樁害他跌倒，讓他用手肘再次撐起身體。在追逐的過程之中，他的血液沸騰高歌，發光發熱。

他父親結束一天的工作時，這天的成果攤在面前：一把毛瑟槍、一支草耙、一個馬車彈簧。而在里奇威面前的則是他逮捕的男人女人。一個是製作工具，一個則是找回工具。他父親常嘲笑他的工作沒有靈性。整天追著智力和狗差不多的黑奴，到底算得上什麼神聖的工作？

里奇威這時已經十八歲，是個大男人了。「我們兩人都為伊萊．惠特尼[6]先生工作。」他說。這是事實，他父親雇了兩個學徒，把工作轉包給比較小型的鐵鋪。軋棉機意味著更多的棉花產量，所以也就需要更多的鐵製工具來收成，更多馬蹄鐵來讓更多匹馬拖車，以及更多的鐵製零件來讓更多馬車載貨到市場去。更多的黑奴，所以要有更多的鐵製銬具來關住他們。因為種了作物，所以就要有住的地方，蓋房子需要釘子和支架，需要蓋房子的工具，需要連接房子的馬路，以及更多的鐵製品來讓這一切得以運作。就讓他父親繼續看不起他，繼續大談特談他的神靈吧。然而他們兩人都是同一個體系的一部分，為這個正在崛起，正迎向自己未來命運的國家而服務。

抓回逃跑黑奴的賞金多寡不一，如果主人是個吝嗇鬼，或黑奴已經不中用，賞金可能少到只有兩塊錢；但在其他情況下，賞金也可能高達一百元，若是在州界之外捉到，甚至還要加倍。去

[6] Eli Whitney，1765–1825，美國發明家，發明了軋棉機。

過紐澤西一趟，為本地農園園主追回財產之後，里奇威就正式成為獵奴人。貝絲蒂從維吉尼亞的菸草田一路逃到特倫頓。她躲在表親家裡，後來在市場裡被她主人的朋友認出來。她的主人給本地的幾個男孩二十塊錢押送她回來，外加一切合理開銷。

他這輩子沒到過這麼遠的地方。越往北走，他就越無法形容心中的感受。這國家實在太大了！每一個城鎮都比上一個城鎮更瘋狂、更複雜。華盛頓特區的擾攘喧鬧讓他頭暈目眩。他轉過街角看到正在蓋國會山莊的工地時吐了，不知道是吃到壞掉了的牡蠣，還是那建築物龐大得讓他打從心裡不安起來，他把肚子裡的東西吐得一乾二淨。他找到一家最便宜的旅店，一面清蝨子，一面回想見過的那些人的故事。就算只搭最短的一段船程，他都能馬上置身於一座新的小島，絢麗奪目，華貴逼人。

在特倫頓監獄裡，典獄長把他當重要人物對待。這不是在破曉時分追捕黑人，或為了取樂打斷奴隸的慶祝會。這是男子漢的工作。在里奇蒙城外的小樹林裡，貝絲蒂願意以身體換取自由，纖細的手指撩起裙子。她屁股小，嘴巴大，一雙灰色眼睛。他沒給任何承諾。這是他第一次和女人做愛。他再次銬上她的鎖鍊時，她對他吐口水；到了主人家，她又再對他吐口水。他抹抹臉，主人和兒子哈哈大笑。二十塊錢換來了一雙新靴子和一件織花錦緞外套，就像他在華盛頓特區見到的大人物裝扮。那雙靴子他穿了好多年。但外套很快就因為肚子變大而穿不下了。

紐約開啟了瘋狂無度的時代。治安官捎信來說他們逮到某個維吉尼亞或北卡羅萊納的逃奴，里奇威就往北去帶人回來。紐約成為常見的目的地，里奇威重新檢視自己性格的各個面向之後，就決定接下挑戰。在他的家鄉，抓逃犯很簡單，有問題拳打腳踢一番就成了。但在北方，有龐大無比的大都市，有解放運動，有黑人社群的精心規劃，這種種因素匯集在一起，讓獵捕逃犯成為一樁困難任務。

他是個學習力很強的人，不過也許說是記憶力強比較貼切吧。同情黑奴的人和受雇來的船長會偷偷把逃奴私運進城市港口。結果，碼頭工人、裝卸工和辦事員給他通風報信，於是他就可以在運送即將完成的那一刻逮住這些惡棍。自由人告發他們的非洲兄弟姐妹。他們記下逃奴告示上的描述，拿來和在黑人教會、酒館、聚會所出沒的逃奴相比較。貝利，男性，身高五呎六吋或七吋（約一七〇公分），結實，小眼，面露凶相。哈絲蒂，孕婦，禁不起旅途勞頓，應有他人接運。貝利一聲哀號就倒地。哈絲蒂和她的新生兒一路哭回夏洛特。

不久他就擁有三件精美的外套。里奇威偶然遇上一群獵奴人，活像身穿黑色西裝戴可笑禮帽的黑猩猩。他得證明自己不是鄉巴佬，但只要一次就夠了。他們一起追蹤逃奴好幾天，躲在工作場所外面，等待機會出現，趁夜闖進黑人棲身的小屋，綁走他們。他們離開農園幾年之後，娶妻成家，自以為已經恢復自由身，還以為他們的主子會忘記自己遺失的財物。他們的自欺欺人，讓他們更容易被逮。他看不起那些綁架自由人到南方拍賣的人，例如五尖幫。那是很低劣的行為，是巡邏隊幹的事。他現在是獵奴人。

紐約市是反奴運動的大本營。里奇威必須拿到法院許可，才能把抓到的獵物帶回南方。廢奴主義的律師給文書工作樹立重重障礙，每個星期都有一套新的詭計。紐約是個自由州，他們說，每一個黑人進到州界之內，就神奇地變成自由人。他們拚命找出告示上的那人與法庭上的這人之間的差異之處——這可以證明這個班傑明．瓊斯就是被懸賞的班傑明．瓊斯嗎？大部分的農園園主都分不清兩個黑奴之間的差別，就算帶上床睡過覺也還是分不出來。所以找不到自己奴隸的下落也就不足為奇。這變成一場狩獵比賽，要趕在律師講出開庭陳詞之前，先把黑人從牢裡帶走。只有傲慢的白癡才會抵抗金錢的力量。為了酬勞，法院書記會帶他去見剛剛入獄的逃奴，並火速辦好手續讓那人出獄。等廢奴人士起床的時候，他們已經跨過半個紐澤西州了。

只要有必要，里奇威就會跳過法院，但並不常這麼做。萬一在自由州的路上被攔下，加上押送的逃奴又有三寸不爛之舌，那就會很麻煩。他們一離開農園，就學會認字，簡直像染病一樣。

里奇威在碼頭等私運船的時候，從歐洲來的大船下錨，開始讓乘客下船。白人們拎著自己的行囊，都已餓得半死。不管從哪個方面看起來，都和黑人一樣無助。但他們終究會找到自己的安身之所，就像他一樣。他所成長的南方世界，就一直蕩漾著第一批移民的餘波。這些骯髒的白人盲流無處可去，只能往外發展。到南方。到西部。人和垃圾都受制於同樣的法則。城市的髒水溝裡塞滿廢棄的動物內臟和無用的垃圾——但穢物遲早也會找到自己的容身之處。

里奇威看著他們搖搖晃晃走過舷梯，流著鼻涕，一臉茫然，被這個城市徹底征服了。在這些朝聖客眼前的機會宛如盛宴，他們可是挨了一輩子的餓哪。他們沒見過像這樣的城市，但他們會在這片新大陸上留下自己的印記，就像詹姆斯城[7]的知名人物一樣，透過無法抗拒的種族邏輯，把這個國家納為己有。要是黑人應該擁有自由，那麼他們現在就不該被鎖鍊銬住。要是印第安人應該擁有他們的土地，那這片大地現在就應該還是他們的。要是白人不是註定該擁有這個新世界，他們現在豈會擁有。

這才是真正的偉大神靈，是連貫起所有人類心力的神聖絲線——只要你可以擁有，那就是你的。你的財產，你的奴隸，你的新大陸。這就是美國最重要的法則。

里奇威憑著可以替主人追回財產的本領，累積了相當的聲望。逃奴跑過暗巷，他知道那人是往哪裡去。他知道那人的方向與目標。他的要訣是：別揣測奴隸下一步的走向。只要全神貫注在一個念頭上：他要擺脫你。不是逃離殘酷的主人，或無窮盡的奴役，他就只是要擺脫你。這個方法一再奏效，這是他自己鍛鍊出來的鐵一般的事實，在暗巷、在松林、在沼澤裡，都同樣適用。他終於擺脫了父親，擺脫了那老頭哲學的重負。里奇威不靠神靈運作。他不是那個唯命是從的鐵匠。他不是鐵鎚，不是鐵砧。他是那火。

他父親過世，馬路另一頭的鐵匠接手鋪子的運作。該回南方了——回維吉尼亞，或者更遠的地方，看工作帶他往哪裡去都行——他帶著一幫人。逃奴太多，他一個人忙不過來。伊萊・惠特尼主宰了他們父子倆的一生。里奇威老頭一輩子為惠特尼打鐵，最後吸入過多煤灰，在病榻上劇咳到死；而里奇威呢，也因著惠特尼而成為獵奴人，不斷追獵逃奴。農園現在有過去的兩倍大，人數有兩倍多，逃奴更多也更有技巧，賞金當然也更高。南方沒那麼多政府官員和廢奴者的干

---

❼ Jamestown，位於美國紐約州，因開拓者James Prendergast而得名。

預，農園園主會負責擺平。而且也沒有什麼值得一提的地下鐵道的路線。只有身穿黑人衣服的人誘開獵奴人的注意，利用報紙背面做秘密暗號。他們公開誇耀自己破壞成功，在獵奴人從正門破門而入的時候，他們從後門把逃奴帶走。這是竊取私人財產的犯罪行為，他們的放肆讓里奇威很頭痛，視為個人的奇恥大辱。

有個德拉瓦的商人特別惹惱他：奧古斯特．卡特。這人堅守盎格魯撒克遜傳統，有雙冷酷的藍眼睛，能喚起底層民眾對他卑鄙言論的注意。他是最卑劣的那種廢奴主義者，因為他擁有報社。「自由意志之友協會將於下午兩點在米勒會堂召開大會，反對邪惡的蓄奴勢力控制國家。」每個人都知道卡特家就是一個車站——離河只有一百碼——雖然每次突擊都無功而返。逃跑的奴隸變成活躍分子，在波士頓的演講裡對他歌功頌德。衛理公會的廢奴人士每星期天早上散發他發行的傳單，而倫敦的期刊也毫無異議地轉載他的論述。擁有一家報紙，很多法官朋友，至少有三次迫使里奇威放棄行動。他在監獄外面碰到里奇威，還碰碰帽緣致意。

獵奴人別無選擇，只能在半夜過後造訪此人。他巧手用白色麵粉袋替大家縫了斗篷，但在造訪過後，他的手指幾乎無法動彈——因為痛揍那人的臉，他的拳頭腫了兩天才消。他允許手下羞辱那人的妻子，連他向來不准他們用在黑人小妞身上的手法也放任他們去做。過了多年之後，里奇威只要看到篝火，那氣味就會讓他想起卡特家升起的甜蜜煙霧，一抹微笑悄悄爬上嘴角。他後來聽說那人搬到渥徹斯特，當了鞋匠。

奴隸媽媽會說，乖一點，不然里奇威先生就會來找你了。

奴隸主人都會說，派人去找里奇威來。

他第一次被請到蘭道爾農園的時候，就碰上了挑戰。奴隸有時會躲過他的追捕。他是格外出色沒錯，但也不是出神入化。他失敗了，梅珀失蹤了，他始終惦著這件事，直到很久很久以後，這事還在他心裡盤桓不去。

宛如報復似的，如今他要找的是這個女人的女兒，他知道為什麼前一個任務讓他這麼苦惱。是因為不可能。因為儘管看似不可能，但地下鐵道確實在喬治亞運作。他會找出來。他會摧毀這條鐵道。

南卡羅萊納

懸賞三十元

黑人女子，十八歲，膚色偏黃，容貌娟秀，手肘有明顯燒傷疤痕，生性活潑機靈，九個月前逃脫，必然企圖偽裝成自由人。據悉目前藏身於伊登頓附近。倘有人將其遣送回我處，或送往任一監獄，以便本人再次收回，必給予三十元報償。

班傑明．P．威爾斯

一八一二年一月五日於莫福瑞波洛

安德森一家住在一幢外鋪護牆板的美麗獨棟房宅，位於華盛頓街與大街轉角處，離商店集中的區域有幾條街，是一處慢慢發展成有錢人居住的住宅區。傍晚時分，安德森夫婦喜歡坐在寬闊的門廊上，先生給菸斗的絲袋塞菸葉，太太忙著打毛衣。他們背後的屋裡有客廳、餐廳和廚房。大部分的夜晚時間，蓓曦都是在一樓度過的，追趕小孩，準備餐餚，打掃家裡。樓梯上方是臥房——小玫和小雷蒙共用一間——和另一間盥洗室。雷蒙下午睡很久的午覺，而蓓曦喜歡坐在窗邊做夢。她可以看見葛里芬大樓頂端兩層樓的輪廓，白簷在太陽下閃閃發亮。

這天她為小玫準備了麵包夾果醬當午餐，帶男孩出門散步，還擦亮銀器和玻璃器皿。換好床單之後，她就要和雷蒙去接小玫放學，一起到公園去。有個提琴手在噴泉旁邊拉著最新流行的曲子，兩個孩子和朋友們在附近玩捉迷藏。她得隨時小心，不讓雷蒙被欺負，但也不能得罪其他孩子的媽媽，因為她搞不清楚誰是誰的媽媽。今天是星期五，所以她得要去買東西，儘管天色看起來陰陰的。蓓曦買了醃牛肉、牛奶和其他晚餐食材，掛在安德森家的帳上。她在帳單上簽了個X。

安德森太太六點鐘回家。家庭醫師建議她要多出門走動。為醫院籌募基金的工作和這個建議不謀而合，讓她除了和街坊的其他女士們喝下午茶之外，還有機會到處走走。她心情很好，親吻擁抱子女，還答應晚飯後要給他們糖吃。小玫跳起來尖叫。安德森太太謝謝蓓曦的幫忙，道了再見。

走回位在城市另一頭的宿舍並不算遠。有捷徑可走，但蓓曦喜歡傍晚走在活力蓬勃的大街，和城裡的人，不分白人黑人，走在一起。她沿著一大排建築走，不時流連在大玻璃櫥窗前。吊掛著五彩繽紛鑲有細荷葉邊服裝的裁縫店，人潮擁擠、宛如商品奇幻夢境的商場，以及大街兩側相互競爭的百貨店。她假裝自己在挑選櫥窗陳設的時興商品。她周圍的一切如此富足。而最令人印象深刻的是葛里芬大樓。

十二層樓高的葛里芬大樓是全國數一數二的高樓建築，當然更是睥睨南方的最高樓了，是這座城市的驕傲。一樓是銀行，有圓拱穹頂，鑲田納西大理石。蓓曦和這幢樓沒什麼關係，但對上面的樓層並不陌生。上個星期，她帶孩子們到這裡來看他們父親，因為是他的生日。她聽見自己的腳步聲叩叩踏過漂亮的大廳。還有電梯，方圓四百哩之內的唯一一部，帶著他們上到八樓。小玫和雷蒙對這個機器不以為意，因為搭過很多次了，但蓓曦每一次都對這個魔法般的機械設計既興奮又驚恐，緊握著銅欄杆，以防意外發生。

他們經過的幾個樓層有保險公司、政府機關和貿易公司。很少有閒置的空間，因為位在葛里芬大樓的地址，就是商譽的象徵。安德森先生辦公的那一層樓，是律師事務所，鋪著厚厚的地毯，牆面是深褐色木板，門上鑲毛玻璃。安德森先生本人負責的是商業契約，主要是棉花貿易。見到家人，他非常意外。他高高興興接下孩子送給他的小蛋糕，但也不掩飾自己急著想繼續處理公文。有那麼一會兒，蓓曦還擔心自己挨罵，但並沒有。安德森太太堅持要他們來。安德森先生的秘書拉開門，蓓曦把孩子們匆匆帶到糖果店去。

那天晚上蓓曦走過銀行閃亮的黃銅大門前面回家。每一天，這宏偉的高樓都彷彿為她境遇的轉變留下值得紀念的印記。她像自由人那樣沿著人行道往前走。沒有人追逐她，沒有人虐待她。安德森太太的朋友裡面有幾個認得蓓曦的，甚至會對她微笑。

蓓曦越過街，避開林立的酒館和不入流的酒客。她不許自己在醉漢裡找尋山姆的面孔。轉過街角是比較樸素的房子，住著比較沒那麼有錢的白人。她加快腳步。街口有一幢灰色房子，屋主很放任他家的狗；接下來還有一排小屋，每戶人家的太太都板著一張臉看窗外。城裡的這個區域，有很多白人都在較大型的工廠當領班或勞工。他們並不雇用黑人來幫傭，所以蓓曦對他們的日常生活也一無所知。

她回到宿舍。這是兩層樓的紅磚建築，在蓓曦抵達城裡不久之前才剛完工。假以時日，周邊的小樹苗和樹籬就會長大，提供遮蔭，增添色彩，但目前只能有美好的想望而已。磚塊顏色純粹，沒有雜質，就連雨水也沒留下什麼污漬。所有的縫隙裡也不見毛毛蟲。屋裡，公共空間、餐廳和寢室的白色油漆仍留有剛粉刷過的氣味。蓓曦除了門把之外，什麼也不敢碰，而這樣做的，並不只有她一個。她們連留下任何一絲污漬或刮痕都不敢。

蓓曦和在人行道碰見的其他房客打招呼。大部分都是剛下班回來。也有人正要出門，去照顧小孩，好讓他們的爸媽可以出門享受這美好的晚上。星期六只有一半的黑人房客工作，所以星期五總是很忙亂。

她走到十八號。她向在休息室裡紮辮子的女孩們道好，快步上樓，換衣服準備吃晚飯。蓓曦剛到城裡的時候，寢室裡的八十張床差不多全住滿了。要是早一天來，她說不定就可以要到窗邊的某張床了。得等到有人搬走，她才能換到比較好的床位。蓓曦喜歡窗戶吹進來的微風。要是她轉身面向另一邊，有時候可以看見星星。

蓓曦打開擱在床腳的皮箱，拿出她到南卡羅萊納的第二個星期買的藍色洋裝。她把衣服攤在腿上抹平。柔軟的棉布貼在皮膚上的觸感，仍然讓她覺得心神蕩漾。蓓曦折起工作服，擺在床鋪下方的布袋裡。最近她都是在星期六下午學校下課之後洗衣服。這樣安排日常工作，可以讓她每天早上睡得稍晚一點再起床。

晚餐是烤雞配紅蘿蔔與馬鈴薯。廚子瑪格麗特住在八號樓。舍監認為，負責給宿舍打掃煮飯的人，應該住在別的宿舍，而不是在自己住的宿舍工作。這想法雖然沒什麼大不了，但卻別有深意。瑪格麗特煮的菜味道重，但烹調的肉類格外柔嫩。蓓曦用一塊麵包抹起盤底的油脂，一面聽著大家談晚上的計畫。大部分的女孩在聯歡會舉行的前一個夜晚並不外出，但有些年紀較輕的女孩會去剛開幕不久的黑人酒館。這酒館竟然也收現金代券，雖然法律並不允許。又是個不去這地方的理由，蓓曦想。她端著盤子到廚房，然後往樓梯走。

「蓓曦？」

「你好，露西小姐。」蓓曦說。

露西小姐很少在星期五晚上待到這麼晚。大部分的舍監六點就不見人影了。據其他宿舍的女孩說，露西小姐的勤奮程度足以讓同事羞愧。的確也是，蓓曦有很多次都從她那裡得到很好的建議。同時蓓曦也很欣賞她每天打裡得整潔筆挺，合身體面的衣服。露西小姐頭髮挽成髻，戴細邊金屬框的眼鏡，讓她看起來有點嚴肅，但一閃而過的微笑讓人看見她外表底下的那個女人。

「還好嗎？」露西小姐問。

「我有在營區度過安靜的夜晚，露西小姐。」蓓曦說。

「是宿舍，蓓曦，不是營區。」

「是的，露西小姐。」

「是我想，不是我有。」

「我還在努力。」

「你進步很大！」露西小姐拍拍蓓曦的手臂，「星期一早上，你出門上班之前，我想和你談一談。」

「有什麼問題嗎，露西小姐？」

「沒事，蓓曦。我們到時候再說。」她微微鞠躬，走進辦公室。

對個黑人女生鞠躬。

「蓓曦・卡本特」是在車站的時候，山姆交給她的文件上的名字。幾個月之後，珂拉還是不知道自己怎麼有辦法一路撐著，從喬治亞來到這裡。黑漆漆的隧道很快就把載貨車廂變得像墳墓一樣。唯一的光線是從駕駛艙露出來的燈光，透過木條板射進搖搖晃晃的車廂裡。後來車子晃得好厲害，珂拉雙臂摟著希薩，就這樣過了好一段時間，只要車子陡然震得特別厲害，他們就緊緊掐住彼此，靠在乾草上。抓住他，感覺到他胸膛的起伏，期待貼著他胸口時的溫暖壓力，真是美好的體會。

接著火車頭開始減速，希薩跳了起來。儘管逃脫的興奮感已經減緩，但他們還是很難相信這一切。每完成一段旅程，彷彿就要出現下一個出乎意料的場景。掛滿鐐銬的穀倉、地上的洞、破爛的載貨車廂——地下鐵道駛向古怪奇異的處所。珂拉告訴希薩，她看見那些鐐銬的時候，很擔心富萊契從一開始就是泰倫斯的同謀，把他們帶到恐怖之屋。他們的計謀、逃脫，以及抵達，都只是一齣精心布局的真人秀。

這個車站和他們離開的那個車站很類似，只不過沒長凳，而是擺放桌椅。牆上掛了兩盞油燈，樓梯旁邊一個小籃子。

駕駛放他們下車。他個頭很高，頭上一圈馬蹄形的白髮，因為長年在農地工作而有點駝背。他抹掉臉上的汗水和煤灰，才正要開口，就一陣猛咳，咳得整個人像要沒命似的，拿起水壺喝了幾口之後，才平靜下來。

他打斷他們的道謝。「這是我的工作，」他說，「給鍋爐鏟煤，讓它可以繼續往前跑，送乘客到他們要去的地方。」他爬上駕駛艙，「你們在這裡等著，他們會來接你們。」不一會兒，火車就消失無蹤，只留下煙霧和隆隆聲響。

那籃子裡裝著乾糧：麵包、半隻雞、水，和一瓶啤酒。他們非常餓，狼吞虎嚥，連籃子裡的碎屑都倒出來分掉。珂拉甚至喝了一口啤酒。聽見樓梯上的腳步聲，他們鼓足勇氣，迎接地下鐵道的另一位代表。

山姆是個二十五歲的白人，一點也不像他其他同事那麼古怪。身材結實，個性開朗，身穿有吊帶的灰褐色長褲，紅色厚襯衫緊緊繃在褲腰上。他的鬍子末端捲起來，隨著他的興奮開口微微顫動。這位站長和他們握手，打量他們，一臉不可置信。「你們辦到了，」山姆說，「你們真的辦到了。」

他帶來更多食物。他們一起在晃動不穩的桌子上吃東西，聽山姆描述他們頭頂上方的世界。「你們離喬治亞很遠了。」山姆說，「南卡羅萊納比南方的其他地方，對有色人種的待遇進步很多。你們在這裡暫時很安全，可以等我們安排好你們的下一段旅程。這可能需要時間。」

「要多久？」希薩問。

「很難說。有太多人需要運送，一次只能換一站。要傳遞訊息也很困難。鐵道是侍奉上帝的工作，但管理起來真的讓人抓狂。」他看著他們開心享受食物。「誰知道呢？」他說，「說不定你們決定要留下來。就像我說的，南卡羅萊納和你們所見過的地方都不一樣。」

山姆上樓，回來的時候帶著衣服和一小桶水。「你們需要梳洗一下，」他說，「這可是我好心的勸告喔。」他坐在樓梯上，讓他們有點隱私。希薩讓珂拉先洗，自己去和山姆坐在一起。她在他面前赤身裸體也不是第一次了，但還是很感激他這麼做。珂拉先洗臉。她非常髒，渾身發臭，擰衣服的時候，流出來的水都是黑的。新衣服不是硬邦邦的黑人衣服，而是棉布做的，軟軟的，讓她覺得自己的身體都乾淨起來了，彷彿真的用肥皂刷洗過似的。這衣服樣式簡單，淡藍色條紋，和她以前穿過的衣服都不一樣。摘下來的棉花是一回事，做成了衣服又是另一回事。

希薩也梳洗完畢之後，山姆把文件交給他們。

「這名字不對啊。」希薩說。

「你們是逃犯耶，」山姆說，「這是你們現在的名字。你們得要記住你們的名字和你們的身世背景。」

不只是逃犯，說不定還是殺人犯呢。自從走到地下之後，珂拉就沒再想起那個男孩。希薩瞇起眼睛，也想起同一件事。她決定把那天在樹林裡打鬥的事情告訴山姆。

站長沒說什麼，只對小可愛的命運表示真心遺憾。他說他很為他們的朋友難過。「我不知道這件事。像這樣的新聞不太可能會傳到這裡來，因為這裡和其他地方不太一樣。說不定那男孩康復了，不過就算這樣，你們的處境也不會有所改變。所以你們最好還是改用新名字。」

「這文件說我們是美國政府的財產。」希薩指出。

「這只是理論上的說法。」山姆說。白人家庭一波波湧到南卡羅萊納來尋找機會，據報紙說，有些還遠從紐約來到這裡。自由黑人男女也是，這波移民浪潮之大，在美國前所未見。有一部分的黑人是逃奴，雖然很難說有多少人，但肯定是有的。這州大部分的黑人都由政府買下，有些是從大型拍賣會裡買下，有些則是在產業出售的時候買的。中間商找尋大型拍賣會。但大部分都是從準備結束農業耕作的白人手裡買下的。他們不適合農村生活，儘管他們家族可能世世代代種植作物，而他們自己也是在農園長大。這是個新時代。政府提供非常優渥的條件和誘因，讓他們重新在大城市安家立業，包括房屋貸款與稅賦減免。

「那奴隸呢？」珂拉問，她聽不懂這些財務的問題，但她一聽就知道有人被當成財產賣掉。

「他們有食物、工作和住處。隨心所欲地出入，和他們喜歡的人結婚，生養小孩，不怕被人奪走親生骨肉。工作也很不錯，不是奴隸的工作。你們很快就會親眼看到了。」就他所知，檔案櫃裡有一份買賣合約，就這樣。沒有任何把柄可以用來對付他們。他們在葛里芬大樓工作的一位夥伴，幫他們偽造好文件。

「你們準備好了嗎？」山姆問。

希薩和珂拉看看彼此。他像紳士那樣伸出手，「女士優先。」

她不由自主地露出微笑，和他們一起踏進陽光裡。

政府從北卡羅萊納的破產聽證會上買下了蓓曦．卡本特和克里斯汀．馬克森。走向城區的時候，山姆幫他們練習說詞。他住在城外兩哩處，他祖父蓋的小屋裡。他父母親在大街開銅貨店，但他們過世之後，山姆選擇了一條不同的道路。他把店賣給搬來南卡羅萊納尋找人生新起點的人，自己則在一家酒館——漂流酒館——工作。這店是他朋友開的，氣氛和他的個性很合。山姆喜歡近距離觀察人這種動物，而酒客醉後多言，也讓他可以更加瞭解城裡的各種活動。他工作時間自由，對他的另一份事業頗有助益。車站就在他家穀倉地下，就像藍伯利一樣。

在城區邊緣，山姆詳細告訴他們怎麼走到安置辦事處。「如果迷路，就往那裡走，」他指著那幢高得驚人的大樓，「一直走到大街再右轉。」等他得到更多資訊之後，會再和他們聯絡。

希薩和珂拉沿著泥土路走進城區，還是不敢相信這一切是真的。有輛輕便馬車轉彎繞過來，害他們兩個差點就跑進樹林裡躲起來。駕車的是個黑人男孩，很瀟灑地對他們碰碰帽子致意。不以為意，彷彿什麼事都沒發生過。這麼年輕，就有這樣灑脫的個性！他駕車走遠之後，他們哈哈大笑，笑自己荒謬的反應。珂拉挺直背脊，平視前方。他們得學會像個自由人走路。

接下來幾個月，珂拉掌握了如何應對進退。她需要更專注練習寫字和講話。和露西小姐談過之後，她從皮箱裡拿出基礎讀本，其他女孩閒聊，一一道晚安的時候，珂拉練習字母。下一次為安德森家買東西掛帳時，她會工工整整寫上「蓓曦」兩個字。她練到手指僵硬，才吹熄蠟燭。

這是她這輩子睡過最柔軟的床。但是，這也是她截至目前為止，睡過的唯一一張床。

韓德勒小姐一定是在聖人的懷抱裡長大的。儘管這老人連最基本的書寫和口語表達都無法掌握，但她始終都很有禮貌的諄諄善誘。整個班級——星期六早上校舍滿滿的人——聽到這老人結結巴巴努力講出話來的時候，總是蠕動不安。坐在珂拉前面的兩個女孩還互瞥一眼，咯咯嘲笑他勉強發出的拙劣發音。

珂拉和班上同學一樣，覺得很惱火。就算在正常情況下，也不可能聽懂霍華講的話。他喜歡保留他的非洲口音和奴隸講話的方式。很久以前，她媽媽告訴過她，這種混雜英語與土語的語言是農園自己的語言，因為奴隸是從非洲各地的村子裡偷來的，所以講的也是各式各樣的方言。漂洋過海而來的語彙，經過歲月的洗禮，轉變成他們所講的語言。為了簡化，為了抹去彼此之間的差異，也為了阻擋抗暴。原始的語彙都不見了，只剩下還記得自己身分的人所珍藏起來的隻字片語。「他們像藏起珍貴黃金似的，把自己的母語藏起來。」梅珀說。

但時代變了，如今已經不是她母親和外婆的時代了。霍華光是要學會講「我是」就耗掉大把寶貴時間。對每週要工作五天的她來說，上課時間原本就已經嫌短了。她來這裡是要學習的啊。

一陣風吹來，門上的鉸鍊喀啦喀啦響。韓德勒小姐放下粉筆。「在北卡羅萊納，」她說，「我們現在做的事情是犯法的。我要被罰一百美元，而你們要被鞭打三十九下。這是法律的規定。你們的主人可能會給你們更嚴厲的懲罰。」老師迎上珂拉的目光，她只比珂拉大上幾歲，但在她面前，珂拉總覺得自己是個無知的黑人小孩。「從零開始是很困難的。幾個星期之前，你們有些人和霍華現在的情況差不多。所以有耐心一點。」

她宣布下課。挨了罵的珂拉抓起東西，恨不得第一個離開教室。霍華用袖子抹掉眼淚。

校舍位在女子宿舍南邊。珂拉注意到，需要比較嚴肅的氣氛來討論的問題，例如有關衛生和婦女問題的集會，有時也會在這裡而不是在休息室開會。校舍外面一片綠地，是有色人種的公園。今天晚上，男子宿舍的一支樂隊要在這裡的露天舞台為大家表演。

他們理當挨韓德勒小姐的罵。南卡羅萊納對黑人抱持不同的態度，就像山姆在月台告訴珂拉的。這幾個月以來，珂拉從不同層面體會到這個事實，而提供黑人教育是其中最有益處的一項。曾經有個奴隸因為盯著文字看，就被康納利挖出眼睛。他就這樣失去了賈可柏這個勞工，不過呢，如果賈可柏是個有天分的工人，或許他下手會輕一點。無論如何，他藉此讓奴隸永遠心生恐懼，再也不敢嘗試學習認字。

剝玉米殼又不需要用眼睛，康納利對他們說。否則就只好活活餓死。賈可柏不久之後真的餓死了。

她拋開農園的往事。她已經不住在那裡了。

風吹走她課本裡的一頁，她追到草地上。這書四分五裂，因為她和之前的主人太常翻閱了。珂拉看過很小的小孩，年紀比小玫還小，用和她一樣的初級課本。嶄新完整的課本。黑人學校的課本都很舊，她得在其他人潦草的字跡之間找縫隙用力寫上字母，但看書看字再也不會挨鞭子了。

她媽媽一定會以她為榮。就像小可愛的媽媽以她逃跑為榮一樣，雖然只維持了一天半的時間。珂拉把散掉的那一頁夾回書裡，再次甩開農園的回憶。這已經是她做得很熟練的事了。但是，心思總是曲折盤旋，狡猾詭詐。她所不喜歡的念頭偷偷從側旁，從底下，從縫隙，從她脆弱的地方竄出來。

例如，她會想起媽媽。到宿舍的第三個星期，她去敲了露西小姐的辦公室門。如果政府保留了黑人來到這裡的紀錄，或許名冊裡也會有她媽媽的名字。梅珀逃脫之後的人生是個謎。她很可能和自由人一起來到南卡羅萊納尋找機會。

露西小姐的辦公室在十八號樓休息室走廊的另一頭。珂拉並不信任她，但還是來了。露西小姐讓她進來。辦公室很擁擠，舍監得從檔案櫃之間擠過去，才能到辦公桌。但她在牆上掛了一幅幅農村景象的圖片，讓氣氛顯得好些。房間裡擺不下第二張椅子，來訪的人只能站著，讓拜會的時間無法拖得太長。

露西小姐透過眼鏡看著珂拉。「她叫什麼名字？」

「梅珀．蘭道爾。」

「可是你姓卡本特。」露西小姐說。

「我爸姓卡本特，我媽，她姓蘭道爾。」

「是啊，」露西小姐說，「她是啊。」

她低頭翻著一個檔案櫃，手指滑過淡藍色的文件，不時瞥著珂拉的方向。露西小姐提過，她和一群舍監住在廣場附近的供膳公寓。珂拉試著想像，這女人不管理宿舍的時候，都在做什麼，想像她是怎麼消磨星期天的。會有年輕紳士拜訪她住的地方嗎？一名未婚女子在南卡羅萊納是怎麼過日子的？珂拉變得比以前勇敢，但不到安德森家上班的時候，仍然不敢離宿舍太遠。才剛離開隧道不久，謹慎似乎是必要的。

露西小姐又走向另一個檔案櫃，先後拉開好幾個抽屜，但什麼都沒有。「這裡有紀錄的，只是住過我們這個宿舍的人。」她說，「但我們在全州各地都有宿舍。」舍監寫下她媽媽的名字，答應要到葛里芬大樓的辦公室查查看。然後她再次對珂拉提起讀書寫字的課程，說這雖然是自願參加的，但她希望珂拉能去上，協助他們一起提升有色人種的水準，特別是有天分的人更應該去。接著，露西小姐就繼續做她的工作了。

這只是一時興起的念頭。梅珀離開之後，珂拉盡量不想起她。到南卡羅萊納之後，她才意識到自己不想媽媽，並不是因為難過，而是因為憤怒。她恨媽媽。嚐過自由的滋味之後，珂拉無法理解，梅珀竟然丟下她一個人在地獄裡。她還只是個小孩耶。帶她一起走，或許會增加逃脫的難度，但珂拉當時已經不是襁褓中的嬰兒了。要是她能摘棉花，當然也能跑。她很可能會死在那個地方，死於難以言說的殘暴行為，如果希薩沒有來找她的話。在火車上，在那條像是永遠沒有盡頭的隧道裡，她終於開口問他，為什麼要帶她一起走。希薩說：「因為我知道你辦得到。」

她有多恨她媽媽啊。無數個夜晚，她窩在可怕的木屋裡，輾轉反側，踢開身邊的女人，策劃著離開農園的計畫。偷偷躲進運棉花的車上，到紐奧良城外再跳下車。給監工甜頭賄賂。帶著小斧頭跑過沼澤，就像她媽媽之前做的那樣。無眠的夜都是這樣度過的。待早晨的第一縷光線射來，她就告訴自己，這只不過是夢。那些念頭不是她的想法，完全不是。因為光是心裡揣著這些念頭，什麼事都沒做，就已經是死路一條了。

她不知道媽媽逃到哪裡去。梅珀沒在自由之後攢錢替女兒贖身，這是可以肯定的。蘭道爾當然不會允許她這麼做，但她終究也沒採取行動。露西小姐始終沒在檔案裡找到她媽媽的名字。如果有，她一定會去找梅珀，敲她公寓的門。

「蓓曦，你還好嗎？」

是住六號樓的艾碧蓋兒。她和在蒙哥馬利街工作的女孩們交情很好，有時候會過來吃晚飯。珂拉站在草地中央，一雙眼睛瞪得大大的。她告訴艾碧蓋兒說沒事，然後就回宿舍去做家務了。沒錯，珂拉應該留神一點，不要輕易洩露自己心裡的想法。

珂拉臉上的面具偶爾稍稍歪斜，正足以證明她平常的偽裝有多成功，她是蓓曦．卡本特，剛從北卡羅萊納來到此地。不管是露西小姐問起她母親的姓名，或是和其他人交談可能提及的事，她都早就做好準備了。第一天在安置辦事處的面談只簡單問了幾個問題就結束了。新來的人以前不是在大宅裡工作，就是在農田裡做工。但不管以前是做什麼的，目前的空缺大多是幫傭的工作。雇請幫手的家庭也會被事先告知，要對這些沒有經驗的新手多些耐心。

醫生的檢查讓她驚恐，但沒造成任何問題。檢查室裡那些閃閃發亮的金屬儀器看起來很像泰倫斯的工具，是他為了邪惡目的，特別找鐵匠訂製的工具。

醫生的診所在葛里芬大樓十樓。她克服了第一次搭電梯的驚嚇，踏進走廊，整排的椅子坐著黑人男女，都是等候檢查的。一名身穿潔白制服的護士在名單上找到她的名字之後，珂拉就和其他女人一起等候。緊張交談是可以理解的，因為大部分人都是第一次看醫生。在蘭道爾農園，只有在奴隸吃過草藥擦過藥膏無效，眼看某個有價值的幫手就快死掉的時候，才會召醫生來。但到了那個時候，醫生除了抱怨泥土路很難走，收取自己的酬勞之外，通常也什麼都做不了了。

他們喊她的名字。檢查室的窗戶讓她可以看見整座城市的風貌，以及一哩又一哩的青翠鄉野。人們蓋了這樣的高樓，宛如踏向天堂的石階。她可以在這裡流連一整天，望著風景，但是檢查打斷了她的白日夢。坎貝爾醫師是很有效率的醫生，個頭很大，彬彬有禮，在屋裡忙著打轉，白色外套翻飛如披著斗篷。他查問她的一般健康狀況，由年輕的護士記錄在藍色的紙上。他問她的祖先是哪一族，她知不知道他們有什麼特殊體質？她生過病嗎？她心臟和肺部的狀況如何？自從挨了泰倫斯的毒打之後，她就一直頭痛。但這時她發現，來到南卡羅萊納之後，頭痛突然就好了。

智力測驗很短，只玩了各種形狀的木頭，和一系列的圖形測驗。她脫下衣服做身體檢查。坎貝爾醫師查看她的手。手雖然已經比以前柔軟了，但還是看得出來以前是在田裡工作的。他的手指摸著她被鞭打留下的傷疤，猜她挨了多少鞭子，頗準，但還是差了兩鞭。他用器械檢查她的私處。這檢查會痛，而且讓她覺得羞愧，而醫生冷淡的態度並沒辦法減輕她的不安。他問起施暴的事，珂拉回答他的問題。坎貝爾醫師轉頭告訴護士，護士記錄下他對於她生育能力的評估。

旁邊的托盤上擺放了許多看起來頗嚇人的金屬器械。他拿起最可怕的一個，一根細細尖尖有玻璃圓柱體的東西。「我們要抽血。」他說。

「做什麼用？」

「血液可以讓我們瞭解很多事情，」醫生說，「例如疾病，如何傳染等等。血液檢查是第一步。」護士抓起珂拉的手臂，坎貝爾醫師把針戳進去。這就是她在候診大廳會聽到哀號的原因。她自己也哀哀叫。然後就結束了。大廳裡只剩下男人。椅子全坐滿了。

她再也沒去過那幢大樓的十樓。安德森太太告訴她，新醫院落成之後，公職醫生就要搬走了。那一層樓會全部空出來，安德森太太又說。安德森太太自己的醫生在大街執業，就在眼鏡行樓上。他好像是個很厲害的醫生，珂拉在安德森家幫傭的那幾個月裡，安德森太太不舒服的日子大大減少。她大發雷霆，把自己關在房間裡拉下窗簾，或對孩子很凶的情況都比較少發生了。常常出門，以及她吃的藥丸，創造了奇蹟。

珂拉完成週六洗衣服的工作，吃完晚飯之後，差不多就到了聯歡會的時間了。她穿上藍色的新洋裝。這是黑人商場裡最漂亮的一件衣服。因為價格的關係，她盡可能不在那裡買東西。替安德森太太買東西，才讓她驚駭地發現，黑人商店裡賣的東西比白人商店貴兩三倍。譬如這件洋裝，就要她一個星期的工資，所以她不得不用現金代券。在通常的情況下，她花錢是很小心的。錢對她來說是個新東西，不可預測，說不見就不見。有些女孩欠了好幾個月工資的債，只能用現金代券過日子。珂拉知道是為什麼——市政府扣掉她們吃住的費用，以及宿舍維護費與課本之類的雜費之後，就所剩無幾了。最好別用現金代券賒帳度日。買衣服的事下不為例，她暗下決心。寢室裡的女孩對晚上的活動都覺得很興奮。珂拉也不例外。她著裝打扮。說不定希薩已經在草地上了。

他在看得見露天舞台和樂隊表演的一張長椅上等待。他知道她不會想要跳舞的。從草地的這端遠遠望去，希薩看起來好像比在喬治亞時年紀來得大。她認出他的晚裝是掛在黑人商場架上的那件，但他穿起來信心滿滿，比其他來自農園的同齡男人來得更有自信。工廠的工作很適合他。當然也是因為他們的環境有了很大的改善。一個星期不見，他留起鬍子了。

接著她看見花。她讚美那束花，並謝謝他。他讚美她的洋裝。離開隧道一個月之後，他曾經企圖吻她。她假裝什麼事也沒發生，而他也開始配合她的演出。有一天他們會開誠布公地談吧。也許到時候她會吻他，誰知道呢。

「我認識他們，」希薩說。他指著正上台就位的樂團。「我覺得他們比喬治和威斯利還厲害。」

隨著時間過去，珂拉和希薩越來越不怕在公開場合提起蘭道爾農園的事。儘管有人會聽見，但他們所談的事情，在任何曾經當過農奴的人身上大多都見過。有人或許會以為自己的不幸是獨一無二的，但真正恐怖的是，這不幸其實是普遍的。反正，音樂很快就會響起，會蓋過他們談論地下鐵道的聲音。珂拉希望樂手不要覺得他們沒認真聽音樂很不禮貌。但樂手應該不會生氣。身為自由人，而不是其他人的家產，自由自在演奏音樂，對他們來說可能還是很值得珍惜的新奇體驗。只要隨心所欲盡情演奏音樂，而不必背負安撫其他奴隸的重要任務，他們自由且喜樂。

舍監安排聯誼會是為了讓黑人男女有正常的往來關係，彌合奴隸制度帶給他們的心靈創傷。他們認為，在燈火閃爍的草地上，藉著音樂與舞蹈，食物與水果酒，可以撫慰受創的心靈。但對希薩和珂拉來說，這是他們僅有的見面機會。

希薩在城外的機械工廠工作，上下班的時間很難和她配合。他喜歡這份工作。工廠每個星期組裝不同的機器，由訂單的數量來決定。工人站在輸送帶前，依照指示，把負責組裝的零件裝到輸送帶上的機器。一開始，輸送帶上什麼也沒有，只有一堆等待組裝的零件，等最後一個工人完工之後，組裝的成果就呈現在他們面前，完完整整的一個機器。希薩說，比起在蘭道爾農園採摘解體的勞動工作，能目睹親手完成的產品，心中有著出乎預期的滿足。

這工作很單調，但不困難，而且產品的多變也讓工作不那麼無聊。領班和經理們常引用某位勞工理論家的說法，為值班時間妥當安排了足夠的休息時間。其他的工人也都很好相處。有些人身上保留了農園工作的習慣，彷彿還生活在資源匱乏的壓力之下，但他們只要一發覺，就拚命自我矯正。他們一個星期比一個星期進步，因為新生活帶來的種種可能性而變得更加堅強。

這兩個逃奴互相交換消息。小玫掉了一顆牙。這個星期工廠生產火車引擎，希薩很想知道，這引擎會不會有一天用在地下鐵道。商場物品的價格又上漲了，他發現。這對珂拉來說並不是新聞。

「山姆還好嗎？」珂拉問。希薩比較容易和站長碰面。

「還是老樣子，成天樂呵呵的，雖然不知道是為什麼。他在酒館挨了揍，一隻眼睛烏青。但他還很得意呢，說他總是希望有天可以黑著一隻眼。」

「其他的呢？」

他雙手交叉，擱在大腿上。「再過幾天會有一班火車，如果我們想搭的話。」他說出最後一句話時，彷彿已經知道她的態度了。

「也許等下一班吧。」

「是啊，也許等下一班吧。」

自從兩人來到這裡之後，已經錯過三班車沒搭了。第一次他們討論了好幾個鐘頭，不知道是不是應該馬上離開黑暗的南方，還是再看看南卡羅萊納有什麼機會。他們胖了幾磅，掙了一些工資，開始忘記在農園日復一日承受的痛苦了。但他們是真的有一番激烈爭論，珂拉覺得應該要搭車離開，而希薩卻覺得留在這裡有未來。山姆沒能幫上忙，因為他以自己的家鄉為榮，而且擁護南卡羅萊納在種族問題上的進步。他不知道這個實驗會有什麼結果，他們家族世世代代也都是反政府分子，但他卻對未來充滿希望。最後他們留下來。也許等下一班車吧。

下一班車來了又走，他們這次討論的時間縮短了。珂拉剛在宿舍吃完一頓美味的晚餐，希薩剛買了一件新襯衫。想到要再次展開饑寒交迫的逃亡生活，他們一點都不嚮往，更何況要拋下他們以辛勤工作的工資買來的東西。第三班火車來了又走，如今第四班火車也一樣。

「也許我們應該永遠留下來。」珂拉說。

希薩沉默不語。這是個美好的夜晚。如他所說的，樂手非常出色，演奏了熱鬧的曲子，讓大家很開心，像之前的聯誼會那樣。小提琴手來自某個農園，而斑鳩琴手來自另一州，這些樂手每天在宿舍裡交流各地區的樂曲，於是他們所演奏的音樂就變得愈益豐富。聽眾也跳著他們各自農園的舞蹈，圍成圈圈，模仿彼此的動作。停下來休息，談笑調情的時候，微風習習，讓他們覺得涼爽。然後他們再次開始，笑著，拍著手。

「也許我們應該留下來。」希薩也說。就這樣敲定了。

聯誼會到午夜才結束。樂手拿出帽子請聽眾捐獻，但是星期六晚上，大部分的人都已經用光現金了，所以帽子裡什麼也沒有。珂拉對希薩道晚安，但走回宿舍時卻目睹一樁意外。

有個女人衝過校舍附近的草地。她大約二十幾歲，身材苗條，披頭散髮，上衣敞開到肚臍，露出胸部。有那麼一瞬間，珂拉彷彿回到蘭道爾農園，就要再次從殘暴行為中學到教訓。

兩個男人抓住這個女人，動作盡量輕巧地制止她的拳打腳踢。許多人圍過來。有個女孩跑到校舍去找舍監來。珂拉擠進人群裡。那女人語無倫次，然後突然說：「我的寶寶，他們要搶走我的寶寶！」

聽到這句熟悉的話，圍觀的人不禁嘆口氣。這句話他們在農園已聽過許多次，是母親為自己受苦的兒女而悲泣。珂拉想起希薩提過，他工廠裡有個男人始終忘不了農園的事，帶著回憶來到這麼遠的地方。那生活始終在他們心裡面，在他們每一個人心裡，等待機會跳出來折磨虐待他們。

那女人終於平靜下來，被帶回位在很後面的宿舍。儘管因為決定留下來而心情舒坦，但這一夜對珂拉來說仍然很漫長，因為她不時想起那女人的嘶喊，以及她自己召喚而來的鬼魂。

「我可以道再見嗎？對安德森夫婦和孩子們？」珂拉問。

露西小姐說這當然可以安排。這家人很喜歡她，她說。

「是我做得不好嗎？」珂拉覺得自己已經很適應家務幫傭的工作節奏了。她摸摸手指內側，現在變得好柔軟。

「你做得非常好，蓓曦。」露西小姐說，「所以一有新的工作出缺，我們就想到你。是我先想到的，但韓德勒小姐也贊成。博物館需要某種特定類型的女孩，」她說，「像你這麼合適的並不多。你應該把這當成是讚美。」

珂拉放心了，但在門口停下腳步。

「還有事嗎，蓓曦？」露西小姐問，眼睛瞄著文件。

聯誼會那場意外已經是兩天前的事了，但珂拉還是很困惑。她問起那個慘叫的女人。

露西小姐同情地點點頭。「你說的是葛楚蒂，」她說，「我知道這讓大家很不安。她沒事了。他們讓她臥床幾天，等她好轉再說。」露西小姐說，有位護士隨時照看她。「所以我們有間宿舍專門給精神狀態有問題的人住。不能讓她們和其他人住在一起。在四十號樓，她們可以得到需要的一切。」

「我不知道四十號樓原來和其他宿舍不一樣。」珂拉說，「那是這裡的霍伯屋。」

「什麼？」露西小姐問，但珂拉沒多加解釋。「她們不會在那裡待太久的，」這位白人小姐說，「我們很樂觀。」

珂拉不知道「樂觀」是什麼意思。那天晚上，她問其他女孩知不知道這個詞彙，結果沒有人聽過。她暗想，應該是「努力」的意思吧。

去博物館和去安德森家的路是同一條，但走到法院就得右轉。想到要離開這家人，她就很難過。她和安德森先生的接觸不多，因為他總是很早就出門上班，在葛里芬大樓辦公室的燈又熄得晚。棉花也讓他變成奴隸了。但是安德森太太是很有耐心的僱主，特別是在吃了醫生開的藥之後，而且孩子們也很討人喜歡。小玫十歲。如果是在農園，這個年紀的孩子已經沒有任何快樂可言了。前一天黑人小孩還很開心，隔天，他生命裡的光就熄滅了。不消說，小玫當然是被寵壞了，但如果是黑人小孩，有太多比被寵壞還要悲慘的事。這小女孩總是讓珂拉不禁尋思，自己的孩子會是什麼樣子。

她散步的時候看過自然奇觀博物館很多次，但從來不知道這幢低矮的石灰岩建築是幹什麼的。這建築佔了一整個街區。長長的台階兩旁有石獅雕像，彷彿口渴地盯著大噴泉看。珂拉一走近，那水噴濺的聲音就蓋住了街道的喧譁，迎她走進博物館的羽翼之下。

進到館內，她被領著穿過一道門，是民眾不准進入的區域，一條條長廊組成了迷宮。透過一扇扇半開的門，珂拉瞥見各種奇怪的活動。有個男人拿針線戳一隻死掉的獾。另一個人把黃色的石頭豎在明亮的燈光下。在一間擺滿長桌和各種設備的房間裡，她生平第一次見到顯微鏡，一個個蹲在桌上，彷彿黑色的青蛙。然後她被引見給菲爾德先生，生活歷史部門的主管。

「你非常適合，」他說，仔細打量她，就像屋裡的其他人仔細察看工作檯上的物品一樣。他講話速度很快，活力充沛，沒有一絲南方口音。她後來才知道，菲爾德先生是從波士頓的博物館被請來的，讓本地博物館可以跟得上時代的腳步。「你到這裡之後吃得比較好，顯然。」他說，「可以想見，可是你會做得很好。」

「我從這裡開始打掃嗎，菲爾德先生？」在來上班的途中，珂拉決定，到了新的工作崗位要盡量避免談及農園的話題。

「打掃？噢，不是的。你知道我們這裡的情況——」他停下來，「你以前來過嗎？」他開始說明博物館是怎麼回事。這家博物館的主要焦點是美國歷史——對於這個年輕的國家，他們有很多需要教育民眾的。北美大陸未馴化的植物與動物，他們腳底下的礦產及其他的壯麗景觀。有些人一輩子沒離開他們生長的家鄉，他說。就像鐵路一樣，博物館帶他們看見整個國家，看見他們自己親身體驗以外的其他部分，從佛羅里達到緬因州，再到西部拓荒。而且也要讓他們看見這國家裡的人。「像你這樣的人。」菲爾德先生說。

珂拉在三間展覽室工作。第一天，灰色簾幕垂掛在隔開他們與民眾的大型玻璃窗前。第二天，簾幕消失，觀眾來了。

第一個展間是「黑暗大陸」的場景。主要的布景是一幢小茅屋，一捆捆木棒紮成牆面，支撐起尖尖的斜屋頂。想要避開觀眾的時候，珂拉就躲進茅屋的陰影裡。展間還有烹煮食物的爐火，用紅色碎玻璃象徵火花；一條做工粗糙的小長凳，以及各種工具、葫蘆瓢和貝殼。天花板垂下的線掛著三隻大黑鳥，代表鳥群在進行各種日常活動的部落上空盤旋。牠們讓珂拉想到農園的禿鷹。每當有屍體被懸掛示眾的時候，禿鷹就來啄食腐屍。

「奴隸船生活」以令人心曠神怡的藍色牆壁代表大西洋的天空。珂拉走在大船甲板的區域，繞過船桅、各式小桶子和一卷卷的繩子。她的非洲裝是色彩豔麗的纏布；而水手裝束則讓她看起來像個街頭小混混，束腰外套、長褲和皮靴。這是非洲男孩上船之後的故事，他在甲板上幫忙做些雜務，類似學徒的工作。珂拉把頭髮塞進紅色帽子裡，一尊水手的塑像靠在舷邊，舉起望遠鏡。蠟塑的頭部用顏料畫上眼睛、嘴巴和皮膚，色調觸目驚心。

「農園典型的一天」讓她可以坐在紡紗車前歇歇腿，這椅子和她以前的那塊糖楓木樁一樣牢靠。用木屑塞成的小雞在地上啄食，珂拉不時撒著想像的種子給牠們。她很懷疑非洲與船上場景的真實性，卻沒有質疑的餘地，但對這個房間，她可就是專家了。她提出了批評，菲爾德先生承認，紡紗車很少擺在奴隸小屋外面的牆角，但也反駁說他們固然標榜實景呈現，但基於展示間的大小，也不得不稍微做些調整。最好是可以把整個棉花田的場景都搬進來，再雇十二個演員來表演。說不定某天辦得到喔。

珂拉並沒有批評「典型的一天」的服裝，因為這是粗布做的黑人服，非常貼近事實。她一天有兩次要羞愧臉紅，因為必須更換戲服。

菲爾德先生的預算可以雇用三名演員，或按照他的說法，是三個原型。同樣是從韓德勒小姐班上招募來的伊希絲與貝蒂，年齡與身材都和珂拉差不多。她們共用戲服。休息的時候，三個人常討論這個新工作的優缺點。經過一兩天的調整之後，菲爾德先生就不管她們了。貝蒂喜歡他從來不發脾氣，和她之前幫傭的那家人完全不一樣。那家人平常雖然很好，但還是不免誤會她，或因為不是她造成的事情而生氣。伊希絲最喜歡的是可以不用開口講話，她來自一座小農莊，平常不太有人管她，但晚上主人需要有人陪的時候，她可就得忍耐了。珂拉想念白人商店和商品充裕的貨架，但她傍晚還是可以走路回家，玩著她的櫥窗遊戲。

另一方面，要對參觀博物館的人視而不見是很困難的。小孩敲著玻璃，對扮演的人物指指點點，非常不尊重，有時候她們假裝忙著在船上打繩結的時候，還會被他們嚇到。大人對著她們的默劇表演不知喊些什麼，女孩們隔著玻璃雖然聽不見，但卻知道不是什麼好聽的話。她們的角色每個小時輪替一次，免得一整天都在刷洗甲板、雕刻工具或摸著木頭做的甘薯，非常單調無趣。菲德爾先生對她們唯一的要求就是，別太常坐下來，不過他也沒有強力執行。她們給船上的那個水手塑像取名叫約翰船長，坐在凳子上搓弄麻繩的時候，總是一面嘲笑他。

博物館開展的日子和醫院開幕同一天，都是宣傳本市近來成就的慶祝活動之一。新市長是靠開明派的選票支持當選的，原本在葛里芬大樓當民事財產律師的他，很希望市民能認為他繼承了前任市長任內就已經開始推動的許多有遠見的計畫。珂拉沒參加慶典，但夜裡在宿舍窗口看見了五彩斑斕的煙火，等檢查的日子來到，也親眼看見了新醫院的模樣。隨著有色人種逐漸融入南卡羅萊納生活，醫生持續觀察他們的身體健康狀況，而舍監則關注他們的心理調適問題。有一天下午，露西小姐和珂拉在草地上散步的時候，她告訴珂拉，所有的這些數據、圖表和紀錄，都可以讓他們更加瞭解有色人種的生活。

從正面看，醫院是一幢佔地頗廣、光鮮整潔的一層樓建築，長度看來和葛里芬大樓的高度不相上下。外表樸素，沒有任何裝飾，和珂拉以前見過的大型建築都不一樣，彷彿要用每一面牆來強調自己的效率似的。有色人種的出入口在醫院側面，雖然和白人入口分開，但基本的設計配備都完全一樣，這是一開始設計的時候就規劃好了的，並不是後來才添加上去的。此地大部分的建築都是如此。

珂拉到櫃檯報到的這個早上，有色人種的區域非常忙亂。一群男人擠在隔壁房間裡等待抽血，其中有幾個珂拉認得，是在聯誼會上或午後的草地上見過的。來南卡羅萊納之前，她沒聽說過血液的毛病，但宿舍裡有很多男人受這種疾病的折磨，而這附近的醫生也花很多力氣在解決這個問題。專科醫生好像有自己獨立的工作空間，被叫到名字的人就消失在長廊裡。

她這次見的是不同的醫生，比坎貝爾醫師看起來和藹多了。他名叫史蒂文斯，是北方來的，滿頭黑色鬈髮，讓他有點女人樣，但精心修剪的鬍子平衡了這樣的感覺。史蒂文斯醫師當醫生有點太過年輕。珂拉想，他這麼早就能當上醫生，想必是因為天賦過人吧。檢查過程，珂拉覺得自己像是躺在輸送帶上，像希薩所組裝的產品那樣，依序通過勤奮謹慎作業的生產線。

這次的身體檢查並不像第一次那麼全面。他查看她前一次檢查的紀錄，在藍紙上添加他的註記。其間他問起宿舍的生活。「好像挺有效率的，」史蒂文斯醫師說。他說博物館的工作是「很有意思的公共服務」。

她穿上衣服之後，史蒂文斯醫師拉來一把木頭凳子，態度依舊輕鬆，說：「你已經有過親密關係，有沒有考慮節育？」

他微笑。南卡羅萊納州正在推動大型公共衛生計畫。史蒂文斯醫師解釋，他們引進一個新的外科技術，切斷婦女體內的某條管子，使嬰兒無法生成。這程序很簡單，一勞永逸，沒有危險。這座新醫院有這個設備，而史蒂文斯醫師本人曾在開創這項技術的專家手下學習，也多次用在波士頓收容所內的黑人身上，技術已經很純熟。他被禮聘到此地，就是為了教導本地醫生這項技術，並造福有色人種。

「要是我不想做呢？」

「這當然由你自己決定。」醫生說，「在這個星期，州政府將強制部分人接受這項手術。已經有兩個以上子女的有色人種婦女，必須進行節育。至於弱智或精神狀態有問題的人，接受這項手術的原因就更明顯了。還有屢犯不改的罪犯。但這不適用於你，蓓曦。那些婦女都已經背負太重的負擔。對你來說，這只是一個可以控制自己命運的機會而已。」

她不是第一個不接受他建議的病人。史蒂文斯醫師擱開這個問題，還是好聲好氣的。舍監有更多關於這個計畫的資訊，他告訴珂拉，有問題可以隨時去找她們談。

她匆匆走過醫院長廊，迫不及待想呼吸新鮮空氣。珂拉已經習慣面對白人的權威，並不會因此而受傷。但他直截了當提出的問題和接續的說明讓她很不解。把那夜在燻製房發生的事情，和夫妻之間的情愛拿來相提並論。史蒂文斯醫師的說法讓兩件事變得相同。一想到這裡，她的胃就絞痛。接著還有所謂「強制」的問題，聽起來彷彿那些女人，就像住在霍伯屋裡的那些女人，並沒有為自己發聲的餘地。她們彷彿是別人的財產，可以任憑醫生處置。安德森太太也曾經有情緒困擾。難道他們也覺得她不適合生小孩嗎？她的醫生也會對她提出相同的建議嗎？沒有。

她反覆思考這些問題，發現自己走到安德森家門口。她心思飄得遠遠的，是雙腳帶她來到這裡。也許是因為珂拉心裡想著孩子們吧。小玫應該在學校，但雷蒙應該在家。過去兩個星期她太忙了，始終沒來好好道別。

開門的女孩用懷疑的眼神看珂拉。珂拉表明身分之後，她也沒改變態度。

「我以為她叫蓓曦，」那女孩說。她瘦巴巴的，個子嬌小，但她緊抓著門不放，彷彿準備卯足全身的力氣驅趕侵入者。「可是你說你叫珂拉。」

珂拉暗罵醫生害她分神。她解釋說，她的主人幫她取名叫蓓曦，但在營區，每個人都叫她珂拉，因為她長得很像媽媽。

「安德森太太不在家，」那女孩說，「孩子們在和朋友玩。你最好等她在家的時候再來。」她關上門。

珂拉第一次抄捷徑回宿舍。和希薩談談或許會有幫助，但他在工廠。她躺在床上，到吃晚飯的時間才起床。從這天開始，她去博物館的時候就繞遠路，避開安德森家。

兩個星期之後，菲爾德先生決定帶他的這幾個角色好好逛一下博物館。在玻璃櫥窗裡待久了，伊希絲和貝蒂的演技大有進步，對菲德爾先生的導覽裝出興致勃勃的樣子。南瓜的橫切面，高齡白橡木的年輪，剖開露出齒狀紫水晶的水晶礦石，用特殊溶液加以保存的小甲蟲與小螞蟻。看見填充的標本狼露出凝固的笑容，女孩們咯咯笑，還有正要俯衝的紅尾鷹，以及看似要衝出玻璃的笨重黑熊。他們捕捉了掠食動物正要展開殺戮行動的那一刻。

珂拉盯著白人的蠟臉。菲德爾先生的這三個角色是僅有的真人展示。白人都是用塑膠、鐵絲和顏料做成的。有個櫥窗裡，兩名清教徒身穿厚厚的羊毛馬褲和緊身上衣，指著普利茅斯岩，他們背後的同船夥伴則以壁畫方式呈現，眼睛都看著他們手指的方向。歷盡危險的航程，終於安全抵達，如釋重負地展開新的人生。在另一個櫥窗裡，博物館安排了港口的場景，白人拓荒者穿得像摩霍克印第安人，把一箱箱茶葉從船上往水裡丟，歡天喜地。在自己的一生，每個人都受到不同鎖鍊的束縛，儘管起而反抗並不難理解，但反抗者卻總是假扮成他人以逃避指責。

這三名演員像付費的參觀者那樣，走過一個個展示櫥窗。兩名意志堅定的探險者站在山脊上，遙望西部的山脈，那等待他們去開發歷險的神秘大地。天曉得那裡有什麼呢？他們是自己人生的主人，面對未來，一無所懼。

最後一個櫥窗裡，一名印第安紅人從三名白人手裡接下一紙羊皮紙。這幾個白人站姿英挺高貴，攤開雙手，做出談判的姿勢。

「那是什麼？」伊希絲問。

「那是一頂真正的印第安帳篷。」菲爾德說，「我們希望每一個櫥窗都說一個故事，表現美國的開拓經驗。每個人都知道歷史的真實際遇，但是在眼前呈現……」

「他們睡在裡面？」伊希絲說。

他詳加說明。然後，女孩們回到她們的櫥窗裡。

「你覺得呢，約翰船長？」柯拉問這位老水手，「這是我們歷史的真實際遇？」她後來又對這個塑像講了一遍，讓觀眾覺得更有戲劇性一點。他臉頰的漆彩斑駁了，露出底下灰色的蠟。

站著的美洲狼標本不是騙人的，珂拉想。蟻丘和岩塊也都是真的。但是白人的展示有許多不確實與相互矛盾的地方，就像珂拉她們三個人演出的場景一樣。不會有被綁架的男生刷洗甲板，得到白人綁架者拍拍頭的讚賞。珂拉扮演的這個黑人男孩野心勃勃，腳穿皮靴，但真實的他是被銬在底艙，渾身滿是他自己的穢物吧。奴隸的工作有時包括紡紗沒錯，但大部分的時間都不是。從來沒有哪個奴隸是倒在紡紗車上死掉的，或因為把棉紗搞得纏結混亂而被砍死。可是沒有人想說出這世界的真相。也沒有人想聽。櫥窗外面的那些白人怪物肯定不肯聽的，他們只用油膩膩的鼻子貼在玻璃上，冷笑，叫囂。真相就像商店櫥窗裡不斷換新的展示品，是由你看不見、摸不著的手所操縱的。

白人來到這片大地追求新的開始，逃離他們主人的暴虐，就像自由人逃離他們一樣。但他們只高唱自己的理想，否定別人的理想。以前在蘭道爾農場的時候，珂拉聽過邁可背誦《獨立宣言》很多次，他的聲音在村子裡迴盪，宛如憤怒的幽靈。她不瞭解那些文字的意思，大部分都不懂，但是她聽懂「生而平等」這幾個字。寫下這些文字的白人似乎也不瞭解，因為「所有的人」指的其實並不是每一個人。因為他們奪走其他人身上的東西，不管是可以捏在手裡的，例如泥土，還是無法具體掌握的，例如自由。她耕耘工作的這片土地是印第安人的。她聽過白人吹噓大屠殺的成果，他們殺了女人與小孩，扼殺了還在搖籃裡的寶寶的未來。

偷來的人在偷來的土地上耕作。這是永遠不停止運轉的引擎，這永不饜足的蒸汽鍋爐需要鮮血灌溉。透過史蒂文斯醫師所描述的手術，珂拉想，白人也開始偷走他們的未來。切開你的肚子，扯下你的器官，鮮血淋漓。奪走其他人的寶寶，也就是奪走其他人的未來。他們在世時竭盡所能折磨你，而為了讓後代子孫過上更好的日子，他們就奪走你的希望。

「是不是這樣啊，約翰船長？」珂拉問。有時候，珂拉頭如果轉得夠快，就彷彿看見他對她眨眼。

幾個晚上之後，她注意到四十號樓的燈光熄了，儘管那時還不算太晚。她問其他女孩。「她們搬去醫院了，」有一個女孩說，「這樣才能好起來。」

里奇威終結南卡羅萊納歲月的前一天晚上，珂拉流連在葛里芬大樓的屋頂，想看見自己生長的地方。再過一個鐘頭，她就要和希薩與山姆碰面。她一點都不想躺到自己床上，聽著其他女孩嘰嘰咕咕聊天。上個星期六下課之後，有個在葛里芬大樓工作的男人，名叫馬丁，以前在菸廠當工人的，告訴她說大樓通往屋頂的門從來不鎖，要上去很簡單。要是擔心搭電梯的時候被在十二樓工作的白人質問，可以搭到十一樓再走樓梯，他告訴珂拉說。

這是她第二次在傍晚造訪。大樓高得讓她頭暈。她很想跳起來，抓住頭頂上那些層層盤捲的灰色雲朵。韓德勒小姐上課的時候教過他們，埃及的大金字塔是奴隸以雙手和汗水蓋成的建築奇觀。金字塔也像這幢大樓這麼高嗎？法老王坐在金字塔頂端把整個王國盡收眼底，是不是也像她此刻所見，只要隔得夠遠，整個世界就會縮小？樓下的大街，工人蓋起三、四層樓的房子，比以前的兩層樓建築高。珂拉每天都經過那些建築工地。目前還沒有其他大樓可以和葛里芬大樓相比，但有一天，這幢大樓會有兄弟姐妹，跨越整片大地。每次任由夢想帶她奔向充滿希望的前程時，想到這座城市會自己蓬勃成長，她就很激動。

葛里芬大樓東邊是白人的住宅區，以及他們新規劃的區域——擴大的城市廣場、醫院和博物館。珂拉轉向西方，那是有色人種宿舍的所在之處。從這個高度望去，那一排排用不平整的木板搭建而成的紅色四方形房屋，看起來實在很不怎麼樣。她有一天會住在那裡嗎？在還未鋪設的某條街道上的小屋？帶著兒女上樓睡覺。珂拉試著想像那男人的面容，想像那些孩子的名字。但她的想像力辨不到。她的目光往南，瞥向蘭道爾的方向。她期待自己看見什麼？夜色讓南方沒入一片漆黑之中。

北方呢？或許她有一天會去北方。

微風讓她打個冷顫，她走向街道。現在去見山姆很安全。

希薩不知道站長為什麼要見他們。山姆經過酒館的時候和他打暗號，說：「今晚。」打從來到城裡之後，珂拉就沒再回到地下鐵道車站，但是抵達那天的情景迄今仍然非常鮮明，她毫無困難就找到路。暗黑森林裡的動物叫聲，樹枝搖擺拍打，讓她想起他們逃脫的過程，以及小可愛消失在夜色裡的往事。

透過林木枝葉看見山姆家的燈光時，她加快腳步。山姆像往常那般熱情地擁抱她，他的襯衫因為酒水而濕濡，透著臭味。下車的那天，她心神不寧，沒注意這幢房子凌亂的程度，髒碟子、木屑和髒衣服堆得到處都是。要走進廚房，她得先跨過翻倒的工具箱，裡面的東西散落在地板上，釘子像拾棍棒遊戲的細棍子一樣撒落滿地。離開之前，她要建議他去安置辦公室找個女傭來幫忙打掃。

希薩已經到了，正在廚房餐桌旁喝啤酒。他帶了一個自己做的碗來給山姆，這時正用手指摸著底部，彷彿摸著某個不完美的隙縫。珂拉幾乎忘了他喜歡做木工。她最近不太常見到他。他又從黑人商場買了更多漂亮衣服，身上那套黑色西裝很適合他，她看了很開心。有人教他怎麼打領帶，再不然就是他在維吉尼亞的時候就學會了，在他還相信那白人老太太會讓他恢復自由，所以很注意自己外表的時候。

「有火車要來？」希薩問。

「就這幾天。」山姆說。

希薩和珂拉在椅子上蠕動不安。

「我知道你們不會搭，」山姆說，「沒關係。」

「我們決定要留下來。」希薩說。

「我們想等確定之後再告訴你。」珂拉說。

山姆呼了一口氣，往後靠在椅背，椅子吱吱嘎嘎響。「我很高興你們願意留下來，在這裡追求發展。」站長說，「但你們可以聽完我說的事情之後再考慮。」

山姆端上一些甜食，他是大街旁邊那家理想烘焙坊的忠實顧客。他開始說明請他們來的緣由。「我要警告你們，離瑞德酒館遠一點。」山姆說。

「你怕他們的競爭？」希薩開玩笑說。這個說法完全不成立，因為山姆的酒館不招待黑人。不，瑞德酒館鎖定的顧客是愛喝酒、跳舞的宿舍房客，他們樂於收現金代用券。

「問題比這嚴重得多，」山姆說，「我不知道該怎麼講清楚，老實說。」這事說來離奇。漂流酒館的老闆凱勒柏出了名的壞脾氣，而山姆則是很愛聊天的酒保。「在那裡工作，可以瞭解一個地方的真實生活面貌。」山姆喜歡這麼說。山姆有個常客是個醫生，名叫博特朗，是新近被聘到醫院來的。他不和其他北方人在一起，比較喜歡漂流酒館的氣氛與飽經風霜的客人。他愛喝威士忌。「用烈酒淹沒他的罪惡感。」山姆說。

一般來說，博特朗默默喝到第三杯，話就會開始多了起來。威士忌一杯杯下肚，他滔滔不絕談起麻薩諸塞的暴風雪、醫學院新生被整的儀式，以及維吉尼亞負鼠的智慧。前一天晚上他談起女伴的問題，山姆說。這位醫生經常造訪川波爾夫人公館，他覺得那裡比蘭卡斯特之家好，因為他覺得蘭卡斯特的女孩都有點不夠開朗，彷彿是從緬因或其他陰鬱的地方來的。

「山姆？」珂拉說。

「對不起，珂拉。」他省略這段不提。博特朗一一列舉了川波爾夫人公館的優點，然後說：「不管你怎樣，老兄，就算你再喜歡黑女孩，都要避開瑞德酒館。」他有好幾個病人都常到瑞德酒館，去和那裡的女客人鬼混。他的病人都以為自己是在接受某種血液病的治療，但醫院給他們的只是糖水。事實上，這些黑人是在參與梅毒潛伏期與第三期的研究。

「他們以為你們是在幫他們治病？」山姆問那位醫生。他讓語氣保持平和，但其實已經氣得一肚子火了。

「這是很重要的研究。」博特朗告訴他，「可以發現這個疾病傳播的管道、影響的範圍，然後我們可以找出治療的方法。」瑞德酒館是城裡唯一正式的黑人酒館，老闆協助當局監控，以換取租金優惠。醫院黑人部正在進行多項研究和實驗，梅毒計畫只是其中之一。山姆知道非洲的伊博族先天有情緒失調的毛病？心情低落，容易自殺？醫生談起四十名奴隸的故事，他們在船上被銬在一起，後來決定一起跳海，寧死也不要活著當奴隸。這樣的心理狀態可以設計執行出多麼棒的研究課程啊！如果我們可以調整黑人的生殖模式，除去先天的憂鬱傾向，那會怎麼樣呢？控制其他的本能，例如性侵害和暴力天性？我們可以讓我們的妻女免受他們的叢林衝動之害，博特朗醫師知道很多南方白人都擔憂這個問題。

醫生往前靠，問山姆最近有沒有看報紙？

山姆搖搖頭，不讓那人繼續喝。

醫生還是堅持，就算最近沒看，這些年來山姆多多少少也看過報上的評論吧，大家都對這個問題表達相當的關切。美國輸入且繁殖了太多非洲人，在很多州，白人都已經變成少數了。光是這個原因，黑奴解放就不可能。靠著策略性的節育——先從女人開始，假以時日，男女都將同步進行——就可以讓我們不再擔心在睡夢中被他們砍死。策劃牙買加暴動的是貝南和剛果出身的黑人，他們固執任性，狡猾奸詐。要是我們慢慢馴服這些血統呢？蒐集這些有色人種與後代的資料，經過幾年，甚至幾十年之後，將成為有史以來範圍最大的科學研究成果。控制生育，研究傳染病，運用最新外科技術改進無法適應社會的人——全國的醫學菁英集中到南卡羅萊納來，一點都不足為奇。

一群粗魯的人吵吵嚷嚷進來，把博特朗擠到吧檯盡頭。山姆忙得不可開交，醫生悄悄謝謝他就走了。「你們不是會去瑞德酒館混的人，」山姆說，「但是我希望你們知道。」

「瑞德，」珂拉說，「那裡不只是酒館啊，山姆。我們得告訴他們，他們被騙了。他們得病了。」

希薩附和。

「他們會相信你們，還是相信白人醫生？」山姆問。「有什麼證據？你沒辦法找任何機構去申訴補償——這是市政府自己花錢做的事啊。安置黑人的其他城市也都一樣。並不是只有這裡才有新醫院。」

他們在廚房餐桌旁討論。參與這個荒謬計畫的，有沒有可能不只是醫生，還包括主管有色人種事務的每一個人？主宰黑人往這裡或那裡去，把他們從拍賣會或物產買賣中買來，以執行這個計畫？所有的白人齊心合力，把他們的數據和調查結果全登記在藍色紙上。珂拉和史蒂文斯醫師討論過之後，有天早上她要去博物館時，被露西小姐攔下。珂拉是不是考慮過醫院的生育控制計畫了？或許珂拉可以和其他女孩聊聊這個問題，用她們可以理解的說法對她們說明。我們會很感激你的，這位白人小姐說。城裡有各式各樣的新職缺，機會保留給那些證明自己有價值的人。

珂拉回想她和希薩決定留下來的那個晚上，聯誼活動結束時，跑到草地上驚聲尖叫的那個女人。「他們搶走我的寶寶！」她控訴的不是以前在農園發生的悲劇，而是在南卡羅萊納此地發生的罪行，活生生奪走了她寶寶的是醫生，不是她的前主人。

「他們問起我父母親是從非洲的哪裡來的，」希薩說，「我怎麼會知道？他說我的鼻子長得像貝南人。」

「在他們打算閹割你之前，這可算不上什麼奉承喔。」山姆說。

「我得要告訴梅格，」希薩說，「她有些朋友晚上在瑞德酒館混。我知道她們在那裡和幾個男人碰面。」

「梅格是誰？」珂拉說。

「她是個朋友，有時候和我在一起。」

「那天我在大街上看見你們。」山姆說，「她很漂亮。」

「那天下午很愉快。」希薩說。他啜口啤酒，眼睛看著酒瓶，迴避珂拉的目光。

應該採取什麼行動，他們並沒有太多的策略。他們討論著可以去找誰，而對其他黑人可能的反應也沒有把握。說不定他們寧可不知道呢，希薩說。和他們享受的自由比起來，這些謠言又算什麼呢？面對充滿希望的新境遇，再想想他們宣稱的陰謀與過往生活的實情，他們這些鄰人會做出什麼樣的考量呢？根據法律，他們大多數人都仍然是政府的財產，他們的名字寫在文件上，收在美國政府的檔案櫃裡。目前，他們頂多只能警告其他人注意。

珂拉和希薩快走到城裡的時候，希薩說：「梅格給華盛頓街的一戶人家幫傭。就是那些大房子，你知道吧？」

珂拉說：「很高興你交了朋友。」

「真的？」

「我們留下來錯了嗎？」珂拉問。

「也許這就是我們該留下來的地方，」希薩說，「但也或許不是。小可愛會怎麼說呢？」

珂拉沒有答案。他們沒再開口。

她一夜難眠。寢室裡的八十個女孩都在被子下打鼾翻身。她們安心上床睡覺，相信自己已經脫離白人的掌控，不需要聽從他們的命令，做什麼事情，有什麼表現。她們可以自己管自己。然而，這些女孩仍然是被蓄養馴服的。不像以前那樣是正式的商品，但依舊是豢養的牲口：聽命繁殖，任人閹割。被圈養在宿舍裡，就像被關在欄籠裡一樣。

早晨，珂拉和其他女孩一起去做她們被分派的工作。就在準備更衣時，伊希絲問珂拉說可不可以和她換展示間。她今天不舒服，想要坐在紡紗車前面休息。「可以讓我歇歇腿。」

在博物館工作六週以來，珂拉找出了適合自己心性的輪班班表。如果從「農場典型的一天」開始，她在午餐之前可以輪完兩次農場的班。珂拉很討厭這荒謬的奴隸生活展示，希望能盡快結束。從農場到奴隸船，再到黑暗大陸，對她來說是很令人安慰的邏輯。彷彿時光倒轉，擺脫美國。以黑暗大陸的場景結束一天的工作，總是讓她心情平靜，這簡單的場景，不再只是場景而已，而是真正的避難所。但是珂拉還是答應伊希絲的請求。這天會以奴隸的場景落幕。

在棉花田的時候，監工或工頭隨時用無情的眼神盯著她。「彎腰！」「去那邊工作！」在安德森家，小玫上學或和玩伴玩耍，而小雷蒙在睡覺的時候，珂拉可以不受干擾，不受監視地工作。這是一整天裡最值得珍惜的短暫時光。但近來在展示間的工作讓她回到喬治亞的田裡，那些瞠目結舌瞪著她看的觀眾，又讓她回到被人隨時監看的狀態。

有一天她決定要回敬一個紅髮女人。這女人一看見珂拉在「海上」的工作，就蹙緊眉頭。珂拉不知道她的敵意或關切從何而來，說不定她嫁給某個萬惡不赦的水手，而這場景讓她想起他。

但這女人惹惱她了。珂拉盯著她的眼睛看，一動也不動，惡狠狠的，直到那女人受不了，幾乎是用跑的離開玻璃窗，到下一個農園場景。

從此以後，珂拉每個鐘頭挑一個觀眾來瞪。某個從葛里芬大樓辦公室溜出來的年輕上班族；趕著一群調皮孩子的忙亂女老師；喜歡敲玻璃、盯著角色看的討人厭年輕人。有時候是這一個，有時候是那一個。她從觀眾裡挑出最脆弱的一環，被她一瞪就斷裂的那個環節。脆弱的環節——她喜歡這句話唸起來的感覺。在束縛你的鎖鍊裡找到脆弱的環節。個別來說，一個環節不算什麼。但和所有的環節合在一起，就成為強大的鐵鍊，足以牢牢銬住你。珂拉所選擇的對象，無論老少，無論來自城裡富裕的區域或較簡樸的街區，都不曾以個人的身分壓迫她。但是他們整體卻構成了一副鐐銬。一旦找到脆弱的環節，她就持續斬斷，那麼或許會累積出可觀的成果來。

這惡狠的眼神，她很快就上手了。從奴隸紡車或小屋的玻璃火光中抬頭，盯住某個人，就像昆蟲展示館裡被釘起來的甲蟲和小蟲一樣。那些人總是會潰敗，他們沒想到會遭遇這麼怪異的攻擊，踉蹌退開，或低頭瞪著地板，強迫同伴快和他離開。這是很好的教訓，珂拉想，讓他們知道奴隸，這些在你們身邊的非洲人，也在監視你們。

伊希絲覺得不舒服的這天，珂拉第二次輪到上船的時候，隔著玻璃，看見紮著兩根辮子的小玫，身穿過去由珂拉親手清洗晾曬的衣服。珂拉認得和她一起的那些男生女生，儘管這些孩子已經不記得她是安德森家的傭人了。小玫一開始沒認出她。珂拉用惡狠狠的眼神盯著她看，小玫就認出她來了。老師解釋這展覽的意義，其他孩子指著約翰船長過分燦爛的笑容，比手劃腳嘲笑著，但小玫臉部驚恐抽搐。從表面上，沒有人看得出來她倆之間有什麼事，就像她在狗屋前面和布拉克對峙的那天一樣。我也會擊潰你，小玫，而她確實辦到了。小女孩驚慌地離開櫥窗。她不知道自己為什麼要這樣做，直到脫下戲服，回到宿舍，她都還滿懷愧疚。

那天傍晚，她去找露西小姐。珂拉一整天都想著山姆說的事情，像把一個隱匿的小東西舉到光線下，翻來覆去想看清楚。舍監協助過珂拉很多次。如今她的提議或意見，卻都像是種種的巧妙操縱，宛如農夫設法哄騙驢子，要牠按他的意思去做一樣。

珂拉探頭進辦公室的時候，露西小姐正收攏一大疊藍色的紙。那些文件上也有某一張寫著她的名字嗎？名字旁邊又會寫上怎樣的註記呢？不，她立即更正，是蓓曦的名字，不是她。

「我時間不多。」舍監說。

「我看見有人搬進四十號樓，」珂拉說，「不過不是以前住在那裡的人。她們還在醫院接受治療嗎？」

露西小姐看著桌上的文件，神情一凜。「她們遷到其他城市了。」她說，「我們需要空間安置新來的人，所以像葛楚蒂這樣需要幫助的人，就被送到可以得到更妥善照顧的地方。」

「她們不會回來了？」

「不會。」露西小姐打量珂拉，「這讓你很不安，我知道。你是個聰明的女孩，蓓曦。雖然你覺得目前還不需要手術，但我還是希望你能做其他女孩的表率。如果你能下定決心，就可以為你的種族做出真正的貢獻。」

「我可以為自己做決定，」珂拉說，「她們為什麼不可以？在農園的時候，主人替我們決定一切。我以為在這裡已經不會再有這樣的情況了。」

珂拉提出的這個比較，讓露西小姐心驚。「要是你分不出來正常健全的人和精神狀態有問題、犯罪與低能的人之間有什麼不同，那你就不是我以為的那個人。」

我的確不是你所以為的那個人。

另一個舍監打斷他們，這是個名叫蘿貝塔的女人，經常負責和安置辦事處協調。幾個月前，是她幫珂拉找到安德森家的工作。「露西？他們在等你了。」

露西小姐嘟囔著。「我這裡弄好了，」露西小姐告訴同事，「但是葛里芬大樓那邊的紀錄明明也都一樣。逃奴法規定我們必須交出逃跑的黑奴，而且不能阻礙追捕——只因為某個獵奴人自以為賞金在握，我們就得丟下手邊的工作。我們才不會庇護殺人凶手呢。」她站起來，把那疊資料摟在胸前。「蓓曦，我們明天再談。請考慮一下我們談過的事情。」

珂拉走上宿舍的樓梯，才爬了三階，就坐下來。他們在找的有可能是任何人。宿舍裡多的是拿這裡當庇護所的逃奴，有些是剛逃脫，有些則已經過了好幾年自由的生活。他們在找的有可能是任何一個人。

他們在搜捕殺人凶手。

珂拉先去希薩的宿舍。她明明知道他的班表，但在慌亂中，卻怎麼也想不起來。在宿舍外面，她沒看見半個白人，沒看見長得像她想像中獵奴人模樣的人。宿舍裡年紀比較大的那個人瞥著她——每回有女孩到男宿舍來，就會招來隱含下流意味的眼神——告訴她說希薩還在工廠裡。「你要和我一起等他嗎？」他問。

天色漸黑。她心裡掙扎著，不知道該不該冒險去大街。她在城裡登記的名字是蓓曦。在他們逃走之後，泰倫斯印在傳單上的素描雖然很簡略，但仍然很像他們，悟性強的獵奴人肯定都會多看她兩眼。除非找希薩和山姆商議，否則她是無法安心休息的。她走在和大街平行的埃姆街，一直走到漂流酒館所在的那個街口。每回走過一條街口，她就以為會碰上某個騎在馬背上的民兵團員，舉著火把和毛瑟槍，掛著一抹邪惡的微笑。漂流酒館擠滿傍晚的顧客，有些是她認得的男人，有些則不認得。她在酒館窗前來回走了兩次，站長才看見她，打手勢要她繞到屋後。

酒館裡的人高聲大笑。屋裡的燈光映照後巷，她悄悄溜過去。戶外廁所的門微開，沒有人。她站在暗處，他一腳踩在板條箱上綁鞋帶。「我還在想要怎麼傳消息給你們，」他說，「有個獵奴人，名叫里奇威。他現在正和治安官講話，談你和希薩的事。我才剛給他們兩個端上威士忌。」

他交給她一張傳單。和上回在富萊契家聽他說起的那張一樣，只有一點不同。現在她識字了，「殺人凶手」四個字緊緊揪住她的心。

酒館裡傳出一陣喧鬧，珂拉更往暗處退。山姆說他還要一個鐘頭才能下班。他會盡量多打聽一點消息，想辦法傳送給在工廠的希薩。珂拉最好先到他家去等。

她已經很久沒跑得這樣快了，沿著路邊跑，一聽到有其他人的聲音就衝進樹林裡。她從後門進了山姆家，在廚房點亮一根蠟燭。珂拉在屋裡踱來踱去，沒辦法坐下，只好做唯一能讓心情平靜下來的事情。她洗完所有的盤子，山姆也正好回來。

「很慘，」這位站長說，「我們才剛講完話，就有個賞金獵人進來。他脖子上掛了一串耳朵，像印第安人那樣，是個如假包換的狠角色。他告訴其他人說，他們知道你們在哪裡。他們到門口和他們的人碰面。那人就是里奇威。」他因為一路跑回家，喘不過氣來。「我不知道是怎麼回事，但他們知道你們的身分。」

珂拉抓著希薩刻的碗，在手上轉來轉去。

「他們帶著民防團一起走。」山姆說，「我沒辦法聯絡上希薩。他知道要來這裡或酒館——我們計畫過了。他說不定已經在路上了。」山姆打算回漂流酒館去等他。

「你覺得會不會有人看見我們講話？」

「你也許應該先到月台去。」

他們拉開餐桌和厚厚的灰色地毯，然後合力拉開地板上的掀門。緊閉的門一拉開，一股帶霉味的風吹得燭火搖晃。她拿了一些吃的和一盞燈，走進黑暗裡。門在她頭頂上關上，餐桌被拉回原位。

她向來避開城裡黑人教會的禮拜。蘭道爾的農園禁止宗教信仰，免得他們心生雜念，想要獲得拯救什麼的。來到南卡羅萊納之後，她對教會也沒有產生興趣。這讓她在宿舍的黑人裡顯得奇怪，但是顯得奇怪，並沒有讓她困擾太久。她現在該祈禱嗎？在微弱的油燈裡，她坐在桌子旁邊。月台非常暗，看不出來哪裡是隧道的出口。他們找到希薩要花多久的時間？他可以跑得多快？她很清楚人在拚死一搏的景況裡，會願意付出什麼樣的代價。為了讓生病的寶寶退燒，為了制止監工的殘暴行為，為了讓自己脫離奴隸地獄。就她所見，每一次付出代價，都沒有得到任何結果。有時候燒是退了，但農園始終都在。珂拉沒有禱告。

她等著等著睡著了。後來，珂拉爬上樓梯，窩在掀門下方，豎起耳朵聽。外面的世界或許已經過了一天，或一個晚上。她又餓又渴。她吃了些麵包和香腸。在樓梯上上下下走動，耳朵貼在門上，然後又退開。她就這樣過了好幾個鐘頭。把食物全吃完之後，她徹底絕望了。她貼在門上聽外面的動靜。什麼聲音也沒有。

地面轟隆隆的聲音驚醒她，打破了空虛寂靜。不是一個人、兩個人，而是很多很多人。他們衝進屋裡，大聲咆哮，翻倒櫃子和傢俱。聲音非常大，猛烈暴力，而且很接近，她跑下樓梯。她聽不清楚他們的聲音。然後他們停手了。

門上的小縫並沒有流進一絲光線或空氣。她沒聞到煙味，但她聽到玻璃破碎的聲音，以及木頭爆裂劈啪的聲響。

房子著火了。

史蒂文斯

普洛克特醫學院的解剖房位在主建築的三條街之外，一條死巷的倒數第二幢房子。這所學校的入學資格不像波士頓其他知名醫學院那麼嚴格，入學人數的增多讓擴建成為必然。艾洛伊修斯·史蒂文斯為了符合獎學金的要求，必須在夜裡工作。學校提供學費減免與工作的地方——值大夜班不只安靜，也可以利用時間念點書——換取學生為學校接收盜屍人送來的屍體。

卡本特通常在天快亮之前送貨，趁街坊還沒有人活動之前。但今天他卻在午夜就來了。史蒂文斯吹熄解剖室的燈，跑上樓梯。他差點忘了自己的圍巾，還好後來想起上次有多冷，秋天悄悄提醒他們接下來的季節將會多麼嚴酷。這天早上下過雨，他希望地不會太泥濘。他穿了一雙軋花皮鞋，但鞋底已經破爛不堪。

卡本特和他的手下柯柏坐在馬車夫的位子等候。史蒂文斯上車，坐在一堆工具之間，身體往下滑，等馬車駛出一段安全距離之後，才坐起來，免得有老師或同學看見他。時間雖然已經很晚，但今天晚上有位芝加哥的骨科專家來演講，所以很多人可能還在酒館裡喧鬧。不能去聽這位專家的演講——他的獎學金讓他常不能參加客座教授的講座——他很失望，但錢可以減輕心中的刺痛。其他的學生大多是麻薩諸塞的富家子弟，不必擔心房租或餐食。馬車經過麥克金提酒館時，他聽見裡面的笑聲。史蒂文斯拉低帽子。

柯柏挨近說：「今天去康寇德。」他說，把小酒壺遞過來。史蒂文斯向來嚴守原則，拒絕喝這人的酒。雖然還沒有完成學業，但他從這人的一些症狀可以看得出來他健康大有問題。但今天的風凜冽強勁，他們要在漆黑的夜色和泥濘裡走上好幾個鐘頭，才能回到解剖房。史蒂文斯喝了大大一口，辣火似的，讓他嗆著了。「這是什麼？」

「是我一個表親自己調的。對你來說太烈了？」他和卡本特哈哈大笑。八成是昨天晚上從酒館收來的渣滓吧。史蒂文斯對這個玩笑欣然接受。幾個月下來，柯柏對史蒂文斯的態度已經變得很好了。當初不管是什麼原因，或許是他們同夥裡有個人爛醉如泥，或被拘禁，或因為任何原因無法參加他們的夜間任務，讓卡本特建議由他參加的時候，柯柏的怨聲載道可想而知。誰知道這個滿腦子奇想的有錢人家小孩會不會守口如瓶？（史蒂文斯並不有錢，而且唯一的奇想就是自己的遠大抱負。）最近波士頓開始絞死盜墓者，但是不知道該說是諷刺或適得其所——就看你從哪個角度看嘍——被絞刑處死的人，屍體會交給醫學院作為解剖之用。

「別擔心絞刑架，」柯柏告訴史蒂文斯，「那死得很快。圍觀的人才是問題。要我說呢，根本不該公開讓大家看。看著要死的人拉得一褲子大便，實在很不像話。」

掘墓讓兩人的友誼更快滋長。如今柯柏喊他醫生，是帶著敬意，絕不是嘲弄。「你和其他人不一樣。」有天晚上他們扛著一具屍體穿過後門的時候，柯柏對他說。「你有點鬼鬼祟祟的。」

確實是。有點壞名聲，對年輕的外科醫生反而是一種助力，特別是需要取得解剖素材的時候。自從解剖學的研究興起之後，就沒有足夠的屍體可用。法律、監獄和法官所能提供的，頂多就是死掉的殺人犯或妓女。沒錯，罹患罕見疾病或身體畸形的人會在過世後賣掉屍體做研究，有些醫生也會基於科學研究精神捐獻自己的遺體，但數目遠遠不足所需。盜屍競爭激烈，對買賣雙方來說都是如此。有錢的醫學院可以靠高價打敗比較沒錢的醫學院。盜屍人爭奪屍體，然後加上一筆保管費，再添一筆運送費。學期剛開始，需求量比較大的時候，他們哄抬價格，等學期結束，不再需要樣本的時候，就打折出售。

史蒂文斯每天都面對這病態的矛盾困局。他的專業工作是要延長人的生命，但他心裡卻又偷偷希望多死一些人。誤診官司會讓你上法庭，因為缺乏醫療技能而被懲罰；但盜取非法取得的屍體被逮，法官又會因為你想增進醫療技能而嚴懲你。普洛克特醫學院要學生自己負擔病理標本的費用，史蒂文斯的第一門解剖課需要兩具遺體進行完整的解剖──他怎麼負擔得起？在緬因州的老家，他被媽媽的好廚藝給寵壞了，媽媽的做菜天分真是不得了。而在這裡，學費、書籍、講座和房租的花費，卻逼得他一連好幾天要靠硬麵包皮過日子。

卡本特找史蒂文斯替他工作的時候，史蒂文斯一口答應。幾個月前的第一次運貨時，他的外表嚇壞了史蒂文斯。這個盜墓者是個愛爾蘭巨人，身材魁梧驚人，言行舉止粗魯無禮，渾身散發潮濕泥土的惡臭。卡本特和老婆生了六個孩子，其中兩個得了黃熱病死了，他把他們的遺體賣去做解剖研究。據說是這樣的，但史蒂文斯不敢向他求證。幹盜屍這行，最好凡事無動於衷。

掘開墳墓，發現裡面躺的是某個久已失去聯繫的表親或好友，這情形多的是，他也不會是頭一個。

卡本特在酒館招募人手，全是粗野的人。他們白天睡覺，傍晚喝酒，然後啟程去找樂子。「這時間不是很好，但對某些人很合適。」他們是犯罪的人，從哪一方面來看都無法改過自新的人。這是一門卑賤的生意。夜襲墓園還是最微不足道的一部分。競爭對手是群凶惡的野獸。夜裡太晚動身，你就會發現有人已經先挖走屍體了。卡本特會向警察舉發對手的客戶，闖進解剖室，在他們交貨的時候人贓俱獲。要是兩幫人看上了同一個窮人墓塚，就會當場爆發嚴重衝突，在墓碑之間打得頭破血流。「吵死人啊！」卡本特總是用這句話結束他的故事，咧嘴露出活像長滿苔癬的黑牙。

全盛時期，卡本特把他這門邪惡卑劣的生意提升到驚人的藝術層次。他給埋屍人的手推車裝滿石頭去下葬，然後偷偷把屍體運走。有個演員教他的姪兒姪女怎麼說哭就哭，表現出喪親之痛。然後他們去各個停屍間，說那裡的無名屍是他們失蹤已久的親戚。不過，如果有必要，卡本特也會面不改色從驗屍官那裡直接把屍體偷走的。不止一次，卡本特把屍體賣給解剖學校之後再向警察告密，接著派他老婆登場，身穿喪服，說那是她兒子的遺體。然後，卡本特就可以把屍體再賣一次，賣給其他學校。當局省了一筆喪葬費，不會有人注意這件事。

最後盜屍生意變得太猖獗，喪家得雇人看守墓地，免得自己親愛的人在夜裡消失無蹤。忽然之間，每個失蹤的孩童都被認為是這下流勾當的受害人——被綁架、殺死，然後賣去解剖。報紙社論大聲疾呼，執法單位介入。在新的社會氣氛之下，大部分的盜屍人都擴大範圍，突襲較遠處的墓園。而卡本特則專門找黑鬼墓園下手。

黑鬼並沒有雇人看守他們親人的墓地。黑鬼不會去敲警察的門，不會到報社去糾纏記者。沒有警察會理會他們，沒有記者會聽他們的說法。他們摯愛的人屍體被裝進布袋裡，出現在某家醫學院冰冷的地窖裡，坦露自己所有的秘密。每一具屍體都是一個奇蹟，在史蒂文斯看來，都是指引他們揭開上帝神秘設計的道路。

卡本特齜牙咧嘴地講出「黑鬼！」這兩個字，彷彿是條癩皮狗守著自己積攢來的骨頭。史蒂文斯從來不用這個字眼。他不贊成種族偏見。事實上，像卡本特這樣沒受過教育，因為環境所逼而淪落到以盜墓為生的愛爾蘭人，和黑人的共同點還比和白人醫生多呢。你只要仔細想想就明白，史蒂文斯當然不會當眾這麼說。有時候史蒂文斯會想，在當代的氛圍裡，他這樣的觀點是不是太過古怪。其他學生不時談論波士頓黑人種種駭人聽聞的事情，說他們渾身惡臭，智力低下，本能衝動。然而他的同學拿起解剖刀切開黑人屍體時，他們對黑人所做的貢獻又遠遠高於那些心靈高尚的廢奴人士。只有在死後，黑人才真正成為人。只有這個時候，他們才和白人真正平等。

在康寇德外圍，他們停在一扇木門前，等待守門人的信號。那人的油燈前後晃動，卡本特就把馬車駛入墓園。柯柏付錢給守門人，他領他們走向今晚的獵物：兩大、兩中，還有三個嬰兒。雨讓泥土變得鬆軟。他們在三個鐘頭之內搞定。之後，他們把墓坑重新埋好，彷彿從未來過似的。

「你的手術刀。」卡本特交給史蒂文斯一把鏟子。

到了早上，他就又是醫學院學生了。今天晚上，他是讓死人復活的救星。更正確的說法是盜屍人。說是讓死人復活的救星，有點太過自吹自擂。但他確實讓這些人再一次有機會貢獻自己，這是他們生前未曾有過的機會。

如果可以研究死者，史蒂文斯不時想，應該也可以研究活人，讓他們接受死人所無法接受的測試。

他搓搓手讓血液循環，然後開始掘土。

北卡羅萊納

黑人女子，名喚瑪莎，本月十六日自懸賞人主宅逃跑或被接運離開。此黑奴為懸賞人財產，膚色褐黑，體型瘦小，愛高談闊論，年約二十一歲，頭戴飾有羽毛的黑色絲帽，並帶走兩床印花被單。據信她將假扮自由人闖關。

瑞格唐・班克斯

一八三九年八月二十八日於葛蘭維爾郡

她的蠟燭不見了。有隻老鼠咬醒珂拉，回過神來之後，她爬過月台的塵土，摸索尋找。結果什麼也沒找到。這是山姆家被燒毀的隔天，雖然她並無法百分之百確定。得用蘭道爾農園秤棉花重量的秤來衡量時間才準確吧，她的饑餓和恐懼不斷累積重量，而她的希望卻慢慢減少。要知道自己在黑暗裡迷失了多久，唯一的方法就是脫離黑暗。

這時的珂拉之所以需要蠟燭，其實只是為了有光的陪伴，因為她對這座牢籠的細節已經摸得一清二楚了。月台長二十八步，從牆面到鐵軌邊緣是五步半。通向頭頂上的世界是二十六個梯階。把手掌貼在掀門上，她還感覺得到熱度。她知道上樓時哪個階梯會勾到她的衣服（第八階），如果爬得太快，哪一階又可能擦破她的皮膚（第十五階）。珂拉記得在月台角落看過一把掃帚。她拿掃帚來敲著地面，就像城裡的瞎眼婦人一樣，逃離農園的時候，希薩也是用這樣的方法帶他們渡過黑水。但她不知道是太笨手笨腳，還是太過自信，竟然跌到鐵軌上，不只再也找不到掃帚，也失去了希望，只能窩在地上。

她一定得出去。在這漫長的時間裡，她不住想著種種殘酷的畫面，設計她自己的驚恐奇蹟博物館。希薩被獰笑的暴徒綁起來；希薩被打得遍體鱗傷，躺在獵奴人馬車的地板上，正往蘭道爾農園駛去，準備面對等待他的刑罰。好人山姆在監獄裡；山姆被嚴刑拷打，審問地下鐵道的事情，渾身骨折，不省人事。一個沒有臉的白人民防員在小屋的殘骸瓦礫堆裡翻找，拉開掀門，把她送進不幸的命運裡。

這是她清醒時描繪的鮮血斑斑畫面。在夢魘裡，場景更加駭人。她在玻璃前面來回踱步，是個痛苦的觀眾。在博物館關門之後，她被鎖在「奴隸船生活」的場景裡，在港口之間來回，等待海風揚起，帶來底艙千百名被綁架的人發出的悲鳴。在下一個櫥窗裡，露西小姐用拆信刀割開珂拉的肚子，上千隻蜘蛛從她的腸子爬出來。一次又一次，她被送回燻製房的那一夜，醫院的護士抓住她，讓泰倫斯．蘭道爾怒吼著戳進她體內。通常都會有老鼠和蟲子好奇地吵醒她，打斷她的夢，讓她回到漆黑的月台上。

她摸摸肚子，胃在抖顫。她以前也挨過餓，在康納利決定懲罰作亂的營舍，斷絕配糧的時候。但是他們需要吃東西才能勞動，棉花田的需求讓他們的懲罰只能維持很短的時間。然而，此時此地的她無法知道何時才有下一頓飯可吃。火車遲遲未來。山姆告訴他們血液問題的那個晚上——當時房子還在——也說火車再過兩天就來了。應該早就到了才是。她不知道是晚了多久，但遲到總不是個好兆頭。說不定這條支線已經被停掉了。整條線路曝光，取消。沒有人會來。她太虛弱，不可能摸黑走上不知道要多遠的距離到下一站去，更別提要面對在下一站等待她的不知是什麼情景的狀況。

希薩。要是他們當時保持理智，繼續逃，她和希薩早就到自由州了。他們憑什麼相信兩個低等黑奴可以享受南卡羅萊納的美好生活？這麼近，只要跨過州界就有新生活？這裡畢竟還是南方，惡魔有靈巧的長手指。而且，真實世界給他們這麼多教訓之後，他們竟然還認不得銬在他們手上腳上的鎖鍊。南卡羅萊納的鐐銬是新產品——鎖和開關都是特別為本地設計的——但仍舊是鎖鍊，目的還是要銬住他們。他們終究還是逃得不夠遠。

她看不見伸在自己面前的手，但卻不斷看見希薩被捕。在工廠被捕，在去漂流酒館和山姆碰面的路上被逮。也說不定他和梅格手挽手走在大街上。他們抓住他的時候，梅格大聲哭喊，他們把她敲昏在人行道上。如果她接納希薩為愛人，情況就會有所不同：他們或許會一起被捕。他們不會被關在各自的監牢裡。珂拉縮起膝蓋，抵在胸前，用雙臂攬著。到頭來，她還是讓他失望了。她終究是個孤苦伶仃的人，不只在農園是如此——她在農園是個孤兒，沒有人照顧——在任何地方都是如此。很多年前她就踏上了這條人生路，自此無法回頭，無法再擁有家人。

地面微微震動。未來，在她想起最後一班火車到來的時候，她想到的不是地面的震動和火車頭，而是她早已明白的強烈念頭：無論在哪裡，她都是孤苦伶仃。她是她這個族裔的最後一人。

火車的燈光搖搖晃晃繞過轉彎處。珂拉伸手梳攏頭髮，又一想，這並不會讓她的外表改善多少。駕駛不會用外表來評斷她，他們自己的秘密集團就是怪人的大集合。她拚命揮手，看著那團橘色的燈光像個溫暖的泡泡，在月台上變得越來越大。

火車飛馳經過車站，失去了蹤影。

她對著火車的背影哀號，幾乎要倒在鐵軌上。經過幾天的饑渴之後，她的喉嚨乾涸沙啞。珂拉不敢置信地站起來，渾身顫抖，聽見火車停車，在鐵軌上倒車。

駕駛向她道歉。「你要不要也吃我的三明治？」珂拉拿著他的皮水壺喝水的時候，他問。她對他的玩笑不以為意，吃掉他的三明治，雖然她向來不特別愛吃豬舌。

「你不該在這裡的。」那男孩說，一面調整眼鏡。他頂多才十五歲，瘦巴巴，但很熱心。

「這個嘛，你看見我在這裡啦，不是嗎？」她舔舔手指，嚐到泥土的味道。

她講著她的故事，一講到曲折離奇處，這男孩就大嚷著：「天哪！」「我的老天哪！」拇指插在連身褲口袋裡，腳跟著地，身體不停晃來晃去。他講話的語氣很像她以前在城裡廣場看見的踢球的白人男生，帶著點滿不在乎的自信，和他的膚色一點都不相配，更不要說他做的這個工作的性質了。他怎麼會開起火車來，肯定說來話長，但現在沒有時間探究這黑人男孩的身世。

「喬治亞車站關了，」最後他說，抓抓藍色帽子底下的頭皮。「我們不該開到這裡來的，巡邏隊一定嗅到蛛絲馬跡了，我猜。」他爬上駕駛艙拿便壺，走到隧道口倒掉。「老闆沒聽到站長的消息，所以我開一趟快車過來瞧瞧。我本來不該停車的。」他想馬上離開。

珂拉遲疑了一下，不由自主地回頭看樓梯，等待最後一刻趕來的人。那名不可能出現的乘客。然後她走向駕駛艙。

「你不能上這裡來！」那男孩說，「這是規定。」

「你不能要我坐在後面。」珂拉說。

「在這班火車上，每個乘客都要坐在客廂裡，小姐。他們對這點是很嚴格的。」

把這個載貨平台稱為「客廂」實在是太污辱這個名詞了。就像她搭到南卡羅萊納來的那節載貨車廂一樣，這也是載貨用的，但只是個載貨平台，沒有車廂。一條條木板用鉚釘釘在底盤上，沒有廂壁，更沒有廂頂。她上了車，男孩準備發動，讓車子往前一顛。他轉頭對他的乘客揮手，有點熱情過頭了。

綁巨大貨物用的皮帶和繩子散落在地板上，有的捲起來，有的隨便丟。珂拉坐在平台正中央，拿起一條繩子在手腕上纏了三圈，然後又抓起兩條，像抓緊韁繩似的。她拉得緊緊的。

火車開進隧道。往北走。駕駛喊著：「乘客請上車！」這男孩很單純，珂拉想，非常負責任。她的地牢漸漸隱遁在黑暗裡。她很好奇自己是不是最後一個乘客。或許下一個乘客不會耽擱，會沿著火車線路不斷前進，一路直奔自由。

到南卡羅萊納的旅途，珂拉睡在顛簸的車廂裡，倚著希薩溫暖的身體。而這一趟火車旅程，她沒睡。她這所謂的「客廂」比之前的貨廂結實，但猛烈的氣流讓這趟旅程變成狂風大作的嚴酷考驗。珂拉不時要轉身才有辦法呼吸。這位駕駛也比前一位駕駛狂躁不安，車子開得飛快，讓這機器的速度快到不能再快。只要車子一轉彎，載貨平台就震跳。她這輩子離海最近的距離就是在自然奇蹟博物館裡的演出，但這木條板卻讓她懂得船和風暴的滋味。駕駛輕聲哼唱的歌聲往後飄，是她沒聽過的歌，北方的隻字片語隨風傳來。最後她投降了，趴在板子上，手指緊摳住縫隙。

「後面都還好嗎？」車子停下來時，駕駛問。他們在隧道裡，看不見任何車站。

珂拉揚起她的韁繩。

「很好，」那男孩說。他抹去額頭的煤灰和汗水。「我們已經走了一半路程了。我得要伸伸腿。」他拍拍蒸汽鍋爐的側邊，「這老女孩，她抗議了。」

一直等到車子再次啟動，珂拉才想起來，她忘了問這車是要開往哪裡。

藍伯利穀倉下方的車站有各種顏色的石塊精心排列圖案，山姆的車站牆面釘了木板。而蓋這一站的人卻只是在堅硬的泥土裡開鑿爆破，然後就丟下不管，好讓大家可以看見他們的工作有多艱辛。缺口、坑洞和隆起的泥堆裡一條條白色、橘色、鏽紅色蜿蜒如血管。珂拉站在一座山的內部。

駕駛點亮牆上的火把。開鑿的工人在完工之後也沒清理。月台上堆滿一箱箱零件和挖坑設備，整個地方看起來就像座大工坊。乘客可以在空的炸藥箱上隨意就座。珂拉嚐嚐其中一個水桶裡的水。是新換上的水。經過這趟在隧道裡飛馳的旅程之後，她的嘴巴簡直像裝滿沙土的畚箕。她用水杓舀水喝，喝了好久，駕駛看著她，很不安。「這裡是哪裡？」她問。

「北卡羅萊納。」這男孩回答說，「這裡原本是很受歡迎的一站，我聽說。但現在不是了。」

「站長呢？」珂拉問。

「我沒見過他，可是我相信他是個好人。」

他得有好脾氣和耐心，才可能在這個陰森森的坑道裡工作。一個人在山姆的小屋地下窩了幾天之後，珂拉不肯再冒險。「我和你一起走。」珂拉說，「下一站是哪裡？」

「我一直想告訴你的就是這件事，小姐。我只是在維護路線。」他告訴她，因為年紀輕，所以他的工作是照管火車引擎，而不是載客。喬治亞站關閉之後——他不知道詳情，但謠傳是車站被發現了——他們測試所有的鐵道，好重新規劃路線。她等的那班火車已經取消了，他不知道什麼時候才會有下一班。他接受的指令是回報沿線情況，然後回到主站。

「你不能載我到下一站？」珂拉說。

他把油燈舉得高高的，指著月台邊緣給她看。前方五十呎處一堆石礫亂土，隧道到那裡就沒了。

「我們在那邊就走向另一條支線，朝向南走。」他說，「我載的煤剛夠到這裡查看一下，然後開回主站。」

「我不能往南走。」珂拉說。

「站長會下來的，我相信。」

珂拉有燈，還有她在南卡羅萊納的車站所沒有的東西：聲音。黑色的水蓄積在鐵軌之間，是從車站天花板以穩定的速率滴下來的。這石拱頂是白色的，濺滿一條條紅色，宛如遭受鞭刑之後，濡濕襯衫的鮮血。但這聲音讓她心情好起來。充足的飲水、火把，以及遠離獵奴人的距離，都讓她開心。北卡羅萊納是又往前進的一步，在地表底下的前進。

她開始探索。這車站連接著草草開鑿的隧道，支架撐起木頭天花板，地面的石塊害她不時絆倒。她選擇先向左邊走去，踩到從牆面脫落的木板。路上散落生鏽的工具。鑿子、鎚子和十字鎬——是為了和這座山戰鬥的武器。空氣很潮濕。她伸手摸著牆面，手上沾了一層冰涼的白灰。通道盡頭有梯子閂在岩壁上，往上有條小通道。她舉起火把。看不出來這梯子有多長。她鼓起勇氣爬了幾階才發現，通道的另一頭非常窄，是一條死路。

站在離地幾呎的地方，她才知道為什麼工人把設備丟在這裡沒帶走。斜斜的一堆石礫泥土，從地板直堆到天花板，阻斷了隧道。在這堆泥石的另一邊，隧道又延伸了一百呎就告終結。這印證了她的恐懼。她再次被困住了。

珂拉坐在石堆上哭，哭到睡著了。

站長叫醒她。「嘿！」這人說。他紅通通的圓臉從石堆頂端的空隙探了進來。「噢，天哪，」他說，「你在這裡幹嘛？」

「我是個乘客啊，先生。」

「你不知道這一站已經關閉了嗎？」

她咳嗽著站起來，撫平身上髒兮兮的衣服。

「噢，天哪，我的天哪。」他說。

他名叫馬丁．威爾斯。他們一起把石牆頂端的洞弄大，讓她可以鑽到另一頭去。這人扶她在地上站穩，彷彿扶著高貴淑女下馬車一般。轉過幾個彎之後，隧道口終於在陰暗中出現了。一陣微風吹得她皮膚癢癢的。她像喝水那樣暢飲空氣，這夜空是她有史以來吃過最好的一餐，在地下待了那麼久之後，滿天星辰顯得如此甘醇甜美。

站長是個中廣身材的中年男子，臉像麵團一樣，又白又軟。地下鐵道的站長理當見慣各種危險，但他看起來卻是個性緊張的人。「你不應該在這裡的，」他說的話和那位駕駛一模一樣，「這個意外肯定會讓人遺憾。」

馬丁氣呼呼地解釋，一面拂開貼在臉上汗濕的灰色頭髮。巡邏隊晚上騎馬到處巡視，讓站長和乘客都身陷險境。這個舊的雲母礦坑已經荒廢了，當然，早就被印第安人開採完了，大部分人也都忘了這個礦坑的存在，但是執法者還是會定期到洞穴和礦坑查看，任何有可能讓逃奴藏身躲過刑罰的地方，他們都會去查。

讓珂拉喪氣的那堆土石，是用來掩護地下鐵道運作的策略。儘管很成功，但是北卡羅萊納州的新法律讓車站的運行變得不可能——他到礦坑來，只是為了給地下鐵道留下訊息，說他不能再接納任何乘客了。不管要接納的是珂拉或其他乘客，馬丁一點準備都沒有。「特別是在目前的情況下。」他輕聲說，彷彿巡邏隊就在小坑道的頂端等候他們。

馬丁告訴她，他得去弄輛馬車來，珂拉不相信他會再回來。他堅持說要不了多少時間——時間已近破曉，一旦天亮，他就沒辦法帶她走了。能回到人間來，她覺得非常慶幸，所以決定要相信他，等他駕著兩匹瘦馬拉著的破馬車再次出現時，她差點就要擁抱他了。他們重新擺放一袋袋的穀物和種子，做出一個小小的凹洞。上一回珂拉躲在這樣的地方時，需要的是可以讓兩人容身的空間。馬丁用防水布蓋住貨物，馬車顛簸駛過凹凸不平的地面，站長不停罵著髒話，直到駛到馬路上。

他們沒走多遠，馬丁就讓馬車停了下來。他掀開防水布。「天就快要亮了，但我要讓你看看。」站長說。

珂拉一時沒意會他的意思。鄉間道路一片靜寂，兩旁都是樹。她看見有個東西，又一個。珂拉爬出馬車。

吊在樹上的屍體像是腐壞的裝飾品。有些赤身裸體，有些穿著部分衣服，長褲一片黑，因為脖子被絞的時候失禁了。離她最近，被站長提燈照亮的兩具屍體，都有大片的傷口和傷痕。有一個被閹割，原本應該是陽具所在之處，如今只剩一個醜陋的開口。另一個是女的。她肚子被切開。珂拉看不出來身體裡面是不是有胎兒。他們凸出的眼球似乎在斥責她，說她不該瞪著他們看。但是比起他們來到世間的第一天起所承受的磨難，區區一個女孩的目光又怎麼可能干擾他們的安息呢？

「他們現在給這條路取名叫『自由之路』，」馬丁重新蓋好馬車說，「屍體一路掛到城裡去。」

這火車載她來到什麼煉獄了？

珂拉再次從馬車裡出來，是偷偷溜進馬丁家那幢黃色房子後門的時候。天空已經微微發亮。馬丁盡可能把馬車拉得更靠近他家，但也不敢靠得太近。他家兩旁的房子都挨得很近，被馬吵醒的鄰居可能會看見她。接近房子正面的時候，珂拉看見街道，以及更遠處的青草地。馬丁催她動作快，她溜上後門廊，進到屋裡。一名高高的白女人身穿睡袍，靠在廚房的護牆板上。她啜了一口檸檬汁，沒看珂拉一眼，說：「你這是要害我們被處死啊。」

她是艾瑟，和馬丁結褵三十五年的妻子。他在廚房水槽清洗顫抖的雙手，兩人都沒開口。她在礦坑等候的時候，他們兩個就吵過架了，珂拉知道，等搞定眼前的麻煩之後，也肯定會再吵。

艾瑟帶珂拉上樓，而馬丁把馬車駕回店裡。珂拉瞥了一眼客廳，簡樸，但設備齊全。在馬丁的一再警告之後，透過窗戶照了進來的晨光讓她加快腳步。艾瑟的灰白長髮垂在後背。這女人走路的姿態讓珂拉很不安——她好像在飄，因為生氣而凌空飄起。在樓梯頂端，艾瑟停下來，指著盥洗室。「你好臭，」她說，「快點洗乾淨。」

珂拉再次踏進走廊，那女人要她爬上樓梯到閣樓。天花板上這間又小又熱的房間，讓珂拉整張臉紅通通的。在尖屋頂構成的斜牆之間，塞了多年來累積的雜物。兩塊破裂的洗衣板，一堆堆蛀了洞的被單，座墊裂開的椅子。一匹木馬蓋著褪色的皮，藏在牆角一卷剝落的黃色壁紙裡。

「我們得要把那裡蓋住。」艾瑟說。她指的是窗戶。她從牆邊移來一個箱子，站到上面，推開天花板上的掀門。「過來，過來。」她說。她滿臉不悅，還是不肯看這個逃奴一眼。

珂拉讓自己爬上這個假天花板，進到擁擠的小夾層裡。這裡高約三呎，寬約十五呎。她移開一疊疊發霉的報紙和書，挪出更多空間來。珂拉聽見艾瑟下樓，回來的時候，交給珂拉食物、一罐水和一個便壺。

這時艾瑟第一次正眼看珂拉，拉長的臉從掀門裡露出來。「我們有幫傭的女孩會來，」她說，「要是她聽見你的聲音，肯定會舉報我們，然後他們就會把我們全殺掉。我女兒下午也會帶家人來。他們不能知道你在這裡。瞭解嗎？」

「要多久時間？」

「你這個蠢東西。不准發出聲音。一點聲音都不行。要是有人聽見你的聲音，我們就死定了。」她把掀門關上。

面對街道的牆上有一個洞，光線和空氣只能透過那個洞進來。珂拉在梁下彎著腰，爬到那個洞前。這個邊緣不平整的洞是從裡面往外鑿的，一定是對住處有意見的前房客鑿的。她很想知道那人的下落。

第一天，珂拉讓自己瞭解了公園的情況，也就是房子對街的那片綠地。她把眼睛壓在小孔上，眼珠左右轉動，看清全部的景色。公園周邊都是兩三層樓的房子，看起來蓋得一模一樣，只有粉刷的顏色和門廊擺放的傢俱不同而已。整整齊齊的紅磚步道穿過草地，在高大的樹蔭下穿進穿出，步道旁有著一張張長凳，一到太陽下山就坐滿人，直到夜裡還是人來人往。

老人家用手帕包著麵包屑來餵鳥，孩子們來踢球放風箏，還有沉醉在愛情魔咒裡的年輕情侶輪流現身。這地盤是條褐色雜種狗的，咿咿呀呀，蹦蹦跳跳，每個人都認得牠。一整個下午，孩子們在草地上追逐，衝到公園盡頭的堅固白色露天舞台。那條雜種狗在椅子的蔭影下打盹，巨大的橡木安詳聳立在草地上，宛如君臨天下。珂拉發現那條狗吃得很好，不時大嚼市民給牠的美食和骨頭。每回看到牠大吃大喝，她的胃就開始咕嚕咕嚕叫。她給牠取名叫「市長」。

等太陽升到最高點的時候，公園就籠罩在中午交通的混亂擾攘裡。熱度讓牆上的窺孔燙得像火爐。所以珂拉上午觀察完公園之後，中午縮在閣樓夾層的另一個角落裡，想像綠洲帶來的涼意，就成為她主要的活動。她已經知道，白天的時間裡，屋主不會上來看她，因為他們的女傭費歐娜在屋裡工作。馬丁要打理店鋪，艾瑟有很多社交活動，整天進進出出，但費歐娜始終都在樓下。她很年輕，有明顯的愛爾蘭口音。珂拉聽見她在工作，時而唉聲嘆氣，時而咒罵自己目前的僱主。第一天費歐娜並沒有到閣樓來，但她的腳步聲讓珂拉整個僵住，像她在博物館的老夥伴約翰船長那樣。艾瑟最初的警告達到預期的效果。

她來的第一天，這幢房子還有其他訪客——馬丁和艾瑟的女兒珍恩帶了家人來，從女兒愉快開朗的語氣聽來，珂拉覺得她應該比較像父親，所以在腦海裡用馬丁的五官描繪了一張大臉。他們女婿和小孩則滿屋子喧鬧，有一度，女孩兒們還想爬上閣樓，但討論了一番鬧鬼傳說之後就沒上來了。這屋裡確實有鬼，但她是一個被銬著鎖鍊的鬼，不管有沒有弄出聲響。

傍晚的公園還是很多人。貫穿全城的主街一定就在附近，珂拉想。幾個身穿藍色格紋洋裝的老太太給露天舞台釘上藍白相間的旗幟，橘色葉子紮成的花圈更添燦爛。一家家人在舞台前找好位置，鋪開毯子，從籃子裡拿出晚餐來。住在附近的人則帶著杯壺聚在門廊上。

因為藏身地點的侷促不適，加上一路上看見獵奴人逮到逃奴之後的酷刑慘象，讓她心神不寧，沒有馬上注意到公園的重要特徵：全部都是白人。和希薩一起逃走之前，她從未離開過農園，所以南卡羅萊納讓她第一次看見黑白種族在城市鄉鎮共同生活的情景。在大街上，在商店裡，在工廠和辦公室，在每一個角落，整天都可以看見黑人和白人混雜在一起。不管是自由人還是奴隸，非洲人都是美國不可分的一部分。

在北卡羅萊納，黑人似乎不存在。除了吊死在繩索上的之外。

兩個矯健的年輕人幫老太太把布條掛到舞台上：「週五晚會」。樂隊在台上就位，暖身的樂聲招攏來散落公園各處的人。演奏斑鳩琴的人頗有天分，但吹小號和拉小提琴的就有點遜色。比起她在蘭道爾農園內外所聽過的黑人樂手，他們的演奏顯得平淡無奇，但市民很享受這沒有什麼味道的音樂。樂隊以兩首輕快的歌曲作為結束，珂拉認出那是黑人歌曲，而且也是今晚最受歡迎的曲子。樓下的門廊上，馬丁和艾瑟的外孫尖叫拍手。

一名身穿皺巴巴亞麻西裝的男人上台致詞。後來馬丁告訴她說，這是田尼森法官，清醒的時候，是城裡很受敬重的人物。但這天晚上他腳步踉蹌。她聽不懂法官介紹的下一個表演是什麼，只說是一齣黑鬼秀。她聽過這個名詞，但從來沒看過這種滑稽表演。南卡羅萊納劇院的黑人之夜提供的是不一樣的節目。兩個白人臉上用焦炭塗黑，蹦蹦跳跳演出可笑的情節，惹得公園裡的觀眾哈哈大笑。他們身穿顏色俗豔、胡亂搭配的衣服，戴高筒帽，誇張地壓著嗓子學黑人講話，這似乎就是逗樂觀眾的主要笑點。有一段是比較瘦的那個演員脫掉破爛的靴子，一遍遍數著自己的腳趾，卻怎麼也數不清，引來最熱烈的反應。

最後一段表演開始之前，法官先談了湖泊長期排水的問題。接著，就是一齣短劇。從演員的動作，以及偶爾飄進她這小夾層的隻字片語看來，這齣戲講的是個黑奴——同樣是用焦炭把臉塗黑的白人演的，脖子和手腕都是粉紅色的——因為主人稍加斥責就逃向北方，一路上吃盡苦頭，嘛著嘴自言自語，說他是怎麼挨餓受凍，遭野獸攻擊。在北方，有個酒館老闆收留他。但這老闆很壞，只要這黑奴犯一點小錯就又打又罵，剝奪他的薪水和尊嚴，活脫脫表現出北方白人的嘴臉。

最後一幕是奴隸回到主人家門口。他再次逃脫，只是這次是逃離對自由州不切實際的期待。

他苦苦哀求回復自己原本的工作，哀嘆自己的愚蠢，懇求原諒。主人溫和且耐心地告訴他，這是不可能的。在奴隸逃走的這段時間裡，北卡羅萊納已經改變了。主人吹一聲口哨，兩個巡邏隊員押著奴隸離開農園。

市民很喜歡這齣戲的道德訓示，歡呼鼓掌聲在公園迴盪。坐在父親肩上的幼兒也拚命拍手，珂拉瞥見那條雜種狗市長也伸出前掌抓著空氣。她不知道這鎮有多大，但覺得彷彿所有的居民都來到這裡，等待著。這一夜的真正目的終於要揭曉了。有個身穿白褲與亮紅外套的魁梧男子主宰舞台。就算不看他的塊頭，他走起路來也強而有力，權威感十足，讓珂拉想起博物館裡的標本熊，擺出正要攻擊的動作。他捻著八字鬍的尾端，面帶愉快笑容，耐心等著觀眾安靜下來。他嗓音堅定清晰，這是整個晚上第一次，珂拉半個字也沒漏聽。

他自我介紹說他叫賈密遜，雖然公園的每一個人都已經知道他是誰了。「每個星期五，我醒來的時候都精力充沛，」他說，「因為知道再過幾個鐘頭，我們就會再次在這裡相聚，慶祝我們的好運。在我們的執法者保障我們夜晚的安全之前，我通常很不容易入睡。」他指著令人望而生畏的執法隊員，共有五十人，站在舞台的另一側。那些人對著賈密遜揮手點頭，市民響起熱烈掌聲。

賈密遜也和大家一起熱烈鼓掌。上帝賜予一名執法隊員一個新生的兒子，還有兩名隊員過生日。「今晚我們有位新的生力軍，」賈密遜繼續說，「一位出身良好家庭的年輕人，從本週起加入夜巡隊的行列。請站起來，理查，讓大家看看你。」

一名纖瘦的紅髮男孩略顯躊躇地走向前。和隊友一樣，他身穿制服：黑色長褲，白色厚襯衫，領子對他的脖子來說有點太大。這男孩嘟嘟囔囔說了幾句話。從賈密遜和他的對話聽來，珂拉猜這名新隊員已經在全郡各地開始巡邏，並學會了基本的規則。

「你有個很好的開始，對不對，孩子？」

這名瘦高的男孩點點頭。他的年輕和削瘦體型讓珂拉想起上一趟火車之旅的駕駛，因為環境而扛起大男人的工作。他長著雀斑的皮膚很白，但和那黑男孩一樣隱隱散發熱情。說不定他倆是同一天出生，因為禮教和環境的制約，而走上不同的道路。

「不是每位夜巡員都能在上工的第一個星期就有斬獲，」賈密遜說，「我們來看看年輕的理查為我們帶來什麼了。」

兩名夜巡員押著一名黑女孩上台。她有大宅女僕那種纖弱的體型，而呆呆的傻笑又讓她整個人看起來更加瘦小。她身上的灰色罩袍破爛不堪，沾了血和穢物，而頭髮被剃得光光的。「理查搜查一艘開往田納西的船，發現這個壞胚子躲在底下。」賈密遜說，「她叫露意莎，幾個月前，趁著重組的混亂逃出農園，躲在樹林裡。她自以為已經逃離我們的監控了。」

露意莎眼睛東張西望，偷偷看著四周的觀眾，只抬起一次頭，馬上又垂下，整個人一動也不動。想用這雙布滿血絲的眼睛找出虐打她的人，一定很困難吧。

賈密遜揚起雙拳，彷彿要對付天空上的某個東西。夜晚是他的對手，珂拉想，夜晚，以及他給夜晚添滿的一條條幽靈。在黑暗裡，他說，窮凶極惡的黑人歹徒潛伏著，準備要對市民的妻女施暴。在死寂的黑夜裡，南方的傳統命脈毫不設防，危機重重。夜巡隊保障他們的安全。「為了新的北卡羅萊納，為了我們的權利，我們每一個人都必須做出犧牲。」賈密遜說，「為了我們一手打造的這個獨一無二的家園，為了不受北方的干預，不受少數種族的污染。黑鬼已經被擊退了，多年前在這個國家誕生時所犯下的錯誤已經得到矯正。有些人，就像我們州界之外的那些弟兄，擁抱什麼『黑人向上提升』的荒謬說法。教驢子學會算術還比較容易咧。」他俯身摸摸露意莎的頭，「只要發現非我族類的壞胚子，我們該怎麼做就非常清楚。」

觀眾訓練有素地朝兩邊讓開，中間空出一條路來。賈密遜帶頭，夜巡員押著那女孩，走到公園中央的大橡樹下。珂拉白天已經看見公園的角落裡有一個帶輪子的平台，一整個下午，孩子們都爬到上面蹦蹦跳跳。傍晚時分，這台子被推到橡樹下。賈密遜徵求志願者，各種年齡的人爭先恐後擠到平台兩側。繩套套進露意莎的脖子，她被帶上樓梯。一名夜巡員以無比精準的動作，用力一拋，就把繩子拋上一根粗大的樹枝。

在推擠著要幫忙把斜梯推開的人裡面，有個人被趕走了，因為他在上一次的慶祝會裡已經有過機會了。一名穿粉紅圓點洋裝的年輕女孩立即補上他的位置。

珂拉轉開頭，不看那女孩被吊起。她趴在夾層的另一角，窩在她這個新籠子的角落裡。在接下來的幾個月裡，只要夜裡不太悶熱，她都喜歡窩在這個角落睡覺。這個角落是她距離公園，距離這殘忍跳動的城市之心最遠的地方。

整個城市沉默下來。賈密遜一聲令下。

要解釋他們夫婦為什麼要把珂拉關在閣樓上，馬丁就必須話說從頭。就像南方其他的一切，事情都是從棉花開始的。棉花引爆的引擎需要非洲人力來當燃料。跨越海洋，一艘艘船帶著黑色人力來到這片大地工作，然後生出更多人來。

這引擎的活塞無怨無悔持續運作。更多的奴隸帶來更多的棉花收成，更多的收成帶來更多金錢，可以買更多的土地，耕種更多的棉花。就算奴隸買賣已經終止，僅僅不到一個世代的時間裡，黑白人口的比例就嚴重失衡了。黑人怎麼會這麼多！北卡羅萊納的白人數目是黑奴的一倍，但在路易斯安那和喬治亞，黑奴的數量與白人人口差不多相等。越過州界到南卡羅萊納，黑人的人數已經比白人多十萬人。不難想像，一旦黑奴擺脫枷鎖，追求自由，甚至採取報復時，會是什麼樣的情景。

在喬治亞和肯塔基，在南美洲和加勒比海，都曾發生過奴隸反抗主人的行動，雖然沒持續很久，但帶來很大的不安。在南安普頓暴動平息之前，透納和他的黨羽殘殺了六十五個人，包括男人、女人和小孩❽。民兵團和巡邏隊私刑處死的人高達三倍，包括共犯、同情者和完全無辜的人，用以殺雞儆猴，清楚表明立場。但黑人的人數仍然這麼多，再多的偏見也無法改變這個事實。

❽ 一八三一年八月在維吉尼亞州南安普頓發生的黑奴暴動，由透納（Nat Turner）領軍，六十五人遇害身亡，其中五十一人是白人。叛亂雖在數日內平息，但透納躲藏數月之後才被捕。

「在這附近，最近似執法人員的就是巡邏隊了。」馬丁說。

「在大部分的地方，」珂拉說，「巡邏隊員只要高興，隨時都可以騷擾你。」這時已過午夜，是她在此地度過的第一個星期一。馬丁的女兒一家人已經回他們自己家去了，住在愛爾蘭鎮的費歐娜也是。馬丁坐在閣樓的板條箱上，用手搧著風。珂拉起身走動一下，活絡痠痛的四肢。她好幾天沒站起來，艾瑟也沒出現。深藍色的窗簾掩住窗戶，小小的燭火舔掉一絲陰暗。

雖然已經很晚，但馬丁還是壓低嗓音講話。他隔壁鄰居的兒子是個夜巡員。替奴隸主執法的巡邏隊，本身就是法律。他們全是白人，殘忍無情，言行不端，是最低劣、最歹毒的那種人，很多都還笨得連當監工都不夠格。（珂拉點頭贊同。）巡邏員可以毫無理由地攔下任何一個人，只因為對方是黑人。離開農園的奴隸需要有通行證，否則就會挨鞭子，被送進郡立監獄。自由黑人也必須隨身攜帶解放證書，不然就有可能會被當奴隸抓走；但就算帶有證書，他們有時候還是會被偷偷綁架到拍賣場。奮勇不屈的黑人很可能被槍殺。他們任意搜查奴隸村，只要高興，也隨時突襲自由黑人的家宅，偷走黑人辛苦攢錢買來的亞麻床單桌巾，甚至做出更加下流不堪的事。

在戰爭裡——鎮壓奴隸暴動是最冠冕堂皇動用武器的理由——巡邏隊員超越自己原本的身分，成為真正的軍人。珂拉想像暴動是一場血腥大戰，在火光四起的黑夜展開。據馬丁說，真正的暴動其實規模都不大，也沒有什麼組織。奴隸走在城鎮之間的馬路上，手裡拿著他們四處搜刮來的武器：小斧頭、鐮刀、小刀和磚塊。在黑人叛徒的密告之下，白人執法者迅速組織起來，精心設下埋伏，用槍彈對付叛奴，透過美國軍隊的協助，騎在馬背上把這些黑人趕盡殺絕。在第一聲警鐘響起之時，志願民兵就加入巡邏隊的行列，平息暴亂，掃蕩奴隸營區，放火燒掉自由人的住宅。嫌疑犯和旁觀者塞爆監獄。他們吊死有罪的人，但為防患於未然，很多無辜的人也跟著賠上性命。一旦替白人受害者報了仇——更重要的是讓奴隸為不服從白人命令付出代價——民兵就回到自己的農場、工廠和商店，巡邏隊也繼續他們的巡防。

暴動平息了，但黑人人口數量的問題仍然存在。人口普查的結果，一行行一欄欄的數字，都讓人擔憂。

「我們都知道，只是不講而已。」珂拉告訴馬丁。

馬丁挪動身體，板條箱咿呀一聲。

「就算我們講，也不敢讓任何人聽見，」珂拉說，「我們人數這麼多。」

去年秋天一個冷颼颼的夜晚，北卡羅萊納一名重要人物召集會議，要解決黑人問題。政客習於避重就輕，不辯論複雜的奴隸制度問題；富有的農園主人擁有替他們耕作棉田的人獸，但感覺到握在手裡的韁繩逐漸鬆脫；而向來必不可少的律師，則想把他們捏塑成形的計畫燒鑄成堅不可摧的法案。賈密遜也出席那場會議，馬丁告訴珂拉，那人既是參議員，也是本地的農園主人。那是個漫長的夜。

會議在歐尼・嘉里遜宴會廳召開。歐尼住在正義山的山頂，這山之所以叫正義山，是因為可以將方圓數哩內的景物盡收眼底，對這世界必然可以有較為貼近事實的認識。這個晚上的會議後來被稱為「正義會議」。主人的父親是棉業先驅，曾說服農園園主改種這神奇的新作物。歐尼在因棉花而致富的優渥環境中長大，對他來說，黑鬼是必要的邪惡。他看著宴會廳裡這一張張垮著的慘白面孔，這些喝著他的酒、遲遲不肯離去的人，心裡思忖，他需要的其實就只是更多的利潤，更少的黑人。他們幹嘛要花這麼多時間擔心黑人暴動和北方在國會的影響力，真正的問題不就只是摘下這該死的棉花而已嗎？

接下來幾天，報紙刊出了所有的數字，讓每個人都可以看見，馬丁說。北卡羅萊納有將近三十萬黑奴，每一年有差不多相同數目的歐洲人——大部分是逃離饑荒與政治迫害的愛爾蘭人與德國人——抵達波士頓、紐約和費城的港口。在州議會，在報紙社論上，一再提出相同的問題：為什麼要把這些人力拱手讓給北方佬？為什麼不能改變人力供給的路線，讓他們也能為南方所用？他們在海外報紙刊登廣告，推銷契約勞工的好處，積極的掮客在小酒館、村鎮議會與濟貧院裡大力鼓吹，等到恰當的時機，包船就載著這些有意願的人，懷抱著夢想來到這個新的國家。然後他們就下船到農田工作。

「我沒見過白人摘棉花的。」珂拉說。

「在我回到北卡羅萊納之前，也沒見過有暴徒把人大卸八塊的。」馬丁說，「看過那樣的場景，你就不會再說人會做什麼或不會做什麼了。」

沒錯，你不能把愛爾蘭人當非洲人那樣壓迫，不管他們是不是白奴。但相較之下，買黑奴、養黑奴都要錢，而白人勞工只需要有勉強可以維持基本生活的微薄工資；同時，黑奴有暴動的隱憂，白人則代表長期的穩定。歐洲人原本就是農夫，如今也可以繼續務農。一旦移民完成契約（償還他們的旅費、工具和住宿的費用），在美國安家立業，就會對栽培他們的南方投桃報李，成為南方的盟友。選舉日，他們在投票所排隊，投下的票和其他人有相同的價值，而不只有五分之三的份量。眼前造成的財務負擔自不可免，但在未來即將爆發的種族問題衝突上，北卡羅萊納可以在所有的蓄奴州裡佔有最具優勢的地位。

從本質上來說，他們廢除了奴隸制度。但歐尼．嘉里遜說，實情是，我們廢除了黑鬼。

「所有的人——男人、女人、小孩，他們都到哪裡去了？」珂拉問。公園裡有人咆叫一聲，閣樓上的兩人靜止了好一會兒不敢動。

「你自己看到了。」馬丁說。

北卡羅萊納政府——有一半的達官顯要都參加了在歐尼．嘉里遜宴會廳舉行的會議——以優渥的價格從農園主人手中買下既有的黑奴，就像英國政府數十年前廢奴時所做的。棉花王國的其他州吸收了這批人貨，發展速度爆發的佛羅里達和路易斯安那格外缺黑人人力，尤其是有經驗的人力。到紐奧良的波旁街走一圈就會看得到未來的場景：路易斯安那州令人作嘔，因為滿街都是白人和黑人混血的雜種，污穢、骯髒、混亂。就讓他們用埃及人的黑色血液污染歐洲的白種血脈吧，一半或四分之一的黑白混血、甚至各種膚色深淺偏黃的雜種，匯聚成一條河流，這是他們自己鍛造的一把利刃，遲早會被用來割了他們自己的喉嚨。

新的種族法禁止黑人男女踏進北卡羅萊納土地一步。不肯離開的自由人被驅趕或屠殺。曾經和印第安人作戰的退伍軍人發揮自己的專長，掙得極好的薪資。士兵完成戰鬥任務之後，披著夜巡員外衣的前巡邏隊員接續圍捕四處流竄的人，那些想反抗新法律的黑奴、無力遷往北方的自由人，以及無緣無故在鄉野間流離失所的不幸黑人男女。

珂拉在第一個星期六早晨醒來時，不敢透過窺孔往外看。最後鼓起勇氣看的時候，發現露意莎的屍體已被取下。孩子們在原本吊著她屍體的地方蹦跳。「那條路，」珂拉說，「他們所謂的自由之路，有多長？」

屍體有多少，路就有多長，馬丁說。腐爛的屍體和被腐食動物齧食殆盡的屍體不時替換更新，但路還是越來越長。任何稍微有一點規模的城鎮都有自己的週五慶祝會，也都以同樣可怕的節目收場。有些地方甚至還會把這週多捕的獵物再關上一個星期，以防萬一夜巡者下週空手而返。

在新的法律規定之下，白人所受的處罰只有絞死，沒有示眾。但馬丁說，曾經有個白人農夫庇護了一群黑人。夜巡者放火燒了農莊之後，在灰燼中耙出屍體，但火已經燒焦了每一個人，分不出哪個是黑，哪個是白，所以五具屍體全部被懸吊在自由之路上，沒有人理會法律是怎麼規定的。

談到白人所受的刑罰，他們也就談到了她為什麼要躲在閣樓夾層的原因了。「你明白我們的困境。」馬丁說。

廢奴主義者一直被趕走，馬丁說。維吉尼亞和德拉瓦或許會容忍他們的煽惑言論，但棉花州可不會。光是擁有相關的文書就足以讓你入獄，而且出獄之後，你也沒辦法在鎮上再待太久。依據州憲法修正案，擁有煽動性文書作品，或協助支持黑人的行為，應該受什麼樣的懲罰，可以由各地當局自行決定。在實務上，通常是判決死刑。被控告的罪犯會被扯著頭髮從家裡拖出來。拒絕服從的奴隸主，不管是基於同情或主張自己的財產權，也會被絞死。而把黑鬼藏在家中閣樓、地窖或煤箱裡的善心市民，也同樣會被處死。

對於逮捕白人的行動，經過一段時間的宣導之後，有些城鎮開始提高報酬，鼓勵告密。大家會告發生意對手、仇家或鄰居，只因為這些白人叛徒很久以前曾經在交談中提到同情黑奴的不當言論。孩子們在老師的煽動下，揭發自己的父母。馬丁提到城裡有個男的想擺脫妻子，花了好多年的時間都無法得逞。最後利用這個機會告發她，當局並沒有細查她的犯罪細節，就要她付出終極代價。三個月之後，這個男的再婚。

「他快樂嗎？」珂拉問。

「什麼？」

珂拉擺擺手。馬丁講的這些事情非常嚴重，但卻讓她覺得有種怪異的趣味。

以前，巡邏隊任意搜查黑人的住處，不管這人是奴隸或自由人。如今他們以公共安全為名，恣意擴大權力，可以敲任何人的門去搜查罪犯，或進行隨機檢查。執法者隨時可能上門，從最窮的陷阱獵人到最有錢的法官都是他們查訪的對象。馬車和貨車都要在檢查哨停下來接受檢查。雲母石礦坑離這裡只有幾哩遠，就算馬丁有勇氣帶珂拉走，他們也不可能在完全不碰到檢查的情況下抵達下一個郡。

珂拉想，白人一定很不情願放棄他們的自由，就算是以安全為名也一樣。但馬丁告訴她，巡邏隊非但沒有引起憎恨，他們的夙夜匪懈還成為每一個郡的榮耀。堅定支持者吹噓自己有多常被攔下搜查，而且每一次都清清白白。夜巡者造訪某位年輕美女的家，造就了一段好姻緣。

珂拉出現之前，他們已經兩度搜查馬丁和艾瑟家。夜巡者非常滿意，讚賞艾瑟做的薑餅。他們當時沒發現閣樓上的掀門，但這並不保證下一次不會出事。夜巡隊第二次登門之後，馬丁辭去了地下鐵道的工作。珂拉的下一段旅程並沒有任何規劃，其他人也沒有傳話來。他們必須靜候信號。

馬丁再次為妻子的行為道歉。「你要知道，她嚇得要死。我們現在只能聽天由命。」

「你們覺得自己像奴隸？」珂拉問。

這不是艾瑟選擇的人生，馬丁說。

「你們生來就是這樣？和奴隸一樣？」

她的這句話讓他們這天晚上無法再繼續談下去。珂拉帶著食物和乾淨的便壺爬回夾層裡。

她的作息很快就變得規律了。基於環境的限制，她也不可能有別的選擇。頭撞到屋頂十幾次之後，她的身體就記住活動範圍的限制了。珂拉窩在橫梁之間，就像窩在船裡那樣睡覺。她觀察公園。她在窺孔透進來的昏暗光線裡看書，努力彌補南卡羅萊納被迫中斷的學習。她很好奇，這裡為什麼只有兩種天氣：早上有風雨。夜裡有暴雨。

每個星期五，城裡舉行慶祝會的時候，珂拉就躲到夾層的另一角。大部分日子都熱到不行。在最熱的時候，她甚至會貼著窺孔渴求風，活像條被關在小桶子裡的魚。有時候她沒估算一天配給的水有多少，一早喝掉太多，其餘的時間就痛苦盯著公園裡的噴泉。那條該死的狗在噴濺的水柱之間跳躍。有時溫度高到讓她昏過去，再醒來的時候，她的頭貼在橫梁上，脖子像是被廚子愛麗絲綁起來準備拿去煮晚餐的雞那樣。她在南卡羅萊納長的肉都不見了。她的主人讓她換掉髒衣服，把女兒不要的衣服給她穿。珍恩很瘦，如今珂拉穿上她的衣服還嫌鬆垮。

接近午夜，面對公園的家家戶戶都熄了燈，費歐娜也回家之後，馬丁會拿吃的上來。珂拉從夾層下到閣樓，伸伸腿，呼吸新鮮空氣。他們會聊一會兒，然後馬丁站在那裡，一臉嚴肅，珂拉又爬回夾層裡。每隔幾天，艾瑟就會准許馬丁讓她短暫用一下盥洗室。馬丁來過之後，珂拉總是很快就睡著，有時候是哭著哭著睡著了，有時候就像蠟燭熄滅似的，一躺下就睡著。她又開始做惡夢。

她開始追蹤公園常客每天到公園來的活動，記錄思索，像在編纂她自己的曆書似的。馬丁把廢奴報紙和傳單收在閣樓夾層裡。這很危險，艾瑟想要清掉，但這是他父親的，而且日期遠遠早於他們住進這幢房子的時間，所以馬丁認為他們可以否認擁有這些東西。珂拉學完傳單上的東西之後，就開始看舊曆書，研究潮汐和關於星星的種種推測，以及晦澀難懂的論斷。馬丁給她一本聖經。她有一回下到閣樓的時候，看見一本泡過水捲曲的《最後一個莫希干人》。她窩在窺孔旁邊透過光線看書，傍晚則靠在蠟燭旁邊。

珂拉每次看見馬丁，第一句話一定是：「有消息嗎？」

幾個月之後，她不再問了。

鐵道徹底沉默了。報上登載突襲倉庫與車站站長被判刑的消息，但這些都是奴隸州司空見慣的杜撰故事。之前，陌生人會來敲馬丁家的門，帶來關閉鐵道的消息，有一回還特地來為確認一名乘客的接運問題。來的人每次都不一樣。但很久沒有人來了，馬丁說。就他來說，並沒有什麼能做的。

「你們不會讓我離開。」珂拉說。

他的回答很悲觀。「情況很明顯，」這是個無解的困局，他說，對每個人來說都是。「你不可能逃得掉。他們會逮住你。然後你會說出我們的身分。」

「在蘭道爾的時候，他們什麼時候想銬住你，就銬住你。」

「你會毀了我們大家，」馬丁說，「你自己、我、艾瑟，還有在地下鐵道沿線幫助過你的每一個人。」

她知道自己這麼倔強實在太不通情理，卻也不在乎。馬丁把這天的報紙給她，關上掀門。

聽見費歐娜發出的聲音，她嚇得一動也不動，只能想像這個愛爾蘭女孩臉上的表情。費歐娜偶爾會把不用的東西拿到閣樓上。只要稍微有一點重量，樓梯就咿咿呀呀響，是很有效的警告。聽見女傭一上樓，珂拉就盡量不動。這女孩的咒罵讓珂拉回想起農園，農工被主人盯上時罵個不停的髒話。僕傭對主人的怨恨無所不在。珂拉想，費歐娜八成也在湯裡吐口水。

女傭回家的路線並未穿過公園，儘管珂拉整天聽她唉聲嘆氣，卻還是不知道她的長相。珂拉想像她是個邋遢但剛強的人，熬過饑荒，面對堅苦的新生活。馬丁告訴珂拉，費歐娜和媽媽與弟弟一起，坐著一條叫卡羅萊納的包船來到美國。她媽媽有肺病，才剛上岸就病逝了。她弟弟年紀太小無法工作，而且又長得弱小，大部分日子都是由年長的愛爾蘭婦人輪流照顧。愛爾蘭鎮也像南卡羅萊納的黑人街區一樣嗎？跨過一條街，人們講話的口音就變得不一樣，而房子的面積設備、夢想的大小性質也都跟著改變？

再過幾個月就到了採收的季節。在城外，田地裡，棉花會長出棉鈴，被摘下裝進布袋裡，只是這回負責採收的是白人。愛爾蘭人和德國人對自己做黑鬼的工作會不會心有不甘？又或者，篤定拿得到的工資可以抹去他們心中的恥辱？身無分文的白人在農田裡取代了身無分文的黑人，只不過到了週末，這些白人不再是身無分文。他們和黑人弟兄不同，可以用工資償付合約的債務，揭開人生新的一頁。

以前在蘭道爾農場，喬奇常常說，奴隸販子必須越來越深入非洲大陸，才能找到下一批奴隸，必須一個部落接一個部落的綁架黑人，才能滿足棉花田的需求，所以農園充斥著各種不同的部族與語言。珂拉想，未來也會有新一波的移民取代愛爾蘭人，因著其他同樣悲慘的理由而逃離祖國的人，整個過程重新再來一遍。引擎轟隆隆響，繼續運轉。只不過推動活塞的燃料更換了而已。

夾層傾斜的牆面宛如畫布，寫滿她這些變態的問題，尤其是在太陽下山到馬丁半夜來訪之間的時間，她心頭的疑問格外多。希薩來找她時，她設想過兩種結果：在北方城市過著辛苦但心滿意足的生活，或者是死亡。對她的逃跑，泰倫斯不會只滿足於教訓她就算了；他會讓她生不如死，直到厭倦了，才讓她付出血腥的代價，殺雞儆猴。

住在閣樓夾層的最初幾個星期裡，她對於北方生活的幻想還只是模模糊糊的。她看見明亮的廚房裡有小孩，每次都是一個男生、一個女生，而丈夫在隔壁房間，她看不見他的模樣，但知道自己很愛他。隨著時間一天天過去，廚房以外的房間也逐漸現形了。有一間客廳，布置著簡單但有品味的傢俱，是她在南卡羅萊納的白人商店裡看到過的家飾。一間臥房。床上鋪著白色的床單，在陽光裡微微發亮，她的兒女和她一起在床上滾動，丈夫在她的視線邊緣，露出半個身體。另一個場景是在多年之後，珂拉走在她居住的城市裡一條繁忙的大街，碰到她母親在貧民窟乞討，已是一名衣衫襤褸，佝僂著為自己過往錯誤贖罪的老婦人。梅珀抬起頭，但不認得女兒。珂拉踢踢她的討錢杯，裡面的幾個銅板匡噹匡噹響。珂拉繼續往前走，她這天下午要去買麵粉，為兒子做生日蛋糕。

在這個未來生活的地方，希薩偶爾會來吃晚飯，他們哈哈大笑，聊起蘭道爾農園、他們逃亡過程的艱辛，以及最終獲得的自由。希薩告訴孩子們，他額頭上的傷疤是怎麼來的，還伸出手指摸一摸：他在北卡羅萊納被獵奴人逮到，但後來還是脫逃了。

珂拉很少想起自己殺死的那個男孩。她不需要替自己那天晚上在樹林裡的行為辯護，沒有人有權利叫她陳述。泰倫斯・蘭道爾就是個活生生的例子，有像他這種心腸歹毒的人，才會有北卡羅萊納的新制度，但是眼前這種大規模的暴力行為，還是很難讓她相信。這些人之所以這麼做，最重要的原因是恐懼，恐懼的力量遠遠大於棉花所創造的財富。他們擔心黑人總有一天會以牙還牙。珂拉有天晚上想到，她正是他們所害怕的復仇怪獸：她殺了一個白人男孩。她也可能再殺一個。就因為這樣的恐懼，他們仿傚數百年前的殘酷暴行，豎起絞刑架來鎮壓黑人。奴隸主蓄奴是為了種植海島棉，但是隨著種子撒落在田地上的卻是暴力與死亡。作物快速生長。白人的恐懼不是沒有理由的。總有一天，這個制度必將崩潰，血流成河。

將有人揭竿而起。她露出微笑，但馬上就又意識到自己置身於牢籠之中。她像隻老鼠似的刮搔牆壁。不管是在農田、在地下，或在閣樓夾層裡，美國始終都是她的牢房。

再過一個星期就是夏至。馬丁拿了條破被子塞在沒有椅墊的椅子上，讓自己來看珂拉的時候有地方坐。珂拉已經養成習慣，拿著不認識的字彙請教他。這一次是《聖經》裡的字彙：駁、弒、霜。雖然很多字不認得，但她還是每天都有小小的進展。馬丁承認他也不太懂駁和弒的意思。接著，彷彿要為新的季節做好準備似的，馬丁回顧了之前發生的一連串惡兆。

第一件事是前一個星期發生的，因為珂拉打翻了便盆。她在夾層裡待了四個月，以前也曾經弄出聲響來，例如頭撞到屋頂或膝蓋撞到橫梁之類的。過去費歐娜都沒有任何反應。但這一次珂拉的便盆撞到牆壁時，費歐娜正好在廚房閒晃。只要一上樓，費歐娜就不可能不看見從閣樓地板滲漏下來的穢物與臭味。

這時正午的笛聲剛響起，艾瑟不在家。還好，另一個愛爾蘭鎮的女孩吃過午飯之後來串門子，兩人在客廳東家長西家短聊得忘了時間，害費歐娜後來不得不趕進度完成家務工作。她不知是沒注意或假裝沒發現那臭味，不想多事去給閣樓上不知什麼齧齒動物搞出的一團亂善後。那天晚上馬丁上樓來之後，他們一起動手清理。他告訴珂拉，說最好別把差點東窗事發的意外告訴艾瑟。潮濕炎熱的季節，她的情緒格外容易緊張。

要不要告訴艾瑟，其實取決於馬丁。自從抵達這裡的第一夜之後，她就再也沒見過艾瑟了。就她所知，艾瑟從未提過她，就算費歐娜下班回家之後也一樣，只偶爾提到「那個東西」。馬丁爬上閣樓之前，臥室房門常砰一聲甩上。艾瑟之所以沒有告發她，珂拉想，唯一的原因是擔心自己被當成共犯。

「艾瑟是個單純的女人，」陷進椅子裡的馬丁說，「我請她幫忙的時候，她並沒想到會有這些麻煩。」

珂拉知道馬丁就要談起自己意外被招募的經過，這意味著她可以在夾層外面多待一些時間。她伸伸手臂，鼓勵他繼續說：「怎麼會這樣，馬丁？」

「天曉得怎麼會這樣。」馬丁說。

他是廢奴運動者最不可能招募的人。據馬丁印象所及，他父親唐諾德從未對蓄奴制度表達任何看法，雖然他家不蓄奴，在來往的圈子裡顯得很稀罕。馬丁小時候，他家飼料店管倉庫的是個駝背枯槁的黑人。名叫傑利柯的這名黑人很多年前就已恢復自由身。讓馬丁母親很不安的是，傑利柯每年感恩節都會送一罐蕪菁泥來。每次在報上讀到最新發生的黑奴意外消息時，唐諾德總是搖搖頭，不以為然地咕噥幾句，但很難判斷他是在批評奴隸主的殘酷行為或奴隸的頑固不妥協。

馬丁十八歲的時候離開北卡羅萊納，孤身流浪一段時間之後，在諾福克船運找到一份辦事員的工作。靜態的工作和海洋的氣息很適合他。他開始喜歡上生蠔，體格也變得健壯起來。有一天，艾瑟的臉在眾人之間出現，閃閃發亮的一張臉。狄藍尼家在這個地區立基已久，但家族的發展卻顯得很不平衡：在北方枝繁葉茂，有很多表親；但南方卻稀稀疏疏，沒什麼有往來的親戚。馬丁很少回家看父親。唐納德修屋頂摔下來，馬丁回家探望。在這之前，他已經五年沒回家了。

父子倆向來沒有太多話可說。在馬丁母親過世之前，都是靠她在中間代為傳達兩人語焉不詳含糊簡略的對話。在唐諾德臨終的病榻前，沒有人可以替他們當傳譯。他要馬丁答應繼承他的工作，馬丁以為父親指的是接掌飼料店。這是第一個誤解。第二個誤會是，他以為自己在父親文件中找到的地圖，是要指引他去找到埋藏黃金的地點。唐諾德這一輩子都用沉默的外表包裹自己，外人不是覺得他笨，就是覺得他有些神秘，端視你用什麼角度看他。在馬丁看來，過著清貧生活，卻藏起大筆財富，確實很像是他父親會做的事。

而馬丁所以為的寶藏呢，當然就是地下鐵道。有人或許會說自由是最可貴的財富，但這並不是馬丁所期待的。唐諾德的日記擺在車站月台的一個桶子裡，四周環繞彩色石頭，像個神龕似的，記載了他對這個國家虐待衣索比亞黑人的深惡痛絕。把奴隸當財產是對上帝的不敬，而奴隸主也等同於撒旦的化身。唐諾德終其一生都在為黑奴提供協助，只要有機會，只要有辦法，他就竭盡所能。打從小時候起，每回碰到搜捕逃奴的賞金獵人，他就會故意把他們引向錯誤的方向。

馬丁小時候，他經常出差，但其實都是為了廢奴的任務。午夜舉行會議，在河岸聲東擊西，在交叉路口玩弄詭計。很諷刺的是，向來不善與人溝通的唐諾德，竟然扮演人肉電報的角色，在海岸線上上下下來回遞送訊息。在唐諾德以設站為職志之前，UGRR（他在日記裡用這個縮寫代替「地下鐵道」）在北卡羅萊納並沒有任何的支線或車站。每個人都說在這麼南邊的地方運行地下鐵道，無異自尋死路。但他還是在閣樓上增建了夾層，假天花板就算不是天衣無縫，也已經夠讓他救護的人有地方藏身。在屋瓦要了他的命之前，唐諾德已經運送十二個黑人到自由州了。

馬丁幫助的人很有限。他和珂拉都認為，他這容易受驚的個性對前一夜發生的意外於事無補，更何況，另一個惡兆又已上門：執法者來敲他家大門了。

天色已暗，公園裡還是有很多視回家為畏途的人。珂拉很想知道，家裡是有什麼等著他們，讓他們刻意在外流連不返。一個星期又一個星期，都是同樣的這批人。那個走路很快的男人坐在噴水池邊上，手指抓著稀疏的頭髮。那個邋遢的大屁股女人，老是戴頂黑色帽子，自言自語。他們不是來這裡透透氣，或和情人偷偷親吻。這些人魂不守舍地走來走去，東張西望，眼睛無論如何都不正視前方，彷彿是想迴避鬼魂的目光，那些建造此城、已經死去的幽靈。公園旁邊的每一幢房子，噴泉的每一塊基石，步道的每一片路面，都是黑人勞工所豎立鋪設的。夜巡者用來舉行詭異盛會的舞台，以及把在劫難逃的人送到半空中的有輪平台，也都是黑人一鎚鎚釘好的。唯一不是黑人打造的，就是那棵大樹。樹是上帝所造，為了讓這城嚐到惡果。

也難怪這些白人在夜色漸深之際還徘徊在公園裡，珂拉額頭貼在木板壁上想。他們自己就是鬼魂，卡在兩個世界之間：他們犯了罪的現實世界，以及否認自己罪行的內心世界。

公園那邊滾滾而來的馬蹄聲，讓珂拉知道夜巡者來了。公園裡的人呆呆望著對面的一幢房子。一名紮馬尾的年輕女孩讓三個夜巡者進屋。珂拉記得這女孩的父親腿有點問題，爬上自家門廊都很困難。她已經好幾個星期沒看到他了。女孩把身上的袍子裹得緊緊的，讓他們進門後，把門關上。另兩名身材高大的夜巡者待在門廊上，慵懶自滿地抽著菸斗。

半個鐘頭之後，大門再次打開，這群人聚在人行道的油燈下，拿出登記簿來討論。他們穿過公園而來，越來越近，最後珂拉從窺孔裡看不見他們了。他們用力敲門的聲音嚇到她了。她閉上眼睛。他們就站在這幢房子的樓下。

接下來幾分鐘慢得駭人。珂拉瑟縮在牆角，把自己縮成小小一團，躲在最後一根橫梁後面。聲音讓她可以掌握樓下的動靜。艾瑟親切歡迎夜巡者，任何瞭解她的人都會一眼看穿她在隱瞞著什麼。馬丁迅速查看了一下閣樓，確定沒有什麼問題，才趕忙下樓。

馬丁和艾瑟帶著這群人查看室內，對他們提出的問題迅速回應。家裡只有他們夫妻倆。女兒住在別的地方。（夜巡者搜查廚房和客廳）女傭費歐娜有鑰匙，但沒有其他人到屋裡來。（走上樓梯）沒有陌生人來訪，沒有聽見陌生人的動靜，沒有任何異常之處。（他們搜查兩間臥房）沒有丟掉什麼東西。沒有地窖——他們現在當然都已經知道，公園旁邊的房子沒有地窖。馬丁那天下午才到過閣樓，確定沒有什麼問題。

「我們可以上去嗎？」這嗓音低沉粗魯。珂拉覺得是比較矮的那名夜巡者，也就是留鬍子的那個。

踩上閣樓樓梯的腳步聲很大聲。他們翻看了一下堆放的廢物。其中一個人開口，嚇了珂拉一跳——他的頭就在珂拉身體下方幾吋的地方。她屏住呼吸。這些人是在船下游動的鯊魚，嗅找著他們知道就近在咫尺的食物。獵物和獵人之間只隔著薄薄的一層木板。

「從浣熊在這裡築窩之後，我們就很少上來了。」馬丁說。

「聞得到牠們的臭味。」另一名夜巡者說。

執法者離開。馬丁這天半夜沒到閣樓上來，怕他們會掉進精心設計的陷阱裡。珂拉躲在令人安心的黑暗裡，拍拍堅實的牆壁：這牆壁保護了她的安全。

他們安然度過便壺與夜巡者的危機。但這天早上，馬丁的最後一個惡兆來了：一群暴徒吊死一對夫妻，因為他們在穀倉裡藏了兩個黑人男生。是他們女兒告的密，她為這兩個黑人得到爸媽的關心而吃醋。黑人男孩年紀雖然很小，但屍體還是被吊在自由之路示眾。艾瑟在市場聽鄰居提起這件事，馬上暈過去，跌在一整排醃漬罐上。

挨家挨戶搜查的行動越來越頻繁。「他們過去圍捕犯人太成功，所以現在得更加努力才能達到配額的要求。」馬丁說。

珂拉想，這房子被搜查或許是好事——他們短時間之內應該不會再來。這樣她可以爭取時間等地下鐵道的消息，或等待另一個機會自然而然出現。

只要珂拉一有主動出擊的念頭，馬丁就很不安。他手裡把玩著他小時候玩的一只木鴨。經過這幾個月的不安把弄，木鴨身上的漆彩都掉了。「但這也可能表示鐵道的運行加倍困難，」他說，「那些小子像餓狼一樣，殺紅了眼。」他臉色一亮，「弒，我想這個字的意思是餓。」

珂拉一整天都覺得不舒服。她對馬丁道晚安，爬回夾層裡。死裡逃生的這幾個月，她都待在原地不動，像一條因為沒有風而停航的船。在離開與抵達之間，她是個等待移動的乘客，從她開始逃命以來一直如此。等風再度吹起，她就會再次啟航，但目前，她只能看著無邊無際的茫茫大海。

這世界就是這樣的，珂拉想，在你僅有的天堂裡搭造了一個活生生的監牢。她究竟是擺脫了奴隸的命運，又或者是掉進了奴役的蛛網？身為逃奴，她究竟要如何形容自己的現狀呢？只要定睛看，自由其實不停變化。就像樹林一樣，人在林中，覺得林木濃密無邊，但從林外、從開闊的草地看去，你就會看見樹林的邊際。在農園的時候，她並不自由，但可以在農園的範圍內自由走動，吹著風，追逐夏夜的星辰。那個地方在有限的範圍裡，卻顯得無限開闊。而在這裡，她擺脫了主人，獲得自由，卻侷限在這個小到連站起來都不可能的牢籠裡。

珂拉在這幢房子的閣樓夾層待了好幾個月，但思緒卻飄得遠遠的。北卡羅萊納有正義山，她也有自己的正義山。俯瞰公園的小宇宙，她看見了這裡的人做著自己想做的事，或在石椅上曬太陽，或在絞刑樹下乘涼。但他們和她一樣，都是囚犯，都戴著恐懼的鐐銬。馬丁和艾瑟懼怕躲在每一扇黑漆漆窗戶後面監視的眼睛。每個週五晚上，所有的市民聚在一起，希望以眾人的聲勢嚇走躲在黑暗裡窺伺的東西，也就是那正在崛起的黑色種族。仇敵捏造罪名，小孩為了挨一頓罵而大肆報復，不惜毀滅自己的家。最好還是躲在閣樓裡吧，不要去面對躲在鄰人、朋友與家人面孔背後的惡意。

公園是他們的生命泉源，城鎮一個街區又一個街區，一幢房子又一幢房子的向外擴展，這片綠地仍然是他們的避風港。珂拉想起她在蘭道爾農園的那片小園子，她所珍愛的那一小塊地。如今她明白那只不過是個笑話，那一小塊泥土地，卻讓她相信自己真的擁有了什麼屬於自己的東西。說那塊地是她的，就像說她親手播種、除草、採摘的棉花是她的一樣。她那片園子只是個影子，映照的是住在他方、隱而不見的某個東西。就像可憐的邁可背誦的《獨立宣言》，只是個回音，屬於存在於他方的人。如今珂拉逃跑了，見到了這個國家的一小部分，卻不確定那份宣言所陳述的究竟是不是事實。美國是黑暗裡的幽靈，就像她一樣。

那天晚上她病了。胃痙攣讓她驚醒。在昏沉之間，這閣樓夾層傾斜搖晃。她吐光肚子裡的東西，拉肚子。這狹小的空間熱氣蒸騰，空氣彷彿著了火，在她的皮膚上燃燒。然而她還是熬到天亮，晨光揭開黑暗面紗之時。公園還在，夜裡她夢見她在海上，被銬在底艙。她身邊是另一個奴隸，一個又一個，有上百個人，驚恐地同聲哭喊。船在浪濤上顛簸，在水上忽浮忽沉。她聽見樓梯上的腳步聲，掀門的刮擦聲，閉上眼睛。

珂拉醒來時，人在一間白色的房間裡，軟軟的床墊包裹她的身體。窗戶射進來的刺眼陽光比平常更亮。公園的聲響是她的時鐘：這時已是下午。

艾瑟坐在丈夫童年房間的牆角，膝上堆著正在打的毛線，盯著珂拉看。她摸摸病人的額頭。「好一點了。」她倒了一杯水給珂拉，然後端來一碗牛肉湯。

在珂拉昏迷期間，艾瑟的態度軟化了。這個逃奴在夜裡不停發出呻吟聲，他們爬上夾層發現她病得很厲害，只好把她抱下樓，並讓費歐娜放假幾天。馬丁得了委內瑞拉痘症，他們告訴這個愛爾蘭女傭，是因為一袋被污染的飼料而致病的，在感染期結束之前，醫生不准任何人進家門。他在雜誌上讀過這種傳染病，所以一動念就想到這個藉口。他們付給女傭一整個星期的工資。費歐娜把錢塞進錢包裡，沒問任何問題。

現在輪到馬丁退出，由艾瑟負起照顧客人的責任。在珂拉發燒抽搐的那兩天裡，都是艾瑟照料她的。他們夫妻倆住在這裡沒交什麼朋友，讓他們的深居簡出變得更容易。珂拉昏迷痙攣的時候，艾瑟唸聖經，希望能讓她快點康復。這女人的聲音進到她夢裡。珂拉從礦坑裡出來的那個晚上，她態度很強硬，但現在卻帶著幾許溫柔。珂拉夢見這女人親吻她的額頭，像媽媽一樣。珂拉聽著她講故事，又昏昏睡去。方舟載運值得被搭救的，航向洪水的彼岸。洪荒肆虐四十年之後，其他人才找到應許之地。

這天下午像太妃糖那樣拉得長長的，公園又因為晚飯時間接近而變得人聲稀落。艾瑟坐在搖椅裡，露出微笑，看著聖經經文，想找出適合的段落。

珂拉已經清醒，可以開口，告訴女主人說不必唸經文給她聽。

艾瑟嘴巴抿成一條線。她闔上書，一根纖細的手指夾在原本翻開的那一頁。「我們每一個人都需要救世主的恩慈，」艾瑟說，「不是每一個基督徒都會像我一樣讓異教徒進門，分享祂的箴言。」

「我讀過了。」珂拉說。

馬丁給珂拉的是艾瑟小時候唸的聖經，被手指摸得黑黑髒髒的。艾瑟很懷疑她這位客人可以讀懂多少，又瞭解多少，所以小小測驗了一下。當然，珂拉並不是生來就信教的教徒，而且受的教育又沒有她希望的多。在閣樓裡讀聖經，她不時碰上不懂的生字，努力往下讀，格外困難的段落還要來回讀上幾遍才行。雖然讀得似懂非懂，但經文之間的矛盾還是讓她很苦惱。

「我搞不懂，祂說拐賣人口的人應該處死，」珂拉說，「但後面又說，奴隸應該對主人百依百順，心滿意足。」把其他人當成財產究竟是一種罪孽，還是上帝的恩寵？可是還要心滿意足？這八成是奴隸偷偷潛進印刷廠，自己加上這一句的吧。

「這確實是聖經的意旨沒錯。」艾瑟說，「意思是，希伯來人不可以奴役希伯來人。但是含的兒子並不是希伯來人。他們受了詛咒，有黑皮膚，還長尾巴。聖經雖然譴責奴隸制度，但並不包括黑奴在內。」

「我是黑皮膚，但沒有尾巴。就我所知沒有，因為我從來沒想要看看自己是不是長尾巴。」珂拉說，「不過，奴隸制度確實是一種詛咒沒錯。」奴役白人是一種罪孽，奴役非洲人則不是。人生而平等，但你是不是人，要由我們來決定。

以前在喬治亞的太陽下，康納利鞭打違規的農奴時總是喜歡唸聖經經文。「黑鬼啊，服從你們塵世的主人，百依百順，不是只有他們看著你或想討他們歡心的時候才如此，而是要真心誠意，出於對上主的敬畏。」九尾鞭和著每一個音節落在農奴身上，農奴也隨之發出哀號。珂拉想起這本善書的其他章節，和艾瑟分享。但艾瑟說，她一早爬起來可不是為了進行神學辯論的。

珂拉喜歡有這個女人陪在身邊，看她離去，就眉頭深鎖。珂拉怪罪的是寫下這些文字的人。大家總是把事情搞錯，有時是故意，有時是意外。隔天早上，珂拉說她想要曆書。

曆書已經沒用了，寫的都是去年的氣象，但珂拉很喜歡舊曆書，因為裡面包羅了整個世界。這裡面的文字不需要人們去解釋其意義。裡面的圖表和事實都吻合真實的情況。在月亮圓缺表和氣象報告之間夾雜的小花絮和笑話——乖戾老寡婦和天真黑人的故事——就像聖經裡的道德訓示一樣，讓她看不懂。這些文字所描述的人類行為，都遠遠超乎她的理解。新奇的婚禮習俗，或趕羊穿過沙漠的事情，她怎麼可能瞭解，又有什麼必要瞭解？不過，說不定哪天她就用得到曆書上的指引了。對大氣層的歌頌，對南海群島可可樹的歌頌。她沒聽過這些頌歌，甚至連大氣層是什麼都不知道，但她還是一頁頁往下讀，這些內容慢慢地在她腦海裡扎了根。她真該有雙靴子，因為她現在已經知道如何給靴子上油打蠟，延長壽命了。要是她的雞有天鼻塞了，她就會用膠樹脂加點奶油塗在牠們鼻孔上，保證鼻子馬上就通了。

馬丁的父親需要曆書來知道滿月的時間。這些曆書等於逃奴的祈禱文，記載了月亮的圓缺、夏至冬至、第一場霜，以及春雨。這些都是大自然的嬗遞，人類無法干預。她努力想像潮汐是什麼樣子，漲起，落下，像小狗一樣齧咬著海沙，對於人類與人類的計謀渾然不在意。她的氣力恢復了。

她無法靠著一己之力看懂全部的字。珂拉問艾瑟：「你可以讀幾段給我聽嗎？」艾瑟嘟囔幾聲，但她翻開書脊已破裂的曆書，像唸聖經那樣唸給珂拉聽。「常綠植物的移植。移植常綠植物似乎很不切實際，不管是在四月、五月或六月……」

到了星期五，珂拉的病情已大有改善。費歐娜預定星期一回來工作。他們那天早上一致同意，珂拉應該回閣樓的夾層去。馬丁和艾瑟會邀一兩個鄰居來吃蛋糕，免得引起閒言閒語或揣測。馬丁裝出虛弱的樣子。甚至可以邀幾個人來欣賞週五慶祝會。

那天傍晚，艾瑟讓珂拉留在客房，但要她熄燈，遠離窗戶。珂拉並不想看每週上演一次的表演，但很珍惜最後一次伸長身體躺在床上的滋味。最後，馬丁和艾瑟覺得最好還是別邀客人來，於是，他們僅有的客人是在黑鬼秀開始之前，從群眾裡走了出來的不速之客。

執法者想要搜查房子。

表演停止，所有的市民都竊竊私語，議論公園這側發生的事。艾瑟想拖延夜巡者的行動。他們推開她和馬丁。珂拉開始往樓梯上跑，但樓梯咿咿呀呀響，就像這幾個月來不時警告她有人來了一樣，讓她知道自己絕對沒辦法悄無聲息地逃上樓去。她爬進馬丁的舊床底下，也就是在這裡，他們發現了她，像鐐銬似的牢牢抓緊她的腳踝，把她拖出來。他們把她丟下樓梯。她的肩膀卡在最底層的樓梯扶手中間。她的耳朵嗡嗡響。

她第一次看見馬丁和艾瑟家的前門廊。這是一座舞台，上演著她束手就擒的好戲。城裡的第二座露天舞台。她躺在門廊的木板上，身邊站著四個身穿黑白相間制服的執法者。門廊上還有另一個男人，身穿精紡花格背心和灰色長褲。他是珂拉有生以來見過最高的人，身材結實，眼神凌厲。他看著這場戲，兀自露出微笑，彷彿想到一個只有他自己才知道的笑話。

人行道和馬路擠滿了人，推搡著想看看這齣新的表演。有個年輕的紅髮女孩擠到前面，「什麼委內瑞拉痘！我就說他們藏了人在家裡！」

所以這位就是費歐娜，終於現身了。珂拉撐起身體，想看看這個她知之甚詳，但從未見過的女孩。

「你會得到賞金。」留鬍子的那名夜巡者說。他上次曾經來屋裡搜查過。

「看吧，你這個笨蛋。」費歐娜說，「你說你上次已經查過閣樓了，可是你根本沒有，對吧？」她轉身面對市民，想為自己的主張找證人。「你們都看見了——這是我的賞金。消失的那些食物？」費歐娜輕輕用腳踢踢珂拉。「她弄一大堆烤肉，然後第二天就不見了。是誰吃掉那些東西？眼睛還不時瞄著天花板。他們在看什麼？」

她好年輕，珂拉想。她有張雀斑點點的蘋果臉，但眼神有點嚴厲。很難相信過去幾個月來聽見的抱怨和髒話是出自這張小嘴，但那雙眼睛足以證明就是她沒錯。

「我們對你這麼好。」馬丁說。

「你們怪得不得了，你們兩個都是。」費歐娜說，「你們這是罪有應得。」

正義伸張的場面，市民已經看過不知多少次了，但要當眾判決，卻是頭一遭的新經驗。這讓他們不安。他們現在不只是觀眾，而且還身兼陪審團了？他們看著彼此，想找尋線索。有個老頭把一隻手圈起來當成喇叭，講著不知所云的話。一顆吃了一半的蘋果打中珂拉的肚子。露天舞台上的黑鬼秀演員抓著塌扁骯髒的帽子。

賈密遜出現了，拿著一條紅色手帕擦著額頭。自從第一個夜晚過後，珂拉就沒再見過他，但她每個星期五都聽見他在節目完畢之後致詞，講著笑話和浮誇的呼籲，訴諸種族與國家，然後下令殺死犧牲者。節目中斷讓他很困惑。賈密遜的嗓音少了平常的咆哮，顯得尖銳。「這真是不得了，」他說，「你不是唐諾德的兒子嗎？」

馬丁點點頭，柔弱的身體因悄聲哭泣而抖顫。

「我知道你爸爸肯定會覺得很丟臉。」賈密遜說。

「我不知道他在幹嘛，」艾瑟說。她拚命想甩開牢牢抓住她的夜巡者。「全是他自己做的！

我什麼也不知道！」

馬丁轉開頭，不看門廊上的人，不看市民。他的臉轉向北方，面對維吉尼亞，他曾經遠離家鄉暫居的地方。

賈密遜做個手勢，夜巡者把馬丁和艾瑟帶向公園。他看看珂拉。「很不錯喔。」賈密遜說。原本要被絞死的人在旁邊某處。「我們應該一次解決兩個嗎？」

那個高大的男人說：「這一個是我的。我說得很清楚。」

賈密遜臉揪成一團。他不習慣有人忽視他的身分。他問這陌生人叫什麼名字。

「里奇威。」這人說，「獵奴人。我到處追捕逃奴。這一個我已經追了好長一段時間了。你們的法官和我很熟。」

「你不能就這樣跑來耀武揚威。」賈密遜知道他的老觀眾們都在這房子外面晃蕩，用不太確定的表情打量他。聽到他語氣裡帶著以前所沒有的震顫，兩名年輕的夜巡者向前圍住里奇威。

里奇威一副滿不在乎的模樣。「你們有你們的習慣——我瞭解。好好地玩。」他刻意強調「玩」字，活像個脾氣暴躁的牧師。「但是這個逃奴不屬於你們。逃奴法說我有權利把財產歸還給主人。我也是打算要這麼做。」

珂拉哭著，覺得頭昏沉沉的。她頭暈目眩，就像那回泰倫斯揍過她之後一樣。這人要把她逮回去給泰倫斯。

把珂拉丟下樓梯的那個夜巡者清清嗓子。他對賈密遜說明，是這個獵奴人帶他們來搜房子的。這人在下午拜訪過田尼森法官，提出正式要求，雖然法官正在享用他慣喝的週五威士忌，很可能不記得有這回事。沒有人想要在慶祝會舉行的時候進行突襲行動，但里奇威堅持要這麼做。

里奇威吐了口菸草在人行道上，正好落在某個圍觀者的腳邊。「你可以留著賞金。」他對費歐娜說。他微微彎腰，抓起珂拉的手臂。「別怕，珂拉。你就要回家了。」

一個年約十歲的黑人男孩，駕著馬車穿過群眾，一面對著兩匹馬叫嚷。換成其他時候，看見他身穿訂製的黑色西裝，頭戴高頂禮帽，大家必定會很不解。但經過這場同情者與逃奴被逮的大戲之後，他的外表只不過讓這個晚上變得稍微更魔幻一些而已。很多人都以為剛才的事情只不過是週五娛樂的新花樣，是安排好的表演，來讓每週上演的短劇與私刑有些變化，因為老實說，這一切都已經變得老套了。

在門廊台階下，費歐娜走向一群愛爾蘭鎮的女孩。「要是想在這個國家出人頭地，就得要隨時注意自己的利益。」她對她們說。

除了那個黑人男孩之外，還有另一個男人和里奇威一起騎馬離開。這人是個高大的白人，留著褐色長髮，脖子上戴了一串人耳串成的項鍊。他的同夥銬好珂拉的腳踝，鐵鍊穿過馬車底板的一個鐵環。她坐在長凳上，心臟每跳一次，頭就抽痛一下。離開的時候，她看著馬丁和艾瑟。他們被綁在那棵絞刑樹上，哭泣，抖顫。雜種狗市長在他們腳邊瘋狂繞圈圈。有個金髮女孩撿起一塊石頭，丟向艾瑟，正中她的臉。艾瑟慘叫一聲，卻引來市民的大笑。又有兩個小孩撿起石頭丟向他倆。市長咿咿叫，跳了起來。有更多人彎腰撿石頭。他們揚起手臂。市民往前走，珂拉再也看不見馬丁和艾瑟了。

艾瑟

自從看見一座叢林土著圍繞傳教士的木雕之後，艾瑟就覺得在黑色非洲侍奉上帝，為野蠻人帶來光，必定是非常神聖的事。她想像自己搭載的大帆船，有著像天使翅膀的船帆，橫越洶湧的大海。深入內陸的艱險旅程，溯河而上，小心翼翼繞過山脈隘口，一次次死裡逃生：獅子、蟒蛇、殺人樹、表裡不一的嚮導。接著抵達村子，土著視她為上帝的使者，文明的象徵。心懷感激的土著把她抬了起來，讚頌她的名字：艾瑟、艾瑟。

她當時八歲。她父親看的報紙上有很多故事，探險、未知的大地和非洲矮人。而其中她最能想像的畫面，就是和潔斯敏一起玩傳教士與土著的遊戲。她把潔斯敏當成自己的姐妹。但這遊戲每次都沒能玩太久，她們就改玩丈夫妻子的遊戲，在艾瑟家的地窖裡學大人親吻、吵架。因為膚色的關係，在遊戲裡誰扮演什麼角色，向來都沒有疑問。但是艾瑟會用煤灰把臉塗黑，在鏡子前面練習驚奇與訝異的表情，如此一來，她就知道未來遇見那些野蠻人時該有什麼心理準備。

潔斯敏和她媽媽菲麗絲一起住在樓上的房間裡。菲麗絲是狄蘭尼家的財產，艾德加．狄蘭尼滿十歲的時候，收到菲麗絲當生日禮物。如今艾德加長大成人，知道菲麗絲真是個奇蹟，把家務打理得妥妥貼貼，彷彿生來就是要做這件事的。艾德加對菲麗絲的黑人智慧津津樂道，已經成為一種常態，每回家裡有客人，他也總是趁菲麗絲進廚房的時候，把她講的關於人性的寓言說給大家聽，所以等她再次現身時，大家都會露出讚賞與嫉妒的笑容。每年新年，他都會給她通行證，讓她到帕克農園去看在那裡當洗衣婦的姐姐。有一年她去農園回來九個月之後，就生下了潔斯敏。從此，狄蘭尼家就有了兩個奴隸。

艾瑟以為奴隸就是住在你家裡，既像家人又不是家人的人。為了消除她對膚色的奇思異想，她父親對她解說黑人的起源。有人認為黑人是古代主宰地球的巨人族後裔，但艾德加．狄蘭尼知道他們是黑色皮膚、被詛咒的含的後裔。含攀在非洲山上，躲過洪水大劫。艾瑟覺得，如果他們是受了詛咒，就更需要基督的指引。

艾瑟八歲生日的時候，父親不准她再和潔斯敏一起玩，免得違反黑白種族關係的自然狀態。艾瑟從小就不容易交朋友。她哭泣跺腳，鬧了好幾天，但潔斯敏顯然較能接受。潔斯敏開始負責比較簡單的家務，在菲麗絲心臟病發，失去言語與行動能力之後，就由她接替媽媽的工作。菲麗絲又在狄蘭尼家拖了幾個月，總是張著嘴巴，露出粉紅色的口腔，眼睛凸出。最後艾瑟父親把她送走。菲麗絲被扛上馬車，但艾瑟在童年玩伴臉上看不出來任何情緒波動。當時她們兩個早就除了家務之外，再也不交談了。

她家這幢房子是五十年前蓋的，樓梯一踩就吱吱嘎嘎，某個房間裡的竊竊私語，會傳到另一個房間。大部分夜裡，在晚餐和禱告之後，艾瑟就會聽見父親爬上吱吱嘎嘎的樓梯，手裡一盞搖曳的燭光引路。有時候她會偷偷溜到房門口，瞥見他父親的白色睡衣消失在樓梯轉角。

「你要去哪兒，爸爸？」她有天晚上問。菲麗絲被送走已兩年，潔斯敏十四歲。

「去樓上。」他說。父女倆頓時有種如釋重負的奇怪感覺，他們有了個名詞可以來代表他的夜間活動。他去樓上——不然樓梯還能通向哪裡？她父親曾經解釋過，種族的隔離是為了懲罰手足相殘。而他的夜間造訪則正是這個說法的具體衍生。白人住在樓下，黑人住在樓上，而跨越種族的往來則是為了彌合聖經的傷口。

她媽媽對丈夫去樓上的這件事很鄙夷，但也不是沒有對策。他家把潔斯敏賣給市區另一頭的銅匠時，艾瑟知道這是她媽媽作的主。新奴隸來了之後，再也沒有上樓這回事了。南西已經是個祖母了，步履緩慢，眼睛半瞎。如今穿透牆面傳來的，是她自己的喘息聲，而不再是腳步聲與樓梯吱吱嘎嘎的聲響。自從菲麗絲病倒之後，這房子就不復整潔有序，潔斯敏很有效率，但心不在焉。潔斯敏的新家在越過黑人鎮的另一端。每個人都交頭接耳，說那孩子眼睛像她父親。

有天吃午飯的時候，艾瑟宣布，等她夠大了，就要去非洲對未開化的人傳播基督信仰。她爸媽笑她。這不是出身良好的維吉尼亞女孩該做的事。如果你想幫野蠻人，她父親說，那就去學校教書。五歲孩子的腦袋比最老的叢林黑人更野蠻，更不講道理，他說。她的人生道路就此決定。學校的正規老師生病時，她去代課。白人小孩確實是未開化的小人兒，整天吵嚷不休，有很多東西尚待學習，但這和她想的還是不一樣。到叢林與黑人為伍，仍然是她保存在心底的念想。

忿忿不滿成了她個性最關鍵的一部分。在她那個圈子裡，女孩都習於表現出若即若離的冷淡態度。她對男孩、乃至於後來對成年男子，都沒有什麼吸引力。在航運公司工作的一位表哥介紹她認識馬丁時，她已經厭倦大家的閒言閒語，也早已放棄對幸福的渴望。馬丁像隻氣喘吁吁的獾，弄得她筋疲力竭。丈夫妻子的遊戲沒她小時候以為的那麼有趣。但是小珍恩的出生，是出乎預期的上帝恩賜，是她可以捧在懷裡的美麗花束，儘管受孕的過程不啻為另一場羞辱。住在蘭花街的那些年，單調乏味的生活最終變得舒適自在。在街上碰見潔斯敏的時候，她假裝沒看見，特別是她這位童年玩伴帶著兒子的時候。他的臉是一面黑色的鏡子。

然後馬丁被叫回北卡羅萊納。他安排在那年最熱的一天舉行唐諾德的葬禮。她在葬禮上昏倒，大家都以為是因為哀傷過度，但其實不是，是因為那裡可怕的濕熱。一找到人接手飼料店，他們在老家的任務就完成了，馬丁對她說。這個地方很落後。在維吉尼亞，搞私刑的人最起碼會給自己找個藉口。但在這裡，他們在你家前院草坪把人絞死，每個星期的同一個時間，活像上教堂那樣。北卡羅萊納只是生活的一段小插曲，至少她是這麼以為的，直到她在廚房碰見那個黑人。

喬治從閣樓下來找東西吃。他是馬丁幫助過的第一個黑奴，第二個就是現在的這個女孩。那是種族法實施的一個星期之前，對黑人施暴的行動正蠢蠢欲動。馬丁告訴她，送到他家門階的一張字條，指引他到雲母石礦坑。喬治在那裡等他，又餓又激動。這名摘菸葉的黑奴在閣樓躲了一個星期，然後有個車站站長來接應他走下一段行程，把他裝在一個板條箱裡，直接從大門送出去。艾瑟先是勃然大怒，接著陷入絕望。喬治彷彿遺囑執行人，揭露了馬丁接收的秘密遺產。他砍甘蔗的時候失去三根手指。

艾瑟向來對奴隸制度的道德面沒有興趣。如果上帝不想讓非洲人成為奴隸，那麼他們就不會被戴上鐐銬。而她也堅定認為，絕對不能為其他人的高尚理念而給自己招來殺身之禍。她和馬丁已經很多年沒吵架了，這次卻為地下鐵道大吵特吵，而且那還是在種族法的可怕內容廣為周知之前。透過珂拉——這隻閣樓上的螻蟻——唐諾德從墳墓裡爬出來，為艾瑟多年前取笑他的事情而懲罰她。兩家人第一次見面時，艾瑟評論了唐納德身上土氣的西裝。她原本只是要強調兩家人對於何謂合宜服裝有不同的看法，好轉移話題，讓大家可以好好品嘗她花了許多時間準備的佳餚。但唐諾德從未原諒她，她告訴馬丁。她非常肯定，如今他們就要被吊在自家門口那棵大樹上絞死了。

馬丁到樓上幫那個女孩，和她父親當年上樓完全不同，但兩個男人下樓來之後，都像變了一個人似的。他們為各自的目的，跨越聖經裡的鴻溝。

要是他們可以這麼做，那她為什麼不行呢？

終此一生，艾瑟的每一個心願都無法完成。傳教、助人，以她所希望的方式奉獻大愛，通通無法如願。女孩生病時，艾瑟等待許久的一刻終於到來。到頭來她雖未能到非洲，非洲卻朝她走來。艾瑟到樓上，就像她父親那樣，面對這個住在她家裡如同家人的陌生人。女孩躺在被褥上，蜷曲如一條原始的河流。她幫女孩清理乾淨，洗掉身上的穢物。女孩睡得很不安穩，她親吻女孩的額頭與脖子，心裡有兩種不同的情緒糾纏。她唸聖經經文給她聽。

她擁有了自己的野蠻人，終於。

田納西

懸賞二十五元

黑種女子佩姬二月六日逃跑。年約十六歲，黑白混血，中等身材，直髮，容貌尚可，頸部有灼傷傷疤。她定會假扮自由人，很可能也已取得自由通行證。她說話時垂下眼睛不看人，也不特別聰明。講話速度很快，嗓音尖銳。

約翰・達克

五月十七日於恰桑郡

「天哪，帶我回家，在那片大地棲身……」

賈斯柏唱個不停。這支小車隊領頭的里奇威回頭叫他閉嘴。有時候他們會停下來，讓鮑斯曼爬上馬車，敲這個逃奴的腦袋。賈斯柏每隔一會兒，就吮一下手指上的傷痕，然後又開始哼哼唱唱。起初非常小聲，只有珂拉聽得見，但慢慢地越唱越大聲，為他失去的家人、他的上帝、一路上碰見的每一個人而唱。然後就又再次挨罵。

他唱的歌裡，有幾首珂拉聽過，但她覺得大部分都是他瞎編的，因為根本不成調。要是賈斯柏嗓子很好，珂拉就覺得無所謂，但偏偏上帝沒賜給他這個天分。就連外貌也是：他臉長得像青蛙，而且還是歪的，手臂非常細，就農工來說實在很怪異。上帝也沒給他運氣。什麼好運道都沒有。

這一點他和珂拉倒是同病相憐。

他們離開北卡羅萊納三天之後，賈斯柏就被押上車，準備送回去。他是從佛羅里達的甘蔗園逃出來的，一路逃到田納西，在鍋匠家裡的儲藏室裡偷東西被逮到。典獄長花了好幾個星期才聯絡上他的主人，但鍋匠沒辦法押送他回去。里奇威和鮑斯曼在牢房轉角的一家小酒館喝酒，讓小霍姆和珂拉在車上等他們。鎮公所的辦事員找上這個著名的獵奴人，和他達成協議，所以里奇威才會帶著這個黑奴銬在他的馬車上。但他沒想到這個傢伙這麼愛唱歌。

雨滴打在車篷上。珂拉很喜歡微風吹拂，但對自己心生歡喜又覺得很愧疚。雨變小之後，他們停下來吃東西。鮑斯曼打了賈斯柏一個耳光，咯咯笑，解開把兩個逃奴鎖在馬車地板上的鐵鍊。他跪在珂拉面前，照例又是滿口下流的允諾，到處亂嗅。賈斯柏和珂拉的手腕、腳踝還是銬上的。她這輩子從沒被銬過這麼長的時間。

烏鴉振翅而過。極目所見，這世界焦黃枯萎，瘡痕累累，滿山遍野無邊無際的灰燼焦炭。黝黑的樹木傾斜，像是粗短的手臂指著未曾被火吞噬的遠方。他們的馬車經過許許多多的房舍與穀倉，都被火焚毀到只剩焦黑骨架，煙囪聳立如墓碑，傾頹的磨坊與糧倉也只留下石牆外壁。燒焦的籬笆讓人看得出來以前牲口在哪裡吃草，但根本不可能有任何動物存活下來。

馬車前行兩天之後，他們渾身是黑灰。里奇威說這讓他好像回到家了，因為他父親是個鐵匠。

珂拉眼前所見的是，無處可藏身。在這些焦黑的樹幹之間，沒有半個逃奴。就算她沒被上鐐銬，就算她有機會逃跑，也辦不到。

一名身穿灰色外套的白人老頭騎著匹灰褐色的馬快步前行。他們像其他旅人一樣在焦黑的路上相逢，他好奇地放慢速度。兩個成年黑奴是稀鬆平常的事。但身穿黑色西裝的黑人男孩駕馬車，還露出古怪的微笑，就讓陌生人坐立難安了。車隊裡較年輕的白人男子頭戴紅色窄邊高帽，脖子上一串乾巴巴的皮項鍊，等看清楚原來是人耳時，他不禁張開嘴巴，露出一口被菸草染成褐色的牙齒。帶頭那名年紀較大的白人瞪了他一眼，讓他不敢開口交談。這老頭繼續前行，繞進蜿蜒在兩座光禿禿山丘中間的那條路。

霍姆攤開一條被蠹蛾咬了洞的毯子，讓他們可以坐下，把大家的口糧分到小盤子上。獵奴人准許他的犯人得到同樣份量的口糧，這是他從早年混這行飯吃就養成的習慣。這樣可以讓犯人少些抱怨，反正他可以找客戶買單。在焦黑田野的邊緣，他們吃著鮑斯曼準備的鹽漬豬肉和豆子，蒼蠅一波波飛來。

雨水讓焰火灼燒過的味道更加濃烈，空氣變得很嗆鼻。煙味瀰漫了每一口食物，每一滴水。賈斯柏開始唱歌：「跳起來！救主說，跳起來！若你想見祂的臉，就跳起來！」

「哈利路亞！」鮑斯曼大聲嚷著，「你這個耶穌的胖小子！」他的聲音在曠野中迴盪，他跳起舞，濺起黑色的水。

「他不吃。」珂拉說。賈斯柏已經幾頓飯沒吃，緊閉嘴巴，雙臂抱胸。

「那就別吃。」里奇威說。他等她接話，因為已經習慣她頂撞他說的話。他們兩個針鋒相對。但這一次她打破兩人的互動模式，什麼都沒說。

霍姆跑過來，吃掉賈斯柏的口糧。他感覺到珂拉在看他，頭也沒抬地咧嘴笑。

這名馬車駕駛是個古靈精怪的小東西。年僅十歲，和崔斯特一樣大，但渾身上下都透著老家奴略帶憂鬱的氣息，舉手投足都很老練。對於身上的黑西裝和高禮帽，他很是喜歡，從衣料上捻起一根線頭，彷彿看見毒蜘蛛似的瞪著看了好一會兒，才抽掉。霍姆除了駕車之外，並不常開口，也沒有對黑人同胞表現出一絲親近或同情之意。大部分時間，珂拉和賈斯柏在他眼中很可能都不存在，他們比那根線頭還細小。

霍姆的工作包括駕車、各種雜務，以及里奇威稱之為「簿記」的工作。霍姆替里奇威管帳，同時把里奇威的故事記錄在一本小簿子上，擺在外套口袋裡。獵奴人有哪些故事值得記載，珂拉實在看不出來。霍姆也記錄市井街巷的老生常談，並以同樣的熱情，據實登記每天的天氣。

有天晚上在珂拉的刺激下，里奇威說他這輩子沒蓄過黑奴，只除了霍姆曾經有十四個鐘頭是他的財產之外。「為什麼沒有？」她問。「為什麼要有？」他說。當時里奇威要從紐約押送一對夫妻回去給他們的主人，行經亞特蘭大郊區，碰上了一名想清償賭債的屠夫。他老婆娘家把這男孩的母親當結婚禮物送給他們。前一次賭運不好的時候，屠夫把男孩的媽媽賣掉了。這一回就輪到男孩了。他胡亂畫了個廣告牌，掛在男孩脖子上。

男孩異乎尋常的敏感觸動了里奇威。霍姆圓臉上那雙閃閃發亮的眼睛既凶猛又平靜。是他的同類。里奇威用五塊錢買下他，隔天就簽了解放文件。雖然里奇威假意趕霍姆走，但霍姆還是留在他身邊。那名屠夫不怎麼反對黑人受教育，所以准許霍姆和自由人家庭的孩子們一起上學。里奇威有時候為了打發無聊，也教他認字。霍姆逮到機會就假裝自己是義大利人，讓問他話的人不知道該怎麼說。他這身有違傳統的服裝是慢慢進化而成的，但他的性情始終沒變。

「他既然是自由的，幹嘛不離開？」

「離開？去哪裡？」里奇威問。「他見得多了，知道黑人男孩不管有沒有證件，都沒有未來。在這個國家沒有。有些惡名昭彰的人會馬上把他抓去賣掉。跟著我，他可以瞭解這個世界，找到人生的目標。」

每天晚上，霍姆會小心翼翼地從他的小背包裡拿出一副鐐銬，把自己鎖在車夫的位子上，鑰匙擺進口袋，然後閉上眼睛。

里奇威瞥見珂拉在看霍姆。「他說他要這樣才睡得著。」

霍姆每天晚上都打鼾，像個有錢的老頭。

至於鮑斯曼，他已經跟著里奇威三年了。他出身南卡羅萊納，在成為獵奴人之前，幹過許多只能勉強餬口的工作：碼頭工人、討債打手、挖墳人。鮑斯曼不是絕頂聰明的人，卻能猜透里奇威的心思，這個本領雖不可或缺，但也讓人覺得有點毛骨悚然。鮑斯曼加入的時候，里奇威的獵奴隊有五個人，但手下卻一個接一個離開。原因為何，珂拉一時還不清楚。

鮑斯曼脖子上這條人耳項鍊，原本是個名叫阿強的印第安人所有。阿強說他自己是個善於追蹤的人，但他真正嗅得到的，就只有威士忌。鮑斯曼和他角力，贏來了這條項鍊。阿強為了比賽的條件和他吵，所以他就用鏟子狠狠揍他一頓。阿強失去了聽力，離開獵奴隊，到加拿大的皮革廠工作，至少大家是這麼傳說的。雖然項鍊上的人耳都已乾枯，天氣熱的時候，還是會招來蒼蠅。然而鮑斯曼很喜歡這個紀念品，新客戶看見這條項鍊時的嫌惡表情，也讓他很樂。里奇威不時提醒他，印第安人戴著這條項鍊的時候，蒼蠅可從來不煩他的。

鮑斯曼一面吃東西，一面眺望群山，流露少見的沉思表情。他走開去尿尿，回來時說：「我想我爹以前來過這裡。他說這裡原本都是森林，但等他再回來，這裡的樹已經被拓墾者全砍光了。」

「現在不只砍光，還燒光了。」里奇威回答說，「你說的一點都沒錯。這條路以前是馬走的路。下一次要開路，鮑斯曼，你得記得要弄來一萬個切羅基印第安人，替你把地踩平，這樣比較省時間。」

「他們去哪裡了？」珂拉問。和馬丁待在一起那麼多個夜晚之後，白人有故事想講的時候，她馬上就察覺得到。這讓她有時間思考自己的選項。

里奇威很熱衷看報紙。報紙會登載逃奴公告，讓幹這一行的人都不得不看報。霍姆完整收集了一大堆。新聞報導的當前情勢，通常都能印證他對社會和人類的看法；而在工作上碰到的人，也讓他習於解釋最基本的歷史和事實。但他可不指望一個奴隸女孩能瞭解他們周圍這個地區的重要性。

他說，他們坐的這個地方，以前是切羅基人的土地，是他們世世代代生活的地方，直到總統有了別的想法，下令要他們離開。拓墾者需要土地，如果印第安人到那個時候都還不知道和白人簽的條約一文不值，里奇威說，那他們就活該倒霉。他有幾個朋友當時在軍隊裡。他們包圍印第安人的營地，婦女和小孩揹起他們能裝在背包裡的東西，長徒跋涉到密西西比。有個睿智的切羅基人後來給這條路取名叫「淚水與死亡之路」，非常貼切，這印第安人可真會取名字啊。因為疾病和營養不良，再加上那年冬天格外嚴寒，就里奇威印象所及，據說死了好幾千人。等他們到了奧克拉荷馬，還有更多白人等著他們，最新的條約允諾給他們的土地，早就被白人給佔了。那紙條約一文不值。他們學得慢啊，這些傢伙。但他們今天就在這條路上。到密蘇里去的路要比以前那些紅人用雙腿踩出來的道路好走得多了。

「這是進步，」里奇威說，「我有個表哥運氣不錯，抽中籤，贏得一塊印第安土地，在田納西北部。現在在種玉米。」

珂拉歪著頭，看著眼前這片荒蕪。「運氣好。」她說。

走進這片荒野時，里奇威告訴他們，大火想必是閃電引起的。濃煙遮天蔽日，幾百哩外都看得見，也讓落日餘暉染上燦爛的紅色與紫色，彷彿一整片的瘀傷。這是田納西的初登場：奇幻異獸在火山裡扭滾。這是她有生以來第一次不藉著地下鐵道跨越州界。過去都有隧道保護她。藍伯利站長說每一州都有自己的可能性，有自己的習俗。紅色的天空讓她對下一片土地的規則心生恐懼。他們乘馬穿過煙霧，在落日的啟發下，賈斯柏又開始唱起一連串聖歌，主要的歌詞都是宣講上帝的怒火，以及即將面對羞辱的惡人。鮑斯曼為此又爬上馬車好幾次。

逃離家園的人塞爆了接近火線邊緣的小鎮。「全都是逃跑的人。」珂拉說，霍姆轉身對她眨眨眼。白人家庭擠進靠近大街的營地，傷心欲絕，悽慘難堪，極力搶救出來的零星財物堆在腳邊。一個個宛如空殼的人蹣跚走過街道，一臉瘋狂的表情，眼神狂亂，衣服發臭，用破布裹住被燒傷的地方。珂拉很習慣聽到黑人寶寶因為折磨、饑餓、疼痛而慘叫，或對理當照顧他們的人表現出來的狂躁不安感到困惑。但是聽到這麼多白人寶寶尖叫，倒是生平頭一遭。她只同情黑人寶寶。

在雜貨店裡，里奇威和鮑斯曼只看見空無一物的貨架。店東告訴里奇威，是開墾農場的人想放火燒掉灌木來整地，才引發了大火。大火一發不可收拾，無休無止地向外延燒，直到降下傾盆大雨才止住。三百萬英畝地哪，店東說。政府答應要援助，但誰也不知道他們什麼時候才會來。就大家記憶所及，以前從未見過這麼大的一場災難。

里奇威轉述雜貨店老闆的說法時，珂拉心想，原住民必定更習慣野火、洪水和颶風等等天災。可是他們無法在這裡提供他們世代累積的知識。她不知道這裡原本是哪個部族的家，但知道是印第安人的土地。哪塊地不是他們的呢？她從來沒有好好研習歷史，但有時眼睛就是最好的老師。

「他們肯定幹了什麼壞事，惹得上帝發怒。」鮑斯曼說。

「只要一絲火花飛走，就會變得不可收拾。」里奇威說。

他們吃完午餐，在路邊稍事休息，兩個白人站在馬匹旁邊抽菸斗，追憶一樁脫軌的惡行。里奇威雖然一再說自己花了多久的時間追捕珂拉，但好像並不急著把她送回去給泰倫斯・蘭道爾。而她也不急著想再和前主人重逢。珂拉蹣跚走向燒焦的田野。她已經學會戴著鐐銬走路，但很難相信竟然要花這麼大的功夫。過去珂拉總是很同情那些綁成一串、垂頭喪氣經過蘭道爾農園的奴隸。如今看看她自己。結果會怎麼樣還不清楚。一方面她已經很多年沒有受過傷害了；另一方面，不幸只是在等待時機：無處可逃。銬在鐵鍊下的皮膚疼痛不堪。那兩個白人不加理會，任她走向焦黑的樹木。

在這之前，她已經逃跑過幾次了。有一回趁停下來吃晚餐，鮑斯曼看著街角的送葬隊伍分神的時候，她悄悄溜掉，但才走了幾碼，就有個男孩絆倒她。他們給她加了一副頸銬，鐵鍊像苔蘚那樣垂到她的手腕。這讓她的姿勢很像是在哀求或祈禱。又有一回，她趁那幾個男人停在路邊小解的時候逃走，這次走得稍遠一點。還有一回她在暮色裡逃走，因為他們停在小溪邊，水流讓她覺得有機可乘。但光滑的石頭讓她跌進水裡，這次里奇威狠狠鞭了她一頓。她不再逃跑了。

剛離開北卡羅萊納的那幾天，他們很少講話。她想，面對那群暴徒，讓他們像她一樣筋疲力盡。但保持沉默其實是他們一貫的作風，至少在賈斯柏加入他們的行列之前是如此。鮑斯曼低聲講些下流的話，霍姆說不準什麼時候就轉頭，對她咧嘴露出不安的微笑。而里奇威遠遠騎在隊伍前面，偶爾吹著口哨。

珂拉發現他們是往西，而不是往南走。在遇見希薩之前，她從不注意太陽起落的規律。他告訴她說太陽的方向有助於他們的逃亡。有天早上他們停在一個小鎮的烘焙店外面。珂拉鼓起勇氣，問里奇威有什麼計畫。

他睜大眼睛，彷彿早就在等她提問。在這次的交談之後，里奇威討論計畫的時候，總也讓珂拉參與，彷彿她也有投票權似的。「你實在很讓人意外。」他說，「但是放心，我很快就會把你送到家。」

她說得沒錯，他說，他們是往西走。有個名叫辛頓的喬治亞農園主人委託里奇威帶回他的奴隸。這個叫尼爾森的黑奴詭計多端，很有辦法，在密蘇里的黑人拓墾區有親戚。據可靠消息指出，尼爾森目前以設陷阱捕獵為生，明目張膽，一點都不擔心懲罰。辛頓是個備受敬重的農園主，有令人豔羨的大宅邸，和州長還是表兄弟。不幸的是，他有個監工和女奴隸上床，嚼舌根，讓尼爾森的所作所為人盡皆知，也讓辛頓成為自家奴隸嘲笑的對象。辛頓原本有意培養這個男孩成為工頭的。他給里奇威極為豐厚的賞金，還慎重其事地辦了簽約儀式，一名從頭到尾掩口咳嗽的黑老頭當了見證人。

因為辛頓非常著急，所以最合理的路線就是先繞到密蘇里去。「等我逮到那個傢伙，」里奇威說，「你就可以和你的主人團圓啦。就我看來，他應該會準備好好迎接你。」

里奇威毫不掩飾自己對泰倫斯．蘭道爾的鄙夷，覺得這人對懲處黑人有種「浮誇華麗」的想像力。從他們一幫人踏上通往主屋的馬路，看見三個絞刑架的那一刻，他的這個想法就得到印證了。架上有個年輕女孩，一根大鐵鉤穿過她的肋骨，把她吊在那裡晃盪。底下的泥土黑黑的，是她流下的血。其他兩具絞架還在等待受刑人。

「我如果不是在州北被耽擱了，」里奇威說，「肯定會在你們足跡未乾的時候就逮住你們了。小可愛——她是叫這個名字沒錯吧？」

珂拉掩住嘴巴，不讓自己尖叫出聲。但辦不到。里奇威等了十分鐘，才讓她恢復鎮靜。鎮上的人看著這個黑女孩癱倒在地上，毫不在意地跨過她身上進到烘焙店。街上瀰漫糕點的味道，香甜誘人。

里奇威說，他和農園主人談話的時候，鮑斯曼和霍姆在外面車道等候。泰倫斯父親在世的時候，這房子生氣蓬勃，充滿魅力——是啊，他以前來過，為了搜捕珂拉的母親，結果空手而返。才和泰倫斯見面一分鐘，他就明白這可怕的氣氛從何而來。這個人很卑鄙，而且是會污染周遭一切的那種卑鄙。烏雲籠罩，儘管是白天，光線卻灰暗呆滯，屋裡的黑人奴僕遲緩陰鬱。

報紙很愛強調夢幻景象：農園歡樂洋溢，心滿意足的黑奴唱歌跳舞，敬愛主人。人們喜歡這樣的報導，而且這也具有政治效用，可以拿來對抗北方各州與廢奴運動。里奇威知道這個景象是假的，他不必去美化奴隸制度。但是，要說蘭道爾農園是個危機四伏的地方倒也不是事實。這個地方就只是鬧鬼。門外有具屍體掛在鉤子上，誰又能怪那些黑奴愁容滿面呢？

泰倫斯在客廳接待里奇威。他喝醉了，也懶得更衣，就穿件紅色袍子癱在沙發上。里奇威說，看見這個家族才經過一代就墮落到這個地步，真是太悲哀了，但有時候財富就是會讓家族走向這樣的命運。金錢帶來齷齪不潔。泰倫斯還記得里奇威上回來過的事。那次是梅珀逃到沼澤去，就像這次的三個一樣。他說，里奇威親自登門為自己的辦事不力道歉，讓他父親很感動。

「就算我狠狠刮蘭道爾家這小子兩個耳光，還是拿得到這份合約。」里奇威說，「但是我已經不是少不更事的年紀了，我決定把你和另一個傢伙先弄到手再說。很值得期待啊，這事。」泰倫斯的迫不及待和賞金的優渥，讓他認為珂拉是主人的情婦。

珂拉搖搖頭。她已經不哭了，站起來，雙手握拳，控制住自己不再顫抖。

里奇威沉吟片刻。「還有一件事。不管怎麼說，你對他的影響還是挺大的。」他繼續講那天拜訪蘭道爾農園的事。泰倫斯對里奇威簡單講了小可愛被逮之後的事情。就在那天早上，他的手下康納利才來報告說，希薩經常去找本地的一個小店老闆，那家店應該是代售這黑小子的木雕製品。說不定獵奴人應該去拜訪一下富萊契先生，看看有什麼進展。泰倫斯希望生擒女孩，至於那男孩，只要逮回來，死活不論。里奇威知道那男孩本來是住在維吉尼亞嗎？

里奇威不知道。看似對他家鄉的一場論戰就將展開。屋子的窗都關著，但令人厭惡的氣味還是飄了進來。

「他就是在那裡染上壞習慣的。」泰倫斯說，「那裡的人比較軟弱。你一定要讓他瞧瞧，我們喬治亞是怎麼辦事的。」他不要法律介入。這兩個人因為殺害一個白人男孩而被通緝，要是暴民得到消息，他們肯定回不到農園來。給他這麼多賞金，就是希望他謹慎行事。

獵奴人告辭。空空的馬車車軸咿咿呀呀抱怨，因為沒有重量可以讓它安靜不出聲。里奇威對自己保證，回來的時候絕對不會空車。他不會再向另一個蘭道爾道歉，尤其是現在掌理此地的這個兔崽子。他聽到一個聲音，轉頭回望大宅。是那女孩，小可愛，發出的聲音。她揮著一條手臂，還沒死。「據說，她又拖了半天才斷氣。」

富萊契的謊言馬上就土崩瓦解了。他這種虔誠卻軟弱的人就是這樣。他供出了地下鐵道同夥的名字，是個叫藍伯利的人。但藍伯利行蹤不明，帶珂拉和希薩離開州界之後，就再也沒有回來。「到南卡羅萊納去了，是吧？」里奇威說，「他也是把你媽媽帶到北方去的人嗎？」

珂拉默不作聲。富萊契的命運可想而知，說不定他太太的下場也同樣悽慘。至少藍伯利逃走了。而且他們沒發現穀倉底下的隧道。說不定哪天有個拚死一搏的人還能用得到。可以有著更好的結果，更有希望的未來。

里奇威點點頭。「沒關係，我們有足夠的時間可以好好溝通。到密蘇里的路還長得很呢。」執法人員在南維吉尼亞逮到一名車站站長，那人供出馬丁父親的名字。唐諾德死了，但里奇威希望盡可能探查他的作業方式，好進一步瞭解這個大陰謀的運作情況。他沒料到會找著珂拉，非常驚喜。

鮑斯曼把她銬在馬車上。她已熟悉鎖銬的聲音，會先拉扯滑動一陣，才終於落定。隔天賈斯柏加入他們的行列，渾身發抖，活像隻挨打的狗。珂拉想和他講話，問他逃離的是什麼地方，甘蔗園的工作是什麼樣子，以及他是怎麼逃跑的。但賈斯柏只唱著聖歌，迴避她的問題。

那是四天以前的事了。如今她站在倒霉的田納西，面對焦黑的田野，腳一踩，地上燒焦的木頭就喀吱喀吱響。

起風了。接著雨來了。他們結束休息時間，霍姆清理餐食，里奇威和鮑斯曼輕敲他們的菸斗。鮑斯曼吹聲口哨，叫她回來。田納西的山巒與丘陵隆起環繞，讓珂拉宛如置身大碗裡。當時那火有多大，焰火有多嚇人，破壞力才會如此之大啊。我們在一碗灰燼裡爬行。一切盡皆焚毀，待風吹走這黑色的粉末之後，還會有什麼留下來呢？

鮑斯曼把她的鎖鍊穿過地板上的那個鐵環，牢牢扣好。馬車地板上有十個鐵環，分成兩排，一排五個，偶爾大豐收的時候也還夠用。眼前只有兩個當然更夠用。賈斯柏窩在他最喜歡的長椅位子上，活力充沛地唱歌，彷彿剛吃完一頓聖誕大餐似的。「救主召喚你，你就將卸下重負，卸下重負。」

「鮑斯曼。」里奇威輕聲說。

「祂將透視你的靈魂，看見你所為，惡人。祂將透視你的靈魂，看見你所為。」

鮑斯曼說：「喔。」

自從逮住珂拉之後，里奇威第一次踏上馬車。他手裡拿著鮑斯曼的槍，轟掉賈斯柏的臉。車篷濺滿鮮血碎骨，也噴到珂拉髒污的連身裙上。

里奇威抹抹臉，解釋他的理由。賈斯柏的賞金是五十元，十五元分給送他進監獄的鍋匠。他們先往西到密蘇里，再回喬治亞，還要好幾個星期的工夫，才能把這人送回給他主人。假設要花三個星期好了，三十五美元再扣掉給鮑斯曼的份，平均下來一天的賞金實在少得可憐，所以為尋求耳根清靜與心靈平靜而損失的賞金其實也不算多。

霍姆打開筆記本，查對老闆講的數字。「他說得沒錯。」他說。

深入田納西的旅途滿目瘡痍。沿著布滿灰燼的道路前行，接下來的兩個小鎮都已被火吞噬。早晨繞過一座小山，出現了一座小墾殖區的遺跡，只剩被燒焦的木梁與燻黑了的石牆。首先映入眼簾的，是原本承載拓墾者夢想的房宅，接著是一整排被燒毀的小鎮建築。再往下走遠一些的那座小鎮規模略大一些，但兩個鎮無論大小，都已遭毀棄。小鎮中央是一個寬闊的十字路口，洋溢進取野心的條條大道匯聚於此，但如今都已不復存在了。矗立在店鋪廢墟裡的麵包烘烤爐，宛如猙獰的圖騰。牢房鐵籠裡，有著扭曲的人體遺骸。

珂拉看不出來這片土地有什麼特色，能讓拓墾者願意在此種下他們的未來，是有肥沃的泥土和充沛的水源，還是景色美麗？一切都已不見了。倖免於難的人回到此地，想必會下定決心另覓他處重新開始吧，不是匆匆返回東部，就是更往西行。這裡不會再恢復榮景了。

後來他們走出野火肆虐的範圍。樺樹與野生花草生機蓬勃，繽紛鮮亮的色彩，讓剛走出焦土的他們難以置信，彷彿踏進伊甸園，重新振奮起來。鮑斯曼俏皮地模仿賈斯柏唱歌，顯示心情已大大轉變。那片焦黑景色對他們影響之深，遠遠超過他們自己的想像。田野裡玉米茁壯飽滿，已經長到兩呎高，豐收指日可待。大自然的力量強大無比，在野火焚毀的土地宣告懲罰將至，但在此地卻將帶來甜美的收成。

中午過後不久，里奇威下令停步。他表情凝重，大聲唸出十字路口的告示。前面的小鎮有黃熱病，他說。警告所有的旅人避開那個地方。有另一條路可以替代，往西南方走，但道路比較窄，也比較不平。

這告示還很新，里奇威說。這病應該還沒有擴散開來。

「我兩個弟弟就是得黃熱病死的。」鮑斯曼說。他在密西西比長大，說只要天氣轉熱，黃熱病就開始傳染。他弟弟的皮膚變得蠟黃，眼睛屁股都流血，瘦小的身體嚴重抽搐，後來有個人推著吱吱嘎嘎的手推車把他們的屍體給推走了。「死得很慘。」他說，原本的歡快又不見了。

里奇威來過這個鎮。那市長是個腐敗的粗人，食物難吃到讓人想吐，但他還是希望他們無恙。繞路得讓他們的旅途耗費許多額外的時間。「黃熱病是從船上來的，」里奇威說。從非洲經過西印度群島，循著奴隸買賣的足跡而來。「這是人類為進步所付出的稅。」

「那收稅的人又是誰？」鮑斯曼說，「我從來沒見過。」恐懼讓他變得驚慌而無禮。他不想多作停留，就連這個十字路口都太靠近黃熱病疫區了。霍姆不等里奇威下令，也不遵循只有獵奴人和他這個黑人小秘書才懂的信號，立刻把馬車駕離這個被厄運籠罩的小鎮。

往西南方行的道路上，又有兩個同樣的警告標示。通向爆發疫疾小鎮的道路看不出來有危機潛伏，但在遭野火焚毀的大地行走多時，讓眼前看不見的危險更加驚心動魄。他們在日落之後還走了好久才停下來。這時間長得夠珂拉仔細思索自己從離開蘭道爾以來的漫漫長途，把這一路發生的不幸編織成一條厚厚的穗帶。

奴隸帳簿裡疊滿一份又一份的名單。第一份名單是在非洲海岸匯集的船貨清單，人數達數萬。他們是人貨。而死人的名字和活人的名字同樣重要，死於疾病和自殺——還有為了記帳方便而歸在這個類別裡的其他意外事故——的每一樁損失，都必須向僱主提出合理的報告。在拍賣會上，他們登記每個被買走的人，在農園，監工用密密麻麻的草寫字體登載每個在田裡工作的奴工名字。每個名字都是一份資產，都是會呼吸的資財，都是由血肉所創造的利潤。

這套特有的制度也讓珂拉習於製作自己的清單。她登記每一個死去的人，但並不是把人數加總成為一個總數，而是乘上他們各自的善良程度，讓每一個人擁有各自的份量。那些她愛的人，曾經幫助過她的人。霍伯屋的女人、小可愛、馬丁和艾瑟、富萊契，以及失蹤的人：希薩、山姆和藍伯利。賈斯柏雖然和她沒有什麼關係，但他的血濺在馬車和她的衣服上，那天死在槍下的也可能是她自己。

田納西受了詛咒。一開始，她覺得田納西的天災人禍——大火與瘟疾——是正義的伸張。白人惡有惡報，因為他們奴役她的族人，屠殺其他種族，偷走腳下的這片土地。就讓野火和高燒把他們全給焚毀吧，讓毀滅的力量一畝又一畝地往前推進，直到每一個死人都能報仇伸冤。但是，如果每個人都註定承受自己罪有應得的那份不幸，那麼她又是做了什麼，才讓自己惹禍上身呢？珂拉的另一份清單裡，記錄了導致她淪落到被銬在這輛馬車上的種種決定。清單上有崔斯特，她因為挺身保護他而獲罪。不聽話的人照例是要挨鞭子，這是標準的懲罰手段。而逃跑是很大的罪行，所以在她短暫逃亡生涯裡曾經幫助過她的好心人，都會被納入懲罰的範圍之內。

她隨著馬車的彈簧躍動，聞到潮濕的泥土與起伏林木的味道。為什麼五哩外的田野燒得寸草不生，而這裡卻可以倖免於難呢？農園所謂的正義非常卑劣，但恆常固定；而農園外的世界卻雜亂無章。在這個世界裡，壞人非但沒有得到報應，正直的人反倒代替他們被吊死在樹上。田納西的災難是無情的大自然肆虐的結果，和農莊主人的罪惡無關，和切羅基人以前的生活也無關。

只是一絲火花飛走。

珂拉的不幸和她的個性或行為都沒有關係。她有一身黑皮膚，而這世界就是這麼對待黑種人的。不多，也不少。每個州都不一樣，藍伯利說。若說田納西有自己的脾性，那麼或許就是承繼了這個世界的黑暗性格，喜歡任意施以懲罰。沒有人能倖免，無論懷抱的是什麼樣的夢想，也不管皮膚是什麼顏色。

有個年輕人趕著一隊馬從西邊過來。他頭戴草帽，一頭褐色鬈髮，一雙卵石般的黑眼睛，臉頰被太陽曬得通紅，一看就替他覺得痛。他和里奇威一行人錯身而過。前面有個大的拓墾聚落，他說，以剽悍聞名。截至這天早上為止，還沒出現黃熱病。里奇威也把來時看見的情景告訴他，並謝謝他。

馬路上的交通很快就恢復繁忙了，連動物和昆蟲也恢復了活力。他們一行四人回到文明世界的景象、聲音與氣味裡。在城區外圍，農舍和棚屋亮著燈，一戶戶人家已經準備在夜裡安歇了。市區出現在眼前，雖然建立未久，卻是珂拉離開北卡羅萊納之後，見過的規模最大的一座城。長長的大街上有兩家銀行，還有喧鬧的酒館，在在讓她回想起住在宿舍的那段日子。這裡看來沒有因為入夜而安靜下來的跡象，店鋪都開著，木板鋪的人行道上還是人來人往。

鮑斯曼堅持不肯在這裡找地方過夜。要是黃熱病的疫情已經擴散，這裡很可能就是下一個爆發的地點，說不定疫病早就潛伏在市民體內了。原本渴望有張像樣的床可以睡個好覺的里奇威，心中惱火，但還是讓步了。他們補給裝備之後，就在路邊紮營。

兩個男人去忙的時候，珂拉還是被銬在馬車上，過往的行人透過車篷的開口看見她的臉，連忙轉開視線。他們滿面風霜，身上穿的是自家裁製的粗布衣裳，比東部那些城鎮的人穿得差。這是拓墾人的衣著，不是安居樂業的人穿的衣服。

霍姆爬上馬車，哼著賈斯柏最單調乏味的一首曲子。這死去的黑奴依舊在他們身邊陰魂不散。他手裡拿著一個用褐色紙包起來的東西。「給你的。」他說。

這是件有白色鈕釦的深藍色洋裝，柔軟的棉布飄著藥味。她拿起洋裝，遮住車篷上的血跡。在街燈的照耀下，帆布上的血跡格外明顯。

「穿上吧，珂拉。」霍姆說。

珂拉抬起手，鎖鍊喀啦喀啦響。

他解開她手腕和腳踝的鐐銬。珂拉一如既往，衡量著逃脫的機會，最後斷定沒有可能。像這樣粗野狂亂的城鎮，會有很多暴徒，她想。喬治亞那個白人男孩的死訊有沒有傳到這裡呢？那是一樁意外，她從來不去想，也不會把它列入自己的罪行清單裡。那男孩屬於他自己的清單——但他的清單又該歸在哪個項目底下呢？

霍姆看著她穿上衣服，活像是從小就伺候她的貼身男僕。

「我是被逮來的，」珂拉說，「而你卻是自己選擇跟著他。」

霍姆一臉不解。他掏出筆記本，翻到最後一頁，開始寫字。寫完之後，他又給她戴上鐐銬。他給她一雙不合腳的木鞋，正要把她重新鎖到馬車上的時候，里奇威叫他帶她下車。

鮑斯曼去剃鬍洗澡之後沒有回來，獵奴人把從典獄長那裡拿到的報紙和懸賞公告交給霍姆。「我帶珂拉去吃晚餐。」里奇威說，帶著她走進喧囂裡。霍姆把她換下來的髒衣服丟進水溝，乾掉的褐色血漬泡進泥濘裡。

木鞋很緊。里奇威邁著大步，並沒有為了配合她走走停停的腳步而放慢速度，逕自走在前面，一點都不在乎她可能會逃跑。她的鐐銬就是掛在牛隻身上的鈴鐺。田納西的白人並沒注意她。一名靠在馬廄牆邊的年輕黑人，是唯一發現她存在的人。從外表上看來，這黑人像是自由人，穿著灰色條紋長褲、牛皮背心。他盯著她看，就像她以前在蘭道爾農園看著銬成一串的奴隸走過。看見別人身上鎖著鐐銬，心裡慶幸那不是銬在你身上的。黑人隨時會倒大霉，所以光是身上沒有鐐銬這一點，就可以算得上大大走運了。如果眼神交會，兩人都會立刻轉開目光。但是這人沒有。在被過往的人遮住視線之前，他對珂拉點點頭。

珂拉在北卡羅萊納的時候，曾經從門外偷偷窺探山姆的酒吧，但從沒踏進門裡一步。此時，她人在酒吧裡，就算顯得格格不入，里奇威的目光也足以讓其他酒客不敢多管閒事。打理吧檯的胖子捲著菸卷，盯著里奇威的背影。

里奇威帶她到靠近裡牆一張搖搖晃晃的桌子。燉肉的香味壓過了從地板、牆壁和天花板散發出來的陳年啤酒味。女侍是個紮馬尾的女孩，寬肩粗臂，像個搬運棉花的工人。里奇威點了菜。

「我不太喜歡這雙鞋，」他告訴珂拉，「但是衣服很適合你。」

「這是乾淨的。」珂拉說。

「噢，是啊，可不能讓我們珂拉看起來像屠夫店裡的地板吧。」

他想要激她頂嘴。但她默不作聲。

「你這一路上都沒問起你的同謀，」里奇威說，「希薩。北卡羅萊納的報紙登了沒？」

這是一場表演，就像公園的週五慶祝會一樣。他讓她打扮好，夜裡登上舞台。她等著他繼續往下說。

「南卡羅萊納那個地方感覺很怪。」里奇威說，「他們有自己的新制度。以前那裡有很多罪犯。但是要不了多久，以前的日子就會回來了。他們老是談什麼提升黑人、教化野蠻人之類的空話，可是那裡還是以前那個吃人不吐骨頭的地方。」

女侍送上吐司皮和兩碗滿滿的牛肉燉馬鈴薯。里奇威眼睛看著珂拉，對女侍悄聲講了幾句話，珂拉聽不見他們說什麼，但那女孩笑起來。珂拉發現他是喝醉了。

里奇威呼嚕呼嚕吃喝。「我們在工廠逮到他了，就在交班的時候。」他說，「那裡黑人可真是多，我們喚起了他們以為自己早就遺忘的恐懼。一開始沒什麼大不了，就只是一個逃奴落網而已。但後來話傳開了，說希薩因為殺害白人小男孩遭通緝……」

「才不是什麼小男孩。」珂拉說。

里奇威聳聳肩。「他們衝進監牢裡。老實說，根本是警長打開門放他們進去的，但說他們闖進去，感覺比較戲劇化。這些開辦學校、搞週五賒帳的高尚南卡羅萊納人！」

小可愛的下場讓她在他面前崩潰。但這次沒有。她已經做好準備。他想要揭露殘酷事實時，眼睛就會發亮。她知道希薩早就死了。不必追問他的下落。有天晚上躲在閣樓上，她心中念頭突然如火光一閃，就是這麼簡單明白的事實：希薩沒能逃出來。他沒能逃到北方，穿新西裝、新鞋子，露出新的笑容。坐在黑暗裡，靠在橫梁上，珂拉知道自己再次孑然一身。他們逮到他了。打從里奇威來敲馬丁家門的那一刻起，她就已經不再哀悼希薩了。

里奇威從嘴裡剔出軟骨。「反正逮到他，我可以拿到一小筆錢。再加上順道把另一個小子送回給他的主人，這一趟還算有賺頭。」

「你活像個老黑鬼，為了蘭道爾的錢賣命。」珂拉說。

里奇威把一雙大手貼在凹凸不平的桌上，壓得桌子往一邊傾斜，燉肉都快從碗裡掉出來了。

「他們應該把桌子修好的。」他說。

燉肉加了很多麵粉，一團團黏糊糊的。珂拉用舌頭把麵粉團壓碎，以前在農園的時候，要是愛麗絲不動手，交給手下的幫廚去做飯時，珂拉也是像這樣把沒煮爛的團塊壓碎。隔壁的鋼琴手彈起歡快的曲子，兩個醉鬼衝到隔壁去跳舞。

「賈斯柏可不是被暴民給殺的。」珂拉說。

「意外的損失在所難免，」里奇威說，「我白白餵他吃了那麼多頓飯，可沒人給我補償啊。」

「你最會找理由，」珂拉說，「不時把事情換一個說法，彷彿這樣就會改變事情的本質。可是真相是不會改變的。你殺了賈斯柏，冷血無情。」

「那比較接近個人恩怨，」里奇威不否認，「和我現在講的事情沒關係。你和你的朋友殺了一個男孩。你們也有你們覺得正當的理由。」

「我當時要逃命。」

「這就是我的意思啊，我們都在求生存哪。那件事讓你覺得很難受嗎？」

他們逃離農園的過程麻煩不斷，那男孩的死就是其中之一，如同天上沒有滿月，如同小可愛發現她不在小屋裡一樣。但此刻，她拉開心簾，看見那男孩在病榻上發抖，看見他媽媽在他墳前哭泣。珂拉其實也默默為他哀悼。在這個束縛著奴隸與主人的制度下，他只不過是又一個犧牲者。這男孩過去在她心裡獨佔一份名單，此時她把他移出來，登錄在馬丁與艾瑟下方，雖然她並不知道他的名字。她寫上X，就像她學會認字以前的簽名一樣。

儘管如此，她還是對里奇威說：「不會。」

「當然不會——這沒有什麼。不如把眼淚留給那一大片被燒光的玉米田，或我們湯裡的小牛犢。你只是做了追求生存必須做的事情而已。」他抹抹嘴唇。「不過，你的說法一點都沒錯。我們用各式各樣的說法來掩藏真相。就像今天的報紙，很多聰明的傢伙高談闊論什麼『美國天命』。說得像什麼新概念似的。你不知道我在說什麼，對吧？」里奇威說。

珂拉回嘴：「就是用更多說法去包裝真相。」

「意思就是拿走你的東西，你的財產，你認為屬於你的一切。而其他的人都要乖乖就範，待在他們被指定的位子上，眼睜睜看著你拿走。不管是紅人，是黑人，都要放棄自己，奉獻自己，讓我們可以為所欲為，拿走我們所想要的東西。法國人放棄了他們的土地，英國人和西班牙人也都溜走了。

「我父親喜歡談印第安人的大神靈。」里奇威說，「經過這麼多年的見聞之後，我還寧可相信美國神靈咧。是祂召喚我們從舊世界來到新世界，征服此地，建立新文明，摧毀一切我們必須摧毀的。我們教化少數種族，教化不了就征服，征服不了的就滅絕。這是我們神聖的使命，美國的天命。」

「我要去上廁所。」珂拉說。

他嘴角一垮，打個手勢，要她走前面。通往後巷的台階滑溜溜的，滿是嘔吐物，他抓著她的手肘，讓她走穩。關上廁所門，把他關在外面，她好久沒有過這麼純粹的快樂了。

里奇威滔滔不絕的演說並未停止。「就拿你媽來說吧，」這獵奴人說，「梅珀。誤入歧途的白人和黑人合謀犯罪，把她從主人家裡偷走。我一直在留意她的下落，把波士頓和紐約所有的黑人居住地都翻遍了。西拉鳩斯、北漢普頓。她一定到了加拿大，現在也還一定在取笑蘭道爾和我。我覺得這是對我個人的傷害。所以我才會給你買這件洋裝。讓我可以想像她穿上這樣的衣服，被當成禮物獻給主人的情景。」

他恨她媽媽，和她一樣恨。恨意，加上他們心裡始終都有著她的影子，讓他們至少有了兩個共同點。

里奇威頓了一下，因為有個醉鬼想用廁所，他把那人趕走。「你逃了十個月，」他說，「讓我們把臉都丟光了。你和你媽一個樣，都是該滅絕的人。被我們帶著走了一個星期，就要回到你那該死的家，明明戴著手銬腳鐐，卻還是不停頂嘴，沒完沒了。那些遊說廢奴的人最喜歡你這種人，敢對著白人說教，好像我們都不懂這世界是怎麼運作似的。」

這獵奴人錯了，要是她到了北方，肯定會溜到他們掌控的範圍之外，消失得無影無蹤。就像她媽媽一樣。這女人至少遺傳給了她這一點本領。

「我們各盡本分，」里奇威說，「奴隸和獵奴人。主人和黑人工頭。新來的人湧入港口，政客、警長、記者和生下強壯兒子的母親們。像你和你媽媽這樣的人，在你的族群裡算是最優秀的。你們族裡的弱者早就被淘汰了，死在奴隸船上，死於我們的歐洲痘，死在替我們種棉花與靛藍的農地上。你們必須強壯才能活著付出勞力，讓我們變得更加壯大。我們把豬養肥，並不是為了娛樂自己，而是因為我們需要豬才能活下去。但是我們也不能讓你們變得太聰明。我們不能讓你們聰明到可以推翻我們。」

她上完廁所，從一疊報紙裡抽出一張逃奴懸賞公告，擦淨屁股。然後她等了等，雖然時間短得可憐，但這終究還是屬於她自己的時間。

「你還是小娃兒的時候就聽過我的名字。」他說，「我是懲罰的化身，追蹤逃奴的每一個步伐，每一個逃脫的想法。我每帶一個逃奴回來，就讓其他二十個打消趁滿月逃脫的計畫。我是秩序的化身，而消失的奴隸也是化身。是希望的化身。他們抵銷了我的功績，讓隔壁農園的奴隸心生妄想，覺得他也可以逃脫。要是我們放任這樣的事情發生，就等於聽任天命出現裂痕。這是我絕對不容許的。」

隔壁傳來的音樂變慢了。一對對跳舞的人摟著彼此，輕搖款擺。和另一個人跳慢舞是真心的對話，儘管她從來沒和任何人這樣跳過舞，希薩想和她跳的時候，她也拒絕了。他是唯一一個對她伸出手，說靠近一點的人。獵奴人說的話或許都是真的，珂拉想，每件事都有正當理由，含的兒子被詛咒，奴隸主只是遵循上帝的旨意。也或者他只是個對著廁所門講話，等著裡面的某人擦屁股的人。

珂拉和里奇威回到馬車，看見霍姆的拇指搓著韁繩，而鮑斯曼直接就著瓶子喝威士忌。「這城染病了，」鮑斯曼口齒不清地說，「我聞得出來這氣味。」他領頭離開市區，一面哇啦哇啦講著他的失望。剃鬍和洗澡都很不錯，一臉潔淨乾爽，讓年輕的他看起來幾近天真無邪。但在妓院裡，他卻無法表現出男子氣概。「那娘們渾身冒汗，臭得像豬，我知道她們得了熱病，她和她手下的那些妓女。」里奇威讓他決定要到多遠的地方紮營。

她才剛睡下沒多久，鮑斯曼就偷偷爬上馬車，一手掩住她的嘴巴。她早就準備好了。

鮑斯曼手指壓在自己唇上，被他另一手壓住的珂拉輕輕點頭：她不會叫喊。她大可以鬧起來，吵醒里奇威。鮑斯曼會道歉，結束這樁事。但她等這一刻已經好幾天了，等著鮑斯曼慾火高漲，再也無法忍受。從離開北卡羅萊納以來，他今天醉得最厲害。他們停下來過夜的時候，他讚美了她的衣服。她讓自己打起精神來，要是可以說服他解開她的鐐銬，她就可以趁著這樣的漆黑夜色逃跑。

霍姆大聲打鼾。鮑斯曼把她的鎖鍊從馬車的鐵環上解開，小心地不讓鍊條碰撞出聲。他打開她的腳鐐，緊握住她手腕上的手銬，免得弄出聲響來。他先下車，然後扶珂拉下來。幾呎之外漆黑一片，完全看不見。夠黑的了。

里奇威哼一聲把他打倒在地，開始踢他。鮑斯曼護著自己的身體，但里奇威踢中他的嘴巴。她差點就跑了。只差一點點。但這迅速襲來的暴力，這尖銳似刀的暴力，讓她驀然愣住。里奇威嚇到她了。霍姆從馬車後面提著燈出現，照亮里奇威的臉。他瞪著珂拉，臉上是難以遏止的憤怒。她有過機會，卻錯過了，現在看見他的表情，反倒鬆了一口氣。

「你想怎樣，里奇威？」鮑斯曼哭著說，倚靠著馬車輪子撐起身體。他低頭看著自己雙手上的血，脖子上的項鍊被打斷了，耳朵掉了一地，彷彿泥土長出耳朵來傾聽。「瘋子里奇威，為所欲為。我是待到最後的一個。等我走了，就只剩下霍姆吃你拳頭了。」他說，「我想他會很樂意的。」

霍姆咯咯笑，從馬車裡拿來珂拉的腳鍊。里奇威揉揉指關節，大口喘氣。

「衣服很漂亮。」鮑斯曼說，吐出一顆牙。

「你們敢再動一下，肯定要滿地找牙了。」有個人說。從暗處走出三個人。

說話的是在城裡碰到的那個年輕黑人，對珂拉點頭的那個。他這時沒看她，手指著里奇威。他臉上的金絲邊眼鏡反射著油燈的光，彷彿有火焰在他眼裡燃燒。他的手槍來回指著這兩名白人，像是找水源的人揮著引水棒。

第二個人手裡一把來福槍，個子很高，滿臉大鬍子，厚布工作服穿在他身上活像戲服。他有張大臉，紅褐色的長髮蓬蓬的，很像獅子的鬃毛。這人的態度說明了他不喜歡聽人指揮，而那傲慢的眼神也不是普通奴隸那種紙老虎似的傲慢，而是結結實實的目空一切。第三個人揮著一把獵刀，因為緊張而猛發抖，在同夥講話的間隙，他的急促喘息在黑夜裡清晰可聞。這神態珂拉很熟悉，他是個逃奴，搞不清楚逃亡過程還會碰上多少曲折的逃奴。她在希薩身上看到過，在新住進宿舍的女孩身上看到過，同時也知道自己常流露出這樣的神態。他的獵刀抖顫地指著霍姆。

她從沒見過黑人拿槍。這畫面讓她驚駭，這個變化如此之大，她一時無法吸收。

「你們三個小子迷路了啊。」里奇威說。他手上沒有半件武器。

「是啊，迷路了，我們不喜歡田納西，寧可回家去，沒錯。」帶頭的那個說，「看來你也迷路了。」

鮑斯曼咳了一聲，和里奇威互瞥一眼。他坐起來，渾身緊繃。兩管來福槍都對著他。

帶頭的人說：「我們要上路了，但我們想請教這位小姐願不願意和我們一起走。我們是比較好的旅伴。」

「你們打哪裡來的？」里奇威問。他講話的口氣讓珂拉知道他心裡正在盤算著什麼。

「從天南地北來的啊，」那人說。他有北方口音，就像希薩一樣，他是北方來的。「但我們有一天碰在一起，就一起工作了。你別蠢動，里奇威先生。」他微微轉頭，「我聽見他叫你珂拉。這是你的名字？」

她點點頭。

「她是珂拉，」里奇威說，「你認識我。這位是鮑斯曼，那是霍姆。」

一聽見自己的名字，霍姆就把油燈往拿刀的那人身上丟。玻璃燈罩砸到地上，彈到那人胸口上才破掉。火花四射。帶頭的那名黑人對著里奇威開槍，但沒打中。拿來福槍的那名紅髮男子槍法比較準。鮑斯曼往後倒，肚子瞬間冒出一朵黑色的花。

霍姆跑去拿槍，拿來福槍的男子追著他。男孩的帽子掉進火裡。里奇威和對手在泥地上搏鬥，哼啊嘶吼。他們滾了幾圈，接近燃燒的燈油。珂拉不久之前的恐懼又出現了，她從里奇威身上得到的教訓夠多了。獵奴人佔了上風，把那人壓在地上。

她可以逃跑。她這時只有手上銬著鎖鍊。

珂拉跳到里奇威背上，用手上的鐵鍊勒住他的脖子，緊緊絞進他的肉裡。她從腹腔深處發出吼叫，宛如在隧道裡迴盪的火車汽笛。她用力絞緊。獵奴人放開地上的那人，想把她甩到地上。等他終於擺脫她，在市區見過的那名黑人已經重新拿起槍了。

拿獵刀的那名逃奴扶珂拉站起來。「這小子是誰啊？」里奇威說。

霍姆和拿來福槍的那人沒有回來。帶頭指揮的這人要拿刀的逃奴去看看，自己手上的那把槍還是對著里奇威。

鮑斯曼喃喃唱起歌來。「祂會看透你的靈魂，看見你所作所為，惡人……」燈油燃起的光線明滅閃爍，但他們清清楚楚看見地上那灘血越來越多。

「他會因為失血而死。」里奇威說。

「這是自由的國家。」那人說。

「她不是你的財產。」里奇威說。

「這是法律的說法。白人的法律。但這世上還有別種法律。」他用比較溫和的語氣對珂拉說，「如果你願意，小姐，我可以替你殺了他。」他臉色平靜。

她恨不得天底下所有的壞事都發生在里奇威和鮑斯曼身上。那霍姆呢？她不知道自己希望這古怪的黑人男孩有什麼下場，因為他像是從另一個國家來的密探。

她還沒開口，那人就說：「雖然我比較想把他們鍊起來。」珂拉從地上撿起他的眼鏡。用袖子抹乾淨，三個人就這樣等著。他的同伴空手而返。

這兩個人銬住里奇威的手腕，鎖在馬車的輪子上。里奇威露出微笑。

「那孩子詭計多端，」帶頭的那人說，「我看得出來。我們得趕快走了。」他看著珂拉，「你要和我們一起走嗎？」

珂拉用腳上的新木鞋踢了里奇威的臉三下。她想，如果這世界不肯懲罰惡人，那她就自己來。沒人制止她。後來她說踢他三下，是為了他殺死的三個人，也就是小可愛、希薩和賈斯柏。她提起他們的名字，讓他們再次短暫出現於人世。但她說的不是實話。她完全是為了自己。

希薩

喬奇慶生宴的歡天喜地，讓希薩可以造訪他在蘭道爾農園唯一的庇護所。矗立在馬廄旁邊的傾頹校舍通常都空無一人。夜裡會有情侶偷偷溜進去，但他從來不在夜裡去——他需要光線，也不敢冒險點蠟燭。他到校舍去，是去看幾經爭取之後，富萊契才給他的書。他覺得情緒低落的時候，就去那裡為肩上的重負落淚；去那裡看其他奴隸在農園的活動。從窗戶往外看，他自己彷彿不是那個不幸族群的一員，而只是觀察他們活動的人，就像看著陌生人從門口經過一樣。在校舍裡，他彷彿人不在農園。

他彷彿沒被奴役。沒活在恐懼裡。沒被判死刑。

要是他的計畫得以實現，這就是他最後一次參加喬奇的慶生會了。上帝保佑。他知道這老頭很可能會宣布在下個月再辦一次慶生會。整個營區為合力在蘭道爾農場覓得的微小快樂歡欣不已。一個捏造的生日，辛勞過後在豐收月色下的舞蹈。在維吉尼亞，慶祝會是非常盛大的。教會節日和新年，希薩和家人駕著老寡婦的輕便馬車到自由人的農莊，拜訪住在其他莊園的親戚。豬肉、鹿排、薑餅、玉米麵包蛋糕。比賽進行一整天，直到希薩和同伴倒在地上大口喘氣。在這些歡慶的日子裡，維吉尼亞的奴隸主會遠遠避開。有恐怖威脅在旁邊虎視眈眈，蘭道爾的這些奴隸怎麼可能真正享受歡樂呢？他們不知道自己的生日，只好捏造。一半的人甚至不知道自己的父母親是什麼人。

我出生在八月十四日。我母親是莉莉．珍恩，父親是傑洛米。我不知道他們的下落。

透過校舍的窗戶，從兩幢白牆已經變灰、和住民同樣疲憊不堪的老木屋間隙望去，他看見珂拉在起跑線上和她最愛的那個孩子在一起。那是崔斯特，經常在營區跑來跑去，快活得令人嫉妒。一看就知道從沒挨過揍。

這孩子有點害羞的歪著頭聽珂拉講話。她微笑，飛快的一抹微笑。她對崔斯特微笑，還有小可愛，以及和她同屋的那些女人。短暫，轉瞬即逝的微笑。就像你看見地上出現飛鳥的影子，但一抬頭，什麼都沒有了。她靠配給維生，所有的東西都是定量配給的。希薩從沒和她講過話，但瞭解她。這很合理：她懂得珍惜她認為是自己所擁有的東西。她的喜悅，她的那一塊地，那根讓她可以像隻禿鷹般棲在上面的糖楓木椿。

他有天晚上和馬丁一起在穀倉閣樓上喝玉米威士忌。這男孩不肯透露酒是哪裡弄來的。他們聊起蘭道爾農園的女人。誰最可能用乳頭磨蹭你的臉，誰叫喊得最大聲，讓整個營區都知道，以及誰絕對不會透露。希薩問起珂拉。

「黑人才不惹霍伯屋的女人咧。」馬丁說，「她們會切下你的命根子，拿去煮湯。」他說起珂拉過去的故事，包括園子和布拉克那間狗屋的事。希薩想，這就對了。然後馬丁還說，她喜歡溜到外面去和沼澤的動物私通。希薩這時明白，這些摘棉花的工人比他以為的還笨。

蘭道爾農園沒有半個聰明的男人。這地方毀了他們。他們談天說笑，有工頭盯著的時候，就動作飛快，平常表現得一副大男人的樣子，半夜卻在小屋裡偷偷掉眼淚，因為惡夢與可怕的回憶而尖聲慘叫。在希薩的小屋和隔壁的幾間小屋，或是不管遠近的奴隸村裡，都是這樣的。工作完畢，白天的懲罰結束，夜晚靜靜等待著，他們真正的孤獨絕望此刻就要登場。

鼓掌與歡呼，又是一場比賽結束了。珂拉手扠腰，歪著頭，彷彿尋找隱藏在噪音裡的旋律。如何用木頭捕捉她的形象，雕刻出她的優雅與勇氣呢？他不覺得自己可以刻得出來。採摘棉花的工作讓他的手指受傷，沒辦法做細緻的雕工。這女人臉頰的弧度，輕聲耳語的嘴唇，他都雕不出來。一天終了之時，他總是雙臂顫抖，肌肉抽動。

那個白人老太婆騙了他！他理當和他爸媽一起住在他們的小屋裡，幫桶匠箍桶子，或去給其他木匠當學徒。沒錯，希薩的未來因為膚色而受限，但他從小就相信他可以選擇自己的命運。「你將來想做什麼都可以。」他父親說。

「到里奇蒙去也行？」從新聞裡看到的地方，里奇蒙似乎是最遠，也最熱鬧的地方。

「你想去的話，里奇蒙也沒問題。」

但是老太婆騙了他們，原本可以任他選擇的十字路，如今只剩下一條路，也就是在喬治亞慢慢等死。對他來說如此，對他們全家人來說也是如此。他母親纖瘦脆弱，不適合在田裡工作，而且她人太好，熬不過農園的暴行。他父親很頑強，或許可以撐得久一點，但也不會太久。老太婆徹底毀了他們全家，所以這絕對不是意外。不是因為她姪兒的貪婪，而是因為老太婆一直在玩弄他們。每回把希薩抱在腿上，多教他認得一個字，她就把套在他身上的繩子多拉緊一點。

希薩眼前浮現父親在佛羅里達煉獄砍甘蔗的畫面，俯身挨近煮著糖漿的大鍋，身體被烈焰灼傷。揹著布袋的母親跟不上其他人的腳步，九尾鞭狠狠打在她背上。不肯低頭就會被揍到骨斷血流，而他的家人在北方和友善的白人相處太久了。那些白人太友善，所以覺得不該迅速了結你的生命。至於南方，他們殺起黑鬼來一點耐心都沒有。

在農園那些殘廢的老頭老太婆身上，他看見了自己父親和母親的未來。再過一段時間，那也會是他的未來。夜裡，他會確信他們都死了；到了白天，他相信他們只是殘廢，去了半條命。不管是哪一種情況，他如今在這世上都已孑然一身。

比賽結束之後，希薩走近她。她當然會趕他走。她不認識他。這可能是惡作劇，或蘭道爾用來打發無聊所設下的陷阱。逃跑是太大的問題——你得花很久的工夫讓這個想法沉澱，在你腦袋裡打轉。希薩花了幾個月才接納了這個想法，而且還需要有富萊契的鼓勵，才能讓這個念頭真正扎根。你需要另一個人來幫你。儘管她並不知道自己已經答應了，但他知道。他告訴她說他需要她的好運——因為她媽媽是唯一一個辦到的人。對她這樣的人來說，這就算不是個侮辱，也是個錯誤。她又不是讓你帶上路求好運的兔子腳，她是帶來動力的火車頭。沒有她，他辦不到。

跳舞時發生的可怕意外印證了他的想法。有個伺候主屋的家奴告訴他，蘭道爾兄弟在大宅裡喝酒。希薩覺得這是個惡兆。那男孩提著油燈，領著兩個主人來到營區，暴力場面就在所難免了。崔斯特從沒挨過揍。這會兒挨了揍，明天還要第一次挨鞭子。他不會再玩孩子們的賽跑、躲貓貓了。他要面對奴隸的悲慘試煉。村裡沒有其他人挺身幫他——怎麼可能啊，他們？他們以前已經見過至少一百次這樣的場面了，不管是以受害者或目擊者的身分，而且在他們有生之年，還要再目睹幾百次呢。但珂拉挺身而出，用自己的身體護住小男孩，為他挨揍。她始終是個沒有人要的孤兒，漂泊不定，彷彿老早就已經走上逃跑的道路。

在珂拉挨揍之後，希薩頭一次在夜裡到校舍去，為了把書捧在手裡，確定書還在。這本書是個紀念品，紀念著他想要什麼書都可以，想花多少時間讀都可以的那段時光。

「船上的同伴，逃到礁石上，或留在救生艇上的那些人後來怎麼樣了，我並不知道。但我推斷他們全死了。」這本書會害他沒命，富萊契警告他。希薩把《格列佛遊記》用一塊粗麻布包起來，藏在校舍的土裡。再等一陣子，我們可以為你的逃亡做好準備，那位店老闆說。到時候你想要什麼書都可以。但他如果不讀書，就是個奴隸。在拿到這本書之前，他唯一能讀的，就只是印在米袋上的字。以及生產銬住他們的鎖鍊公司的名字，鐫刻在金屬上，像個抹不去的疼痛。

在金黃色的午後陽光裡，書裡的隨便哪一頁都可以帶給他支持的力量。謀略，勇氣。謀略，勇氣。書裡的這個白人格列佛不停遇到險境，在他返家之前，每到一個新的島，就有一個新的困境要解決。格列佛真正的問題就在於此——不是他所遭遇的野蠻與不可思議的文明，而是他始終忘了自己擁有什麼。這是所有的白人共同的問題：蓋了校舍，卻任其腐壞；營造了家園，卻浪跡天涯。如果希薩可以找到回家的路，他永遠都不要再出門遠行了。否則他也會從一個危險重重的小島到下一個小島，永遠不知道自己置身何處，走遍全世界也還是不知道。除非她和他一起走。有珂拉在身邊，他才找得到回家的路。

印第安納

懸賞五十元

吾人所擁有的黑奴蘇琦在二十六日，週五晚上大約十點鐘逃離吾家（沒有任何原因）。該女年約二十八歲，顴骨高，身材瘦，外表整潔，離家時身穿斜紋棉布罩衫。蘇琦不久之前仍屬L．B．皮爾斯所有，再之前則是已故威廉．M．赫立特吉的財產。她目前（從表面看起來）是本地衛理教會的虔誠教友，大部分教友都認得她。

詹姆斯．亞齊洛德

十月四日

班上盡是沒耐性的小孩，她學習成績落後。住在南卡羅萊納和躲在閣樓夾層的那段期間，珂拉為自己閱讀的進步而自豪。每個新的字彙，都是一個未知的領域，她一個字母一個字母地奮力前進。每讀完一遍唐諾德的曆書，她就覺得自己取得了一次勝利，然後又回到第一頁重新開始讀。

喬琪娜的課堂卻讓她知道自己的成就有多麼微不足道。到大會堂和他們一起上課的那天，她甚至沒聽出《獨立宣言》來。孩子們的發音清晰熟練，和邁可在蘭道爾農園的生硬背誦相去甚遠。如今文字裡藏著音韻，孩子們自信無畏地輪流朗誦時，旋律自然而然流洩而出。男孩女孩們從長椅上站起來，翻開他們抄寫的筆記，唱出開國先驅們的誓言。

珂拉班上有二十五個學生，最小的才六、七歲，不必背誦，在長椅上交頭接耳，鬧個不停，喬琪娜不得不叫他們安靜。珂拉也不必背誦，因為她是這個班、這個農場的新人，完全不懂他們的行事作風。她覺得自己很惹人注目，因為比其他人都老，而且進度落後這麼多。珂拉這時明白，當時在韓德勒小姐班上，老霍華德為什麼會哭了。他是個沒搞清楚狀況的闖入者，就像咬穿牆壁進來的齧齒動物。

廚子敲鐘，課程結束。吃過飯後，年紀較小的學生繼續上課，年紀較大的就要去工作了。離開大會堂的時候，珂拉攔下喬琪娜，說：「你把這些小黑鬼教得很好，真的。」

老師四下張望一下，確保其他學生沒聽到這句話。她說：「在這裡，我們叫他們是孩子們。」

珂拉臉頰發熱。她從來不知道這些字的意義，她馬上補上一句。他們真的懂那一大篇文章的意思嗎？

喬琪娜出身德拉瓦，有德拉瓦女人那種讓人傷神的特質，樂於和人鬥智。珂拉在瓦倫汀見過其他幾個德拉瓦女人，並不喜歡她們的這種地域特性，雖然她們烤的派還真好吃。喬琪娜說孩子們能懂多少是多少，今天不懂的，明天說不定就懂了。「《獨立宣言》就像地圖一樣，你知道那是真的，但只有自己出門去探索之後才能瞭解。」

「你真的相信？」珂拉問，因為從老師身上看不出來所以然。

從第一堂課以來，已經過了幾個月的時間。收成的工作已完成。瓦倫汀有新來的人，珂拉已經不再是常出差錯的生手了。兩個和珂拉年齡相仿的男子加入大會堂的課程，是兩個充滿渴望的逃奴，但知識水準比珂拉還低落。他們摸著書，彷彿那不是真的，充滿魔力。珂拉已經熟悉此地的生活模式。什麼時候需要自己準備餐飯，因為廚子會煮砸一鍋湯；什麼時候該帶條披肩，因為印第安納的夜晚很冷，比她以前待過的地方都冷。她也知道哪裡的樹蔭底下可以好好獨處。

現在珂拉在教室裡都坐前排，喬琪娜糾正她的書寫、算術或發音的時候，她也不再覺得心裡難受了。她們是朋友。喬琪娜很愛閒聊八卦，上課反而可以讓她不必報告農場的最新動態。維吉尼亞來的那個大塊頭長得很有趣，你不覺得嗎？我們只要一轉身，派翠西亞就把豬腳吃光。德拉瓦的女人還有一項特質，就是很愛講話。

這天下午，鐘響之後，珂拉和莫莉一起走。她和莫莉、莫莉的母親住在同一棟小屋裡。莫莉十歲，有雙杏眼，很內向，不輕易流露自己的感情。她有很多朋友，但不太喜歡和大家玩在一起。莫莉房間裡有個綠罐子，收著她的寶藏：彈珠、箭簇、缺了蓋子的項鍊墜盒。她喜歡把這些東西攤在小屋地板上，拿起來貼在臉頰上，感覺那石英的清涼，而不喜歡拿到屋外去玩。

也因此，她倆最近以來養成的習慣格外讓珂拉欣喜。每天早上莫莉媽媽早早出門上工之後，珂拉就幫她紮辮子，前幾天，莫莉放學的時候主動來拉她的手。她倆之間有了新的關係。莫莉黏著她，捏著她的手，珂拉喜歡她拉著自己走的感覺。自從崔斯特之後，就沒有別的小朋友這麼喜歡她了。

這天因為晚上有週六大餐的關係，並沒有供應午餐。所有的學生都被香味引誘，衝到燒烤的地方。負責烤肉的人從半夜就開始烹煮豬肉，讓整個農場如癡如醉。好多人都夢到自己吃了一大堆烤肉，但醒來的時候很難熬。還要等待好多個鐘頭。珂拉和莫莉也和其他人一起，餓著肚子圍觀。

在冒煙的綠木炭上，一根根長木棍撐起兩頭豬。掌管燒烤坑的是吉米。他父親在牙買加長大，傳給他一套逃奴的燒烤秘方。吉米用手指戳戳烤肉，翻翻炭，像打量格鬥的對手般繞著火堆走。他是農場上最乾癟的幾個人之一，才剛逃出北卡羅萊納的大屠殺。他喜歡把肉煮得軟軟的。因為他只剩兩顆牙。

他的一名學徒搖搖調味罐，撒下薑與胡椒。他指著站在火堆旁邊的一個小女孩，要她伸手把調味料抹在豬的裡側。滴下來的醬汁讓炭火劈哩啪啦爆裂。白煙嗆得圍觀群眾後退，小女孩尖叫。這會是完美的一餐。

珂拉和莫莉有事得回家。路程很近。和農場上大部分的工人建築一樣，這幢老木屋位在東緣，當初匆匆搭建完成，渾然不知這個社區會擴展到多大的規模。人從各地湧進，每座農園也有各自喜愛的營舍風格，所以小屋就有各種不同的樣式。較新的小屋是為了安置採摘玉米新增的人力，蓋得一模一樣，房間更寬敞，空間規劃也較用心。

哈麗葉結婚搬走之後，小屋就只住了珂拉、莫莉和西碧兒。她們分住兩個房間，另一個房間當客廳。一幢小屋通常都住三家人的。不時有新來的人或訪客來和珂拉一起住。但多半時間，她房裡另兩張床都沒人睡。

這是屬於她自己的房間。經過那麼長的監禁歲月之後，這是一個不可思議的禮物，瓦倫汀農場賜給她的又一個禮物。

西碧兒和女兒以自己的房子為榮。她們用生石灰刷洗外牆，讓牆面染上淡淡的粉紅色。客廳漆成黃色，門窗有白邊，讓整個房間在陽光下顯得生機盎然。和暖的季節，屋裡有野花裝點，即便到了秋天，也都還有紅色與金色葉子紮成的花環，來讓房間顯得光彩宜人。窗戶掩著紫色窗簾。農場有兩名木匠不時拖著傢俱來，因為他們喜歡西碧兒，忙著想引起她的注意。西碧兒拿了幾只麻布袋去染色，做成地毯，珂拉每回頭痛的時候就躺在上面。客廳裡的陣陣微風，能帶走她的疼痛。

走到門廊的時候，莫莉喊著媽媽。西碧兒正在煮著滋補的香草藥湯，比烤肉的味道還香。珂拉直接走向搖椅，這是她打從第一天就佔據的地盤，西碧兒和莫莉並不以為意。這椅子咿咿呀呀叫個不停，是西碧兒手藝比較差的那個追求者做的。西碧兒覺得他是故意做得嘎嘎響，好提醒她說他付出了多少。

西碧兒從後面出來，手在圍裙上擰著。「吉米好賣力喔。」她說，一臉饞相搖著頭。

「我等不及了。」莫莉說，打開壁爐旁邊的松木櫃，拿出她們的拼布被。她下定決心，要在晚餐前完成她最新的計畫。

她們開始動手。自從梅珀離開之後，珂拉除了簡單的縫補之外，再也沒拿過針線。霍伯屋的女人想要教她，但徒勞無功。就像在教室裡一樣，珂拉觀察同伴的做法，學著做。她剪出一隻鳥，北美紅雀，結果像是被狗啃過似的。西碧兒和莫莉鼓勵她，纏著她，要她加入她們的消遣活動，但這條拼布被縫綴得真是難看。珂拉堅持說是棉絮裡有跳蚤。針腳不平，被角綳開。她心生怪念：乾脆把拼布被掛在桿子上，當她這野蠻國的國旗算了。她想丟開，但西碧兒不准。「你得先做完這個，才可以開始做別的。」西碧兒說，「這還沒做好呢。」

珂拉不需要有人來提醒她堅毅不拔是一種美德。她還是拿起腿上的針線活兒，從她丟下的地方開始縫。

西碧兒比珂拉大十二歲，衣服襯托出她苗條的身材。但是珂拉知道，是因為離開農園，才讓這女人變得漂亮起來。她的新生活需要不同於以往的力量。她非常注重自己的儀態和走路的姿勢，彷彿以往習於彎腰工作的她，再也不肯彎腰屈服了。她以前的主人很可怕，西碧兒告訴珂拉，是個菸葉農主，每年都要和鄰近農園比收成。他的好勝心讓他變得很惡劣。「他把我們壓榨得很厲害。」她說。她的思緒輕輕飄向那悲慘的過去。這時莫莉就會冒出來，坐在她腿上，磨蹭著。

她們三個默默縫補了一會兒。烤肉坑那邊傳來一陣歡呼。只要廚工給烤豬一翻身，觀眾就喝采起來。珂拉心不在焉，沒注意到自己縫錯的地方。西碧兒和莫莉母女倆這種盡在不言中的親情之愛總是讓她很感動。女兒請求協助並不需要開口，媽媽默默伸手一指，點點頭，就幫孩子解決了難題。珂拉不習慣這麼安靜的小屋，在蘭道爾農園，永遠都有尖叫、哭喊或嘆息來打破沉默。而這種母性的表現，當然讓她更不習慣。

西碧兒在女兒兩歲的時候潛逃，帶著孩子一起跑。從大宅傳出流言說，主人因為歉收積欠債務，打算賣掉一些財產償債。西碧兒要被送去公開拍賣。她在當天晚上逃跑。滿月助她一臂之力，指引她穿過森林。「莫莉一點聲音都沒有，」西碧兒說，「她知道我們要做什麼。」越過賓夕法尼亞州界三哩之後，她們冒險去一座黑人農莊。那人給她們東西吃，拿玩具給小女孩玩，然後透過一連串的中間人，聯繫上鐵道。在渥徹斯特的女帽工廠工作一段時間之後，西碧兒和莫莉到了印第安納。這座農場很有名。

很多逃奴都以瓦倫汀為中繼站，當然不會有人透露哪些人待過這裡。西碧兒會不會碰巧認識某個喬治亞來的女人？珂拉有天晚上問。當時她已經來幾個星期了，有過一兩次可以一覺到天亮，也把躲在閣樓那段時間掉的體重補了一些回來。釣魚甩餌的聲音停息下來，讓夜晚彷彿缺了一角，需要開口問問題來彌補。從喬治亞來的女人，或許用梅珀這個名字，也或許不是？

西碧兒搖搖頭。

她當然沒見過。丟下女兒自己逃走的女人，肯定會羞愧地掩藏自己的行蹤。但珂拉遲早會問遍農場的每一個人。這座農場就像一個車站，吸引著離開某個地方、還未到下一個地方的人。她問那些在瓦倫汀待了好多年的人，她問所有新來的人，糾纏每一個來此參觀、印證傳聞是否為真的人。自由的黑人男女、留下來與繼續往下個地方移動的逃奴。她在玉米田的工作空檔，在到小鎮途中轟隆隆的馬車後座問：灰色眼珠，右手手背有一道燒傷疤痕，或許用梅珀這個名字，也或許不是？

「她說不定在加拿大，」珂拉決定問琳瑟的時候，她回答說。琳瑟是個苗條嬌小如蜂鳥的女人，才剛逃出田納西，始終洋溢著珂拉無法明白的歡快。就她以前所見，田納西只有野火、疫病和暴力，儘管她就是在那裡被羅伊德一行人所救。「現在很多人喜歡去加拿大，」梅根說，「雖然那裡冷得要死。」

冷酷的夜晚，正適合冷酷的心腸。

珂拉折起被子，回自己的房間。她蜷縮起來，不停想著母親和女兒。她也為羅伊德而煩惱，因為他已經遲了三天未歸。她的頭痛像雷雨雲，悄悄襲來。她轉身面向牆壁，一動也不動。

晚餐在大會堂外面舉行。大會堂是農場最大的一幢建築，傳說在第一次大聚會之前，他們發現這麼多人再也無法塞進瓦倫汀農舍裡，所以只花了一天的工夫就趕工蓋好大會堂。大部分日子，這裡都拿來當校舍用。星期天則是教堂。星期六晚上，農場的人聚在這裡一起吃飯，轉換心情。在本州南部郡城工作的工匠們忍著肚子餓回來，為本地白人仕女做衣服的裁縫也穿上她們最漂亮的衣服回家來。禁酒的規定在週六暫時擱一邊，愛喝酒的人可以彼此分享個幾杯，然後隔天在禮拜上就有事情可以思索了。

端上烤豬是最重要的，在松木長桌上切好，抹上醬汁。煙燻的羽葉甘藍、蕪菁、甜馬鈴薯派，還有廚房裡的其他配菜，都裝在瓦倫汀漂亮的盤子上。這裡的居民平常都很拘謹，但是吉米的烤肉一上桌，最一本正經的淑女也會爭先恐後。烤肉主廚聽到讚美就低下頭，已經在思考下一次烤肉時應該如何改進。珂拉俐落地扯下香脆的豬耳朵，把莫莉最愛的這個部分交給她。

瓦倫汀已經不再計算住在這片產業上的究竟有多少戶人家了。至少超過一百個人，不管用什麼標準衡量，這都是可觀的數字，更不要說有些黑人農夫買下毗鄰的土地，開始自己耕作。小孩大約有五十個，大多不到五歲。「自由會讓身體擁有生育能力。」喬琪娜說。除了自由之外，也因為他們知道自己不會被賣掉，珂拉心想。南卡羅萊納的女人以為自己知道什麼是自由，但手術刀一切，卻恰恰斷送了她們的自由。

烤豬吃光之後，喬琪娜和幾個年輕女人帶孩子們到穀倉去玩耍唱歌。開會的時候，小孩是坐不住的。沒有他們在場，可以讓討論更容易進行。他們所做的規劃，畢竟都是為了年輕的一代。大人們雖然擺脫了緊緊束縛他們的鐐銬，但奴隸生活偷走了他們太多的時光。只有孩子們充分享有他們夢想的好處。如果白人肯放手的話。

大會堂裡滿滿的人，珂拉和西碧兒一起坐在長椅上。今晚聚會的規模較之前縮減。下個月在剝玉米大賽之後，農場會舉辦一場最為重要的會議，討論近來辯論不休的搬遷問題。在那之前，瓦倫汀減少了週六之夜的娛樂節目。這宜人的天氣，加上聽說即將來臨的印第安納冬天冷到不行，讓沒見過雪的人不寒而慄，所以大家都忙著各種活動。進城玩成了消磨時間的好消遣。社交往來也常安排在晚上，因為現在有很多黑人在此定居，成為大移民潮的先鋒部隊。

農莊管理階層的人大部分都在外地。瓦倫汀本人去和芝加哥的銀行會面，他的兩個兒子隨行，因為都大得可以幫忙管帳了。藍德和紐約新成立的廢奴組織一同到新英格蘭巡迴演講，組織內部的事務讓他忙得團團轉。他這趟深入鄉間的活動，無疑能讓他對即將到來的大會議提供更多意見。

珂拉打量左鄰右舍。她原本希望吉米的烤豬能吸引羅伊德回來，但他和他的父母仍在為地下鐵道的任務奔忙。他們音訊全無。農場收到可怕的消息，說前一夜有幾個滋事的黑人被絞死，就在往南三十哩外，受害人據說是為地下鐵道工作，但具體的事實則不清楚。有個臉上長雀斑的女人是珂拉不認得的——近來農場有太多陌生人——大聲講著私刑的事。西碧兒轉頭叫她安靜，然後摟了摟珂拉。這時，葛洛麗亞．瓦倫汀走上講台。

葛洛麗亞以前在靛藍農場的洗衣房工作，約翰．瓦倫汀就是在那裡認識她的。「那是我這雙眼睛未曾見過的美麗容顏，簡直可以用美味來形容。」瓦倫汀喜歡對新來的人這麼說，強調著

「美味」，彷彿舀起一匙溫熱的焦糖。瓦倫汀當時並不常拜訪其他奴隸主，但他和葛洛麗亞的主人合作運送飼料。那個星期結束時，他為她贖回自由。再過一個星期，他們就結婚了。

她到現在還是秀色可餐，舉止優雅，彷彿上過白人千金念的那種精修學校。她說她並不喜歡代替丈夫出席會議，但在眾人面前的輕鬆自在，卻讓人覺得她頗樂在其中。葛洛麗亞很努力消除自己的農園腔調，珂拉就曾聽過她在故作輕鬆時，不小心洩露了舊有的腔調。但她生來美麗動人，無論膚色黑白，她都是個大美人。每當瓦倫汀變得強硬，實事求是的語氣壓過慷慨大方的態度時，葛洛麗亞的介入，通常都可以讓氣氛獲得緩和。

「大家今天過得好嗎？」大會堂安靜下來之後，葛洛麗亞說，「我在儲藏根莖菜的地窖待了一整天，一出來就看見上帝今天賜予我們的禮物。天空，以及烤豬……」

她為丈夫的缺席致歉。約翰．瓦倫汀想藉著這一季的豐收，和銀行重新談判貸款。「上帝知道，未來還有許多困厄，心靈能享受到一些平靜，真是美好。」她對敏戈微微頷首。敏戈坐在前座，緊挨著平常保留給瓦倫汀坐的座位。他是個中等身材的壯碩男子，身穿紅色格子西裝，襯得一張西印度群島臉孔更顯活力。他說聲阿門，然後轉頭對大會堂裡的盟友點頭致意。

西碧兒用手肘碰碰珂拉，方才的這一幕是農場政治辯論的具體化，也是對敏戈立場的認可。近來大家對於西遷的問題議論紛紛，因為往西越過阿肯色河，黑人城鎮有如雨後春筍般紛紛興起。那些地方既未與蓄奴州接壤，也從未支持奴隸制度的惡行。敏戈主張留在印第安納州，但要嚴格縮減庇護的對象，不再收留逃奴或犯罪的人。也就是像珂拉這樣的人。川流不息的知名訪客讓農場聲名遠播，成為黑人崛起的象徵，但也讓他們成為被攻擊的目標。畢竟，恐怖的黑人暴動，憤怒的黑色臉孔環伺，讓很多白人紛紛離開南方。然而他們來到印第安納，緊鄰的隔壁農莊卻是正在崛起的黑色國度。這樣的事情往往都會以暴力告終。

西碧兒討厭敏戈，他生性油腔滑調，不時耍心機，合群的表面底下潛藏著跋扈的本性。沒錯，這人身上有著高貴的傳奇色彩：他靠著週末向主人請假外出打工，攢錢為妻子贖回自由，接著是子女的自由，最後他自己也獲得自由。對這驚人的成就，西碧兒卻不以為然，這人只是走運，碰上個好主人罷了。敏戈只是個投機分子，以他自己的黑人進步論攪得整個農場一團亂。下個月的集會上，他就要和藍德一起發表演說，決定他們的未來。

珂拉並沒像西碧兒這樣嘲笑他。基於逃奴給農場帶來的矚目，敏戈向來與她保持距離，後來聽說她因為殺人被通緝，更是對她視而不見。然而，這人救了自己的一家人，他很可能在還沒有完成任務之前就把自己給累死了，這是非常了不起的事。她去上課的頭一天，他的兩個女兒——亞曼達與瑪蕊——就流利地背誦《獨立宣言》。她們都是值得讚賞的孩子。但是珂拉不喜歡他講的那些漂亮場面話。他的微笑讓她想起往昔在農園那個自鳴得意的渾蛋布拉克。敏戈不需要蓋狗舍的地方，但肯定很期望擴展自己的疆域。

葛洛麗亞說，音樂表演很快就要開始。今天晚上沒有瓦倫汀所謂的「貴客」——也就是衣著光鮮，講話帶北佬口音的人——但還是有幾位遠道而來的客人。葛洛麗亞請他們站起來，一一介紹，接受大家的歡迎。接著是餘興節目。「在各位消化美食的同時，我們也獻上甜蜜點心，」她說，「大家應該都認得這位最有才華的年輕人，因為他以前來過瓦倫汀。」

前一個星期六，是個懷孕的歌劇歌手，遠從蒙特婁來的。再更前一個星期六，是個康乃狄克來的小提琴手，拉奏的樂曲感人至深，讓一半的女人都為之落淚。今天晚上來的是位詩人。林塞・布魯克斯很瘦，表情嚴肅，身穿黑色西裝，打黑領結。他看起來像個巡迴講道的傳教士。

他三個月前和俄亥俄州的一個代表團來過。瓦倫汀農場真的名不虛傳嗎？有位致力提升黑人地位的白人老太太組織了這個考察團。她已逝的丈夫是波士頓有名的律師，她籌募基金，從事好幾項不同的投資，但最主要的任務是出版與宣傳黑人文學。聽過藍德的演說之後，她就安排出版他的自傳，委託的是一家出過一系列莎士比亞悲劇的出版社。自傳初版裝幀精美，封面印有鑲金葉的埃利嘉・藍德大名，幾天之內就銷售一空。林塞的手稿也將在下個月出版，葛洛麗亞說。

詩人親吻女主人的手，請求她允許他和大家分享幾首詩。據喬琪娜說，林塞追求牛奶房的某個女孩，但他那不著邊際的甜言蜜語，只顯示出他是個不知人生疾苦的年輕人。「誰知道我們會面對什麼樣的命運，」他第一次來瓦倫汀的時候問珂拉，「會樂於結識什麼樣的人？」羅伊德突然出現在她身邊，拉她離開詩人的甜言蜜語。

她早該知道羅伊德想幹嘛。要是她知道他的不見蹤影會對她造成這麼大的影響，她就該拒絕他。

在葛洛麗亞的許可下，詩人清清嗓子。「色彩斑斕的奇蹟，我曾眼見，」他唸道。聲音忽高忽低，彷彿逆風而行。「在田野盡頭，拍著天使的翅膀，揮舞光燦盾牌……」

大會堂響起讚美上帝與驚嘆之聲。面對觀眾的反應，林塞忍住不微笑，這是他的表演效果。珂拉聽不太懂他的詩：偉大神靈的降臨，尋求天啟的人等待信息。橡實、樹苗與高大橡木之間的對話。同時也歌頌班傑明．富蘭克林與他的足智多謀。她對詩一點感覺都沒有。詩太像禱告了，意在煽起令人懊悔的熱情。明明操之在己，卻等待上帝拯救。詩和禱告在人們腦袋裡塞進了會害他們送命的意念，讓他們忽視這世界冷酷無情的機械化運作。

吟詩之後，樂手準備登場，是幾位剛到農場不久的樂手。詩人為接下來的舞蹈營造了氣氛，讓大家沉浸在飛翔與解脫的幻象裡。如果這樣能讓他們開心，珂拉又憑什麼藐視他們呢？他們把自己的某些部分投射到他詩裡的角色身上，把他們的臉移植到他的角色臉上。他們在班傑明．富蘭克林或他的發明上看見了自己嗎？奴隸是工具，所以他們或許是把富蘭克林的發明化為自己的形象了，可是這裡沒有人是奴隸啊。在遙遠的他方，他們或許是某人的財產，但在這裡不是啊。

這整座農場有點超乎她的想像。瓦倫汀一家創造了一個奇蹟。她就坐在這裡活生生見證這個奇蹟。不只如此，她自己也是這個奇蹟的一部分。她太輕信南卡羅萊納的許諾。如今，她心裡苦澀的那個部分拒絕接受瓦倫汀農場的寶藏，儘管每一天都有一朵充滿福分的花兒綻放。譬如有個小女孩拉起她的手。譬如她為心之所愛的男人牽腸掛肚。

林塞最後呼籲眾人無分老少，都應培養藝術氣質。「讓阿波羅的餘燼重新燃起火焰，在每個凡人身上。」有個新來的人把講台推到舞台的另一邊，這是給樂手的信號，也是給珂拉的信號。

西碧兒已經熟知她這位朋友的作風，和她親吻道別。大會堂裡悶不通風，外面則涼爽、陰暗。大家把長椅拉開，挪出空間來跳舞。珂拉就在椅腳刮擦地板的聲音中離去。她一路上碰到的人都對她說：「你走錯方向了啦！」

回到家，羅伊德倚在門廊的柱子上。雖然光線很暗，但她辨識得出來他的輪廓。「我以為你要等到斑鳩琴響才離開。」他說。

珂拉點起燈，看見他烏青的眼睛，黃紫色的腫塊。「噢，」她說，抱著他，臉貼在他脖子上。

「只是打了一架啦。」他說，「我們脫身了。」珂拉顫抖，他在她耳邊說：「我知道你擔心。我今天晚上不想和大家混，所以在這裡等你。」

在門廊上，他們坐在那位求愛木匠送的搖椅上，酣飲夜色。他挪動身體，兩人肩挨著肩。她告訴他今晚他錯過的節目，詩與大餐。

「以後還會有的。」他說，「我有東西要送你。」他在真皮袋子裡翻找。「這是今年的版本，雖然現在已經十月了，但我想你應該會喜歡的。等我找到有明年新版的地方，就去給你帶一本回來。」

她抓著他的手。這本曆書有種古怪的肥皂味，而且一翻開就有劈啪的聲音，彷彿火在燒。她從來都不是第一個翻開書的人。

到農場一個月之後，羅伊德帶她到幽靈隧道。

珂拉抵達的第二天就開始工作，心中始終牢記瓦倫汀的座右銘：「留下，貢獻。」這是個要求，也是個藥方。她先是在洗衣房貢獻力量。洗衣房的領班阿梅莉亞在維吉尼亞認識瓦倫汀，兩年之後就追隨而來。她好聲好氣警告珂拉，別「虐待衣服」。珂拉很快就重拾她在蘭道爾農園的勞動習慣。雙手的勞動，讓她想起以往那可怕的生活。她和阿梅莉亞最後斷定，她還是比較適合做別的工作。她在牛奶房幫了一個星期的忙，接著又去協助保姆，幫上工的爸媽照顧寶寶。之後，在印第安納玉米田的葉子轉黃之際，她開始到農田裡施肥。珂拉彎腰在田埂工作的時候，還是忘不了以前的事，不時抬頭尋找監工的身影。

「你看起來很疲倦。」八月的一個夜晚，剛聽完藍德的演講之後，羅伊德對她說。藍德的演說近似佈道，講的是擺脫奴隸的枷鎖之後，所會面臨的人生目標困境。自由會帶來多重的挫折，他說。珂拉和農場的其他人一樣，對藍德尊敬有加。他彷彿是來自遠方的異國王子，教導他們深刻瞭解，在高尚的地方，人們是如何生活的。那些地方如此遙遠，他們只能在地圖上找到。

埃利嘉．藍德的父親是個有錢的波士頓律師，與黑人妻子一起生活，完全不避人耳目。他們被自己的社交圈排擠，深受其苦。但人們夜半的竊竊私語，卻把他們的子嗣描繪成非洲女神與平凡白人的結合，是半人半神。在他發表演講之前，高貴白人在冗長的開場白裡就是這麼介紹他的。而藍德也確實表現出他早慧的聰明才智。幼年體弱多病的他，把家裡的書房當成他的遊戲場，想盡辦法從書架搬下各種書來讀。年僅六歲，他的鋼琴演奏就有歐洲大師的水準。他總是在空無一人的客廳舉行獨奏會，對著不存在的觀眾鞠躬。

透過家族朋友的說項，他進入聲名卓著的白人學院，成為該校第一名有色人種學生。「他們給我奴隸通行證，」他形容說，「而我卻用來惹是生非。」藍德住在工具間，沒有人想讓他成為自己的室友。但四年後，同學們卻推選他為畢業生代表，在畢業典禮上致詞。他宛如智慧遠高於現代世界的某種原始生物，在重重障礙間輕巧穿梭前進。藍德想做什麼都可以。他可以當外科醫生，當法官。新英格蘭地區的上流階級人士敦促他到首都，往政界發展。他突破了種族的詛咒，躋身美國極其狹小的上流菁英圈。有人或許會安於悠遊在這個小空間裡，獨自享受。但藍德想為其他人拓展空間。有時候獨樂樂不如眾樂樂。

最後他選擇到處發表演說。先是在他爸媽家的客廳對波士頓名流演說，接著是在這些波士頓名流家裡，然後到新英格蘭各處的黑人聚會所、衛理教會和演講廳。有時候在某些建築裡，他甚至是除了蓋房子的男人和打掃的婦人之外，第一個踏進屋裡的黑人。

氣得滿臉通紅的警長以煽惑滋事的罪名逮捕他。他因為鼓動暴亂而下獄，但那些活動既不暴力也不混亂，完全是和平集會。馬里蘭法官大人愛德蒙·哈里遜簽發逮捕令，說他「散布可恨的教條，嚴重危及良善社會的結構」。白人暴徒狠狠修理他，還好被來聽他朗讀《美國黑人權利宣言》的人所拯救。他寫的宣傳小冊和隨後出版的自傳，從緬因州到佛羅里達都被丟進火堆燒掉，連同他的肖像。「燒掉肖像，總比燒掉本人好吧。」他說。

在平靜的表象之下，究竟有什麼個人傷痛刺激著他，誰也不知道。他永遠都是冷靜而漠然。

「我是植物學家所謂的『混種』。」珂拉第一次聽他演講時，他說。「兩種不同科植物混合的結果。就花卉來說，這樣的混合會開出悅目的花朵。但是這樣的混合如果是在活生生的人身上，有些人就覺得是極大的侮辱。在這個會堂裡，我們都知道這是什麼——這是降生於世的一種新的美，在我們四周燦爛盛開。」

那個八月的夜晚，藍德演講結束之後，珂拉和羅伊德坐在大會堂的台階上。其他居民不斷從他們身邊走過。藍德的話讓珂拉的情緒陷入低落。「我不希望他們把我趕出去。」

羅伊德把她的手掌翻過來，輕輕撫摸她新長成的繭。不必煩惱這個，他說。他提議兩人一起出門去欣賞印第安納的景色，讓她可以稍微休息一下。

隔天，他們駕著兩匹雜色馬拉的輕便馬車啟程。她之前就用工資買了一套新衣新帽。帽子可以遮住她太陽穴上的傷疤，大部分。最近以來，這道疤總是讓她緊張。她以前從未長久思考過標籤的問題，也就是奴隸主在他們財產上烙下的X、T，或幸運草圖案。西碧兒脖子上有個馬蹄鐵形狀的烙印，紫色的，很醜。因為她的第一個主人是養役馬的。珂拉感謝上蒼，她的皮膚上並沒有這樣的烙印。但是就算肉眼看不見，我們每一個人心裡也都有烙印。蘭道爾手杖留下的傷疤也和烙印一樣，標示著她是他的財產。

珂拉到過市區很多次，甚至還曾經走上階梯，去白人烘焙店裡買蛋糕。羅伊德帶她往另一個方向去。天空一片灰，但天氣還是很和暖，是個讓你知道這樣的日子就快過完的八月午後。他們在草地旁邊的山楂樹下停車野餐。他準備了麵包、果醬和香腸。她讓他的頭枕在她腿上。她想要摸摸他耳朵旁邊柔軟的黑色鬈髮，但暴力的往事襲來，讓她驀然住手。

回程，羅伊德讓馬車轉向一條雜草叢生的小路。若非他帶路，珂拉根本就看不出來這裡有條路。三角葉楊樹掩住了小徑入口。他說他要帶她去看個東西。她以為是要去無人知曉的池塘或幽靜地方。結果他們繞過一個彎，停在一棟孤伶伶、搖搖欲墜的房屋前面。這幢房子顏色慘灰，像塊被嚼過的肉，護牆板剝落，野草從屋頂冒出來。這該怎麼形容呢——「飽經風霜」！這房子活像被鞭打過的雜種狗。站在門口，她略有遲疑。這陰森的氣氛與恣意生長的苔蘚讓她心生寂寥，儘管羅伊德就在身邊。

主廳的地板也長滿野草。那臭味讓她不禁掩住鼻子。「比較起來，糞肥的味道簡直是香的。」她說。羅伊德哈哈大笑，說他向來覺得糞肥是香的。他打開通往地窖的掀門，點亮蠟燭。樓梯吱嘎響。有動物在地窖裡匆匆爬過，為他們的闖入而覺得憤怒。羅伊德數了六步，開始挖，直挖到第二道掀門出現。他們穿過掀門往下走，到了車站。他要她小心腳步，因為灰色的黏土很滑。

這是她截至目前所見，最淒涼，也最簡陋的車站。從階梯到鐵軌之間沒有任何月台相隔，台階下面就是軌道，直接延伸向漆黑的隧道。軌道上有輛小手搖車，鐵泵桿等著有人去壓動。就像北卡羅萊納的那座雲母石礦一樣，這裡有長長的木板和支柱撐起牆壁和天花板。

「這裡沒辦法走火車，」羅伊德說，「隧道太小了，看見沒？這裡和其他路線並不相連。」已經很久沒有人用過了。珂拉問這條隧道通往哪裡。

羅伊德咧嘴笑，「這隧道比我年紀還大。我接下這個工作的時候，原本的站長帶我轉了一圈。我試用那輛手搖車，走了幾哩，但是很不安全，兩邊的牆面挨在一起，越來越窄。」珂拉知道最好別問這是誰蓋的，地下鐵道的每一個人，從藍伯利到羅伊德，都不想聽到「你覺得這是誰蓋的？誰創造了這一切？」之類的問題。她得讓他有一天自己告訴她，珂拉決定。

幽靈隧道從來沒啟用，羅伊德說，就大家所知。沒有人知道這是什麼時候挖的，或者住在上面的人是誰。有幾個工程師告訴他說，這房子是某個像路易士與克拉克[9]那樣探索並為美國荒野繪製地圖的探勘員蓋的。「要是你見識過整個國家，」羅伊德說，「從大西洋到太平洋，壯麗的尼加拉大瀑布和格蘭德河，你還會想在這裡，在印第安納的樹林裡安家落戶嗎？」有位老站長說，這房子是革命戰爭時期一位地位重要的將軍的家，因為見過太多殺戮，在協助建立起這個年輕的國家之後，就隱居在此。

隱居的故事聽起來比較合理，但羅伊德認為關於戰爭的那個部分只是為了譁眾取寵。珂拉是不是注意到，這裡完全沒有人住過的痕跡，牆上沒有釘子，甚至連半根牙籤的影子也沒有。

有個想法如陰影一般，驀然襲上她的心頭：這個車站不是地下鐵道的起站，而是終點站。建築工事並不是從這幢房子底下開始，而是從漆黑隧道的另一頭挖過來的，彷彿只要逃到這裡，就再也沒有必要逃向他方。

上方的地窖裡，食腐動物已經開始活動，發出刮擦的聲音。

這真是個陰冷潮濕的小洞。以此為起點的旅程必定下場悲慘。她上回離開的那座車站燈光明亮，非常舒適，帶她來到豐衣足食的瓦倫汀。那是在田納西，逃離危險的里奇威之後，等待被接運。一想到那天晚上的事，她的心跳馬上加速。

他們一離開獵奴者和他的馬車，拯救她的人就自己報上名號。她在城裡看見的這人叫羅伊德，他的同伴叫阿紅，因為有一頭鏽紅色的鬈髮。膽小的那個叫賈斯汀，和她一樣，也是逃奴，不習慣對白人揮舞獵刀。

珂拉答應和他們一起走——從來沒有人這麼客氣地對她提出根本無從拒絕的要求——他們三個人就迅速掩藏方才打鬥的痕跡。霍姆人不知在哪裡，想必是躲在暗處吧，這讓他們必須加緊行動。阿紅拿著來福槍監看四方，羅伊德和賈斯汀先後把鮑斯曼和里奇威鍊在馬車上。獵奴者沒有開口，只張著流血的嘴巴對珂拉冷笑。

「那邊。」珂拉指著說。阿紅把里奇威的鎖鍊扣在他以前鍊住珂拉和賈斯柏的那個鐵環上。他們把獵奴者的馬車駕到田野的另一頭，馬路上看不見的地方。阿紅把馬車上的鐵鍊全拿出來，鍊住里奇威五圈，然後把鑰匙丟進草叢裡。他們把馬趕跑。至於霍姆，一點聲息都沒有，他也許就躲在油燈照不到的地方。不管這些做法能給他們爭取到多少時間，想必都夠了。他們動身

❾ 路易士（Meriwether Lewis）和克拉克（William Clark）在一八〇四到一八〇六年組織的一支探險隊，從美國東岸出發，直抵美國西岸，是美國第一次橫越內陸的探勘活動。

時，壓抑已久的鮑斯曼發出一聲嘆息，珂拉覺得那是他垂死的悲鳴。

從里奇威的營地走一小段路，就到了珂拉這幾位拯救者停車的地方。他們即刻啟程，她和賈斯汀躲在車後的厚毛毯底下。馬車飛奔，夜色漆黑，加上田納西道路路況極差，這樣的速度簡直瀕臨危險境地。因為匆匆上路，羅伊德和阿紅竟然忘了給他們車上的這兩個「人貨」蒙上眼睛，跑了好幾哩才想到。羅伊德很不好意思。「這是為了車站的安全，小姐。」

地下鐵道的第三段旅程始於一座馬廄下方。對已有過幾次經驗的珂拉來說，車站意味著走下長到不可思議的樓梯，進到地下，然後看見另一個車站的面貌。羅伊德解開蒙在他們眼睛上的布，說這房子的主人出門辦事了，藉此撇清他和這件事的關係。珂拉始終不知道屋主的名字，也不知道這裡是哪裡。只知道這又是一個習於隱密行事的人，而且喜歡進口的白磁磚。因為車站牆面鋪的全是白磁磚。

「每次我們下來，都會發現一些新東西。」羅伊德說。他們四個坐下來等火車，身旁的桌子鋪著白色桌布，椅子有厚厚的紅色椅墊。花瓶裡插著鮮花，牆上掛著農村風景畫。桌上有個雕花水晶水瓶、一籃水果，還有一條黑麥麵包，供他們食用。

「這是個有錢人的家。」賈斯汀說。

「他喜歡營造氣氛。」羅伊德回答說。

阿紅說他喜歡白磁磚，比原本的松木牆板好看。「我不知道他一個人是怎麼辦到的。」他說。羅伊德說，他希望那人的幫手嘴巴夠緊。

「你殺了那個人。」賈斯汀說。他有點驚呆了。他們在櫃子裡找到一瓶酒，這逃奴盡情地喝。

「問問這位小姐，那人是不是罪有應得。」阿紅說。

羅伊德抓住阿紅的前臂，讓他別再發抖。他這個朋友從未殺過人。光是他們做這件事的動機，就足以讓他們被絞死，而殺人凶手的罪名，肯定更會讓他們在上絞架之前，先被狠狠凌虐一番。珂拉告訴羅伊德說她在北卡羅萊納因為殺人而遭通緝，他嚇了一大跳，平靜下來之後說：「這麼說來，從我在那條髒亂的街上看見你的第一眼開始，我們就已經走上不歸路了。」

羅伊德是珂拉認識的第一個自由黑人。南卡羅萊納有很多自由黑人，搬到那裡尋找所謂的「機會」，但他們都曾經是奴隸。而羅伊德卻生來就是自由人。

他在康乃狄克長大，父親是理髮師，母親是助產士。他們也都是自由人，從紐約來的。羅伊德到了可以工作的年齡，就在爸媽的安排下，跟著一名油漆匠當學徒。他父母親覺得擁有正當職業才能擁有尊嚴，家族也才能開枝散葉，讓下一代都比前一代更有成就。如果北方可以廢除奴隸制度，那麼總有一天，這可惡的制度在所有的地方都會崩潰。黑人在這個國家的故事或許以屈辱揭開序幕，但終會贏得繁榮成功。

若是他爸媽早點意識到他們的往事回憶會帶給這個兒子多大的影響，或許在提起家鄉舊事的時候就會多所保留。羅伊德十八歲的時候去曼哈頓，從渡輪上看到這座宏偉城市的第一眼，就註定了他此後的命運。他和其他三個人在曼哈頓五岔路的黑人供膳公寓合租了一個房間，掛起招牌當理髮師，直到碰見大名鼎鼎的尤金・惠勒。這位白人在一場反奴會議上主動和羅伊德攀談，對他印象很好，邀他隔天到辦公室。羅伊德在報上讀過這人的輝煌成就，他是律師、廢奴鬥士，奴隸販子和所有從事這類齷齪勾當的人都很恨他。羅伊德負責到市立監獄搜尋需要律師出面協助辯護的逃奴，在莫測高深的人物之間傳遞信息，並替廢奴團體發錢給搬遷到新居地的逃奴。在正式加入地下鐵道運作之前，他已經幫他們做了很久的周邊工作了。

「我負責給活塞上油。」他總喜歡這麼說。羅伊德在分類廣告裡刊登加了密碼的訊息，把開車的時間通知給逃奴和站長知道。他買通船長和警察，划著漏水的小船載運渾身發抖的孕婦過河，把法官簽發的釋放令交給眉頭深鎖的典獄長。通常來說，他都和白人兩人一組，但羅伊德機智和自豪的神態讓他的膚色不再成為障礙。「自由的黑人連走路都和奴隸不一樣，」他說，「白人一眼就看得出來，就算他們自己不知道。走路不同，講話不同，展現出來的態度完全不同。這是從骨子裡散發出來的感覺。」警察從未拘留他，綁架犯也離他遠遠的。

他和阿紅搭檔，是從印第安納的任務開始的。阿紅來自北卡羅萊納，在執法者絞死他的妻兒之後逃走。他沿著自由之路走了好幾哩，想找到妻兒的屍體，好好道別。他沒找到。這條掛滿屍體的道路似乎向四面八方延伸，長得沒有盡頭。到了北方之後，阿紅和地下鐵道有了聯繫，帶著他的足智多謀投身此一志業。聽說珂拉在喬治亞意外殺死那個男孩，他微笑說：「很好。」

接運賈斯汀的任務從一開始就不太尋常。田納西不在羅伊德的任務範圍之內，但是自從野火燎原之後，這裡的代表就失去聯絡。取消火車會帶來極大的災難。因為一時沒有其他人可找，所以羅伊德的上司只好派兩名有色人種深入田納西荒地。

帶槍是阿紅的點子，羅伊德從來沒拿過槍。

「你拿在手裡很合適，」羅伊德說，「可是重得像大砲。」

「你看起來很可怕。」珂拉說。

「但我在發抖，心裡在發抖。」他對她說。

賈斯汀的主人常把他租出去幫別人做砌磚石的工作。有個很有同情心的僱主替他和地下鐵道做好安排。但有一個條件——賈斯汀得先把這人產業周圍的石牆砌好才能搭車走。後來他們達成協議，雖然還有三塊石頭的缺口沒完成，但只要賈斯汀清楚交代怎麼完工，也是可以的。到了約定的那天，賈斯汀最後一次出門上工。一直要到晚上才會有人發現他不見了，而雇用他砌牆的這位僱主堅稱他那天早上根本沒出現。十點鐘，他已經在羅伊德和阿紅的馬車後面。但在城裡碰見珂拉時，計畫改變了。

火車開進田納西站。這是珂拉見過最漂亮的火車頭，儘管蒙著煤灰，但閃亮的紅色外皮仍然反射著光線。火車駕駛個性開朗，聲音低沉洪亮，不拘小節地打開乘客車廂門。珂拉懷疑隧道裡有某種瘋病，讓每一個火車駕駛都被感染了。

搭過搖搖晃晃的貨車車廂，以及載她到北卡羅萊納的載物平台之後，珂拉踏進這個貨真價實的乘客車廂：配備齊全，舒舒服服，和她在曆書上讀到的一模一樣。她心中歡喜得難以形容。車廂裡有可以坐得下三十個人的座位，座椅豪華而柔軟，在燭火的照耀下，銅製配件閃閃發光。剛上過亮光漆的味道，讓她覺得自己是這火車神奇處女航的第一批乘客。珂拉一人獨佔三個座位，躺下來睡著了。這是幾個月以來，她頭一次擺脫了鐐銬與陰森的閣樓。

她醒來的時候，火車還在隧道裡轟隆隆前進。要是想見識這個國家，就得搭火車。透過縫隙偷偷往外瞄，就會看見美國真正的面貌。這是個笑話，從一開始就是。她的火車之旅，窗外只有漆黑一片，永遠都只有黑暗。

賈斯汀坐在她前面的座位上開口講話。他說他哥哥和他沒見過面的三個姪兒住在加拿大。他在農場待個幾天，就要繼續北行。

羅伊德要這名逃奴放心，鐵道聽候他差遣。珂拉坐起來，羅伊德把剛才對賈斯汀說的話，再對她說一遍。她可以繼續前往印第安納的中繼站，或是留在瓦倫汀農場。

白人把約翰．瓦倫汀當他們自己人，羅伊德說。他的膚色很淺。但是所有的黑人都一眼就看得出來，他有衣索比亞血統。不管有沒有黑人的鼻子、嘴唇或頭髮。他母親是裁縫師，父親是個幾個月路過一次的白人商販。父親死後，把產業留給兒子，這是他首度承認流落在外的這個孩子是他的骨肉。

瓦倫汀嘗試種馬鈴薯。他雇了六個自由黑人來替他耕種。他從沒宣稱自己不是黑人，但也不糾正其他人的想法。瓦倫汀買下葛洛麗亞的時候，也沒有人多想。把女人留在身邊的方法就是給她套上枷鎖，特別是像約翰．瓦倫汀這種情場新手。只有約翰自己、葛洛麗亞和遠在本州另一頭的法官知道她是自由人。他喜歡看書，也教妻子識字。他們有了兩個兒子。他給他們自由，鄰人認為他心胸寬大，雖然不免有些浪費。

大兒子五歲時，瓦倫汀的一個車夫被控眼睛亂瞄遭到處死，先是絞死，再把屍體焚毀。這車夫的朋友說他當天根本沒進城。和瓦倫汀交情不錯的銀行員告訴他，據說是那個女人想挑起情人的嫉恨，才做莫須有的指控。隨著時間一年年過去，瓦倫汀看見種族暴力只有越來越嚴重，不可能平息，不可能消失，至少在短期之內不可能，在南方不可能。他和妻子斷定，維吉尼亞不是成家立業的好地方。他們賣掉土地，另擇他處。印第安納土地比較便宜，雖然也有白人，但距離沒這麼近。

瓦倫汀摸熟了種印第安玉米的訣竅，連續三季幸運豐收。他回維吉尼亞探訪親戚，大力宣傳新家園的優點。他雇用了昔日的好友，甚至在他們找到安家的處所之前，還讓他們住在他家裡。他的農田不斷擴大。

他們都是他邀請來的客人。珂拉後來才知道，這座農場的源起始於一個冬夜，一場緩慢飄落的大雪之後。出現在門口的女人慘不忍睹，幾乎快凍死了。瑪格麗特是從德拉瓦逃出來的奴隸，來此的道路曲折艱辛，逃離主人之後，又碰上一連串的惡人。一個設陷阱捕獵的獵人，一個跑江湖賣藥的。她還曾跟著一個巡迴牙醫跑過一個又一個城鎮，直到他開始施暴。暴風雪讓她在半路上進退不得。她祈求上帝恩賜奇蹟，保證必定會改過向善，不再重蹈逃亡過程中的種種惡行與敗德行為。瓦倫汀的燭光在黑暗中出現。

葛洛麗亞盡力照顧這位訪客，醫生騎馬前來。瑪格麗特感染的風寒始終沒有好轉，幾天之後過世。

之後，瓦倫汀再度赴東部洽公，看見一張廢奴大會的傳單，讓他駐足。雪夜的那個女人宛如使者，代表了被剝奪的族群。他投身他們的志業。

到了秋天，瓦倫汀農場已成地下鐵道最新的辦事處，逃奴與站長來來往往。有些逃奴留下來，只要願意奉獻心力，他們愛留多久都可以。他們在農場種植玉米。以前在農園當磚匠的人，在一塊雜草叢生的荒地上，替一個以前幹鐵匠的蓋了個鍛鐵爐。鍛鐵爐以驚人的速度產出鐵釘。男人們砍倒樹木，蓋起小屋。一位聲望卓著的廢奴主義者在前往芝加哥途中來到農園，原本只打算待一天，結果卻住了一個星期。各界名人、演說家、藝術家開始參加週六晚上的黑人問題討論會。有個自由人的妹妹在德拉瓦州碰上麻煩，到西部來找尋重新開始的機會。瓦倫汀和農人家長們付她薪水，讓她教他們的子女，而這裡的小孩源源不絕。

羅伊德說，瓦倫汀憑著自己的白面孔，在郡議會取得議員資格，還為其他黑人買地皮，包括他的朋友，以前在他農園工作、現在到西部來的幫手，以及在他的農場得到庇護的逃奴。他們在這裡找到人生的目標。瓦倫汀剛來的時候，印第安納的這一帶人煙稀少，但隨著無法遏止的渴望，一個個城鎮如雨後春筍般出現，而黑人農場點綴其間，猶如山巒與溪流，都是大自然風貌的一部分。有一半的白人商店都靠黑人顧客維持生意，廣場和週日市集也滿是販賣手工藝品的瓦倫汀居民。「這是個療癒的地方，」在往北開的火車上，羅伊德告訴珂拉，「是你可以儲備心力，為下一趟旅程做好準備的地方。」

前一夜在田納西，里奇威說珂拉和她媽媽是美國天命的裂痕。如果兩個女人就算是個裂痕，那麼一整個社區的人會是什麼呢？

羅伊德沒提到主宰瓦倫汀每週會議的道德辯論。對黑人族群下一階段的發展，敏戈已有腹案；而藍德的訴求高尚但卻晦澀，並無法提供簡單的解決方案。救出珂拉的羅伊德迴避了極其關鍵的問題：白人移墾者越來越恨在此定居的黑人。衝突很快就會搬上檯面。

他們在地下隧道快速往前奔馳，宛如一艘小船航行在大到不可思議的汪洋上。羅伊德的背書發揮了作用，珂拉雙手猛地往座椅上一拍，說農場恰是她需要的地方。

賈斯汀住了兩天，填飽肚子，出發往北方去找親戚。他後來寄了封信，說親人很歡迎他，他也在一家建築公司找到工作了。他的姪兒用不同顏色的墨水在信上簽名，活潑且天真無邪。至於珂拉，一見到瓦倫汀廣袤的土地在面前展開，就不再考慮離開的問題。她投入農場的生活。這是她早就熟知的勞動工作，她瞭解播種與收成的基本節奏，也明白季節嬗遞的意義與規則。她看不見城市生活的遠景——她對紐約市或波士頓能有什麼認識呢？她從小就在泥地裡成長啊。

來到農場一個月之後，站在幽靈隧道入口，珂拉依舊沒有改變決心。她和羅伊德就要返回農場時，隧道陰暗的深處突然颳起一陣風。彷彿有東西朝他們走來，某種老舊陰暗的東西。她拉住羅伊德的手臂。

「你幹嘛帶我來這裡？」

「我們不該談我們在這下面做的事情。」羅伊德說，「我們的乘客也不該談起地下鐵道的運作方式，因為這樣會讓很多好人陷入危險。他們想談當然可以談，但他們不會談的。」

這是事實。她提起自己逃脫的經過時，總是略過鐵道的部分不提，只談主要的行動。那是極其隱密的事，是你絕對不想和別人分享的秘密。這不是什麼不好的秘密，但極其私密，私密到變成你這個人的一部分，和你密不可分。只要講出去，你身上的這個部分就會死掉。

「我帶你來，是因為你比大部分的人見過更多地下鐵道。」羅伊德說，「我希望你看看這個，看鐵道是怎麼連結在一起，又或者應該說是怎麼不連結在一起的。」

「我只是個乘客。」

「就是因為你是乘客啊，」他說。他拉起襯衫下襬擦擦眼鏡。「地下鐵道並不僅僅屬於營運的人，它也是你們每一個人的。小的支線，大的幹道。我們有最新型的火車頭，也有落伍的舊引擎，甚至還有這麼原始的手搖車。鐵道延伸到每個地方，有我們認識的，也有我們不認識的地方。這裡有這座隧道，在我們腳底下延伸，沒有人知道隧道通向哪裡。就算我們想讓鐵道繼續運行，也搞不清楚這是怎麼回事。但說不定你可以。」

她告訴他說她不知道這裡為什麼會有隧道，也不知道這隧道代表什麼意思。她只知道，她不想再逃了。

十一月帶著印第安納典型的酷寒狠狠襲來，但這時發生了兩件大事，讓珂拉完全無心顧及天氣。第一件事是山姆在農場現身。他來敲她住的小屋門，她緊緊擁抱他，害他不得不開口請她放手。他們喜極而泣。西碧兒趁他們忙著整理情緒的時候，給他們煮了草根茶。

他那臉亂七八糟的鬍子夾著幾許灰白，肚子比以前更大，但還是好多個月之前，接運她和希薩的那個喋喋不休的傢伙。獵奴者進城的那個晚上，讓他和昔日的生活一刀兩斷。山姆還來不及警告希薩，里奇威就在工廠逮住他了。提起他們這位朋友在監牢裡被揍得有多慘，山姆嗓音都顫抖了。希薩保持沉默，不肯供出同謀，但有個人說見過這個黑人和山姆講話，而且還不止一次。城裡有些人從小就認識山姆，很不喜歡他那自得其樂的個性。還在酒館當班的山姆即刻逃走，但其他人的證詞已足以讓他的房子被燒得一乾二淨。

「那是我祖父的房子啊。我的房子。我的一切。」暴民把希薩拖出牢房，揍得半死的時候，山姆已經在往北方的路上了。他買通商販，讓他搭一段便車，隔天坐上開往德拉瓦的船。

一個月之後，在夜色的掩護下，鐵道營運員封死了他家下面的隧道入口。這是每一條鐵道都必須遵循的規則。藍伯利的車站也同樣被封死了。「他們不願意心存僥倖。」他說。奉派去封隧道的人給他帶回一件紀念品，是在火災殘骸裡找到的銅製馬克杯。杯子已經燒得面目全非，但他還是收著。

「我原本是車站的站長，但他們幫我找別的工作做。」山姆現在負責載運逃奴到波士頓和紐約，隨時根據最新的情勢發展，改變逃亡路線，同時也細心處理最終的安排，務求保住逃奴的性命。他甚至偽裝成獵奴者，說自己名叫「詹姆斯．歐尼」，把黑奴從牢裡帶走，說是要送回去給他們的主人。那些警察和典獄長都很蠢。種族偏見會損傷智力啊，他說。他模仿獵奴者的嗓音和神氣活現的模樣，逗得珂拉和西碧兒很樂。

他剛好送人到瓦倫汀農場來，是躲在紐澤西的一家三口。他們藏身於黑人社區裡，山姆說，但有個獵奴者在附近覓捕，所以就到了該逃的時候。這是他為地下鐵道工作的最後一項任務，之後，他就要往西部去了。「我碰見的每一個拓荒者都愛威士忌，加州肯定需要酒保。」

看見朋友開心、變胖，讓珂拉心情舒坦。這一路上幫助過她的人，幾乎都沒有好下場。還好她沒害山姆被殺。

他還帶來農園的最新消息，這也就是讓她渾然不覺印第安納刺骨寒風的第二件大事。

泰倫斯．蘭道爾死了。

據說，這個奴隸主念念不忘珂拉和她的脫逃，而且隨著時日消逝，還越來越丟不開。他放著農園的事情不管，鎮日在大宅裡舉辦下流不堪的聚會，虐待可憐的奴隸取樂，強迫他們替代珂拉，成為他的受害者。泰倫斯繼續張貼懸賞告示，在遙遠他州的分類廣告上刊登她的外型描述與罪行細節。原本就已相當可觀的賞金，一再提高。山姆親眼見過懸賞告示，金額之高，讓他驚駭不已。泰倫斯招待每一個路過的獵奴者，講更多珂拉劣行的細節，同時也一再辱罵那能力不足的里奇威，因為里奇威既讓他父親失望，如今又負他所託。

泰倫斯死在紐奧良，在克里奧妓院的一個包廂裡。因為連月的花天酒地，心臟再也跳不動了，衰竭而死。

「說不定是他的心臟再也受不了他的邪惡了。」珂拉說。消化了山姆帶來的消息之後，她問起里奇威。

山姆不屑地擺擺手。「他現在成了笑柄。他的事業早就走到盡頭了，在——」他頓了一下，「在田納西的意外之前就是如此了。」

珂拉點點頭。沒人提起阿紅殺人的事。但地下鐵道一知道始末，就開除他了。阿紅不以為意。他對如何打破奴隸枷鎖有他自己的一套看法，而且不肯放下手裡的槍。「他這人一旦動手，」羅伊德說，「就不會回頭。」看著朋友躍馬而去，羅伊德很傷心，但他並不會採取和阿紅同樣的手段，在田納西事件之後不會。珂拉犯下的凶案，他視之為自衛，但阿紅赤裸裸的嗜血行為，則是另一回事。

里奇威對暴力的迷戀與古怪的執念，讓他很難找到願意追隨他的人。他的惡名，加上鮑斯曼的遇害，以及被黑人非法之徒羞辱，都讓他被自己的圈內人鄙視。田納西警長當然還在搜尋凶手，但是里奇威自己已經不找了。從那個夏天之後，再也沒有人聽說他的下落。

「那個男生，霍姆呢？」

山姆聽說過這個古怪的小男孩。最後是他幫獵奴者脫身離開樹林的。霍姆的怪異舉止對里奇威沒有半點好處，他們的雙人組合只引來更多不像樣的揣測。反正，他倆一起消失，並未因為遇襲而拆夥。「這種不值一文的狗屁東西，」山姆說，「最適合躲在陰冷山洞裡了。」

山姆在農場待了三天，想追求喬琪娜卻徒勞無功。不過他待在這裡的時間，恰恰趕上了剝玉米大賽。

比賽在月圓的第一個夜晚舉行。孩子們花一整天的工夫，把玉米堆成兩座大山，中間用紅葉當界線隔開。敏戈帶領一隊。這已經連續第二年了，西碧兒厭惡地說。他挑選的全是支持他的人，並不在乎能不能代表農園的全部組成分子。瓦倫汀的大兒子奧利佛帶領另一隊，隊員包括新來的人與老手。「當然還有我們尊貴的客人。」奧利佛對山姆招手說。

有個小男孩吹響哨子，兩隊開始瘋狂剝玉米葉。今年的獎品是瓦倫汀從芝加哥帶回來的大銀鏡。這面鏡子立在兩堆玉米中間，繫著藍色緞帶，映著南瓜燈的橘色焰火。隊長大聲對隊員喊話，觀眾鼓掌叫嚣。小提琴手拉著輕快有趣的曲子。比較小的小孩繞著玉米堆賽跑，抓起玉米葉，有時候甚至還沒落地就被他們抓起來了。

「快拿玉米過來！」

「你們最好快一點！」

珂拉站在場邊看，羅伊德一手貼在她的臀部。前一天晚上，她已經允許他吻她了，他當然會把這當成是珂拉終於應允他追求的信號。他讓她等了好久。他等了又等。但是山姆帶來的泰倫斯死訊，雖然讓她眼前浮現醜惡景象，卻也讓她的態度軟化了。她看見自己的前主子纏在床單裡，紫色的舌頭伸出嘴巴來。出聲求救，卻始終沒有人來。他在棺木裡血肉模糊地腐爛，然後在聖經啟示錄裡所說的地獄受苦。對於聖經，珂拉至少相信一部分。地獄暗指著農園的景象。

「蘭道爾農園的收成不是這樣的。」珂拉說，「我們也是在滿月的時候採收，但最後總是見血。」

「你已經不在蘭道爾農園了，」羅伊德說，「你自由了。」

她壓抑自己的情緒，輕聲說：「怎麼可能？土地是財產，工具也是財產。有人會拍賣蘭道爾農園，包括奴隸。只要有人死掉，親戚就冒了出來。我還是別人的財產，儘管我人在印第安納。」

「他死了。沒有什麼表親會自找麻煩來抓你回去，不會像他那樣。」他說，「你自由了。」

羅伊德和大夥兒唱起歌來，轉移話題，也是為了提醒她，還是有其他的事情能讓人覺得快樂。整個社區的人同心協力，從播種到收成，再到剝玉米大賽。但是大家唱的這首歌，是珂拉在棉花田工作時農工唱的歌，讓她回想起蘭道爾農園的殘酷，心不禁一沉。康納利唱起這首歌，通常就是鞭打完某個奴工，放他回去繼續摘棉花的時候。

這麼殘酷的事情怎麼能成為帶來快樂的手段呢？在瓦倫汀，所有的事情恰恰相反。工作不必然帶來痛苦，反而可以讓人們團結一致。像崔斯特這麼快活的孩子，在這裡或許可以得到很好的發展，就像莫莉和她的朋友一樣。母親以愛和善意撫養女兒。像崔斯特這麼可愛的孩子可以得到自己想要的一切，所能得到的一切：擁有自己的農場，成為老師，為黑人權利而奮鬥，甚至可以成為詩人。在喬治亞忍受痛苦折磨的時候，她想像過自由的模樣，但和眼前的景象並不相同。自由是群體為了極其罕有的美好事物而齊力奮鬥。

敏戈贏了。他的隊員抬起他，繞著剝光葉鞘的玉米堆打轉，高聲歡呼。吉米說他從沒見過有白人這麼認真工作的，山姆開心笑起來。但喬琪娜還是不為所動。

山姆離開那天，珂拉擁抱他，在他滿臉鬍子的臉頰上親了一下。他說他一安頓下來，無論是在哪裡，就會立刻寫信給她。

時序入冬，晝短夜長。天氣轉變時，珂拉常常造訪圖書館。如果能哄得動莫莉的時候，也帶她一起去。她們坐在一起，珂拉讀歷史或羅曼史小說，莫莉翻著童話故事。有一天，她們正要進圖書館的時候，有個車夫攔下她們。「主人總是說比黑鬼拿槍更危險的，」他告訴她們，「是黑鬼拿書。書裡一定有一大堆黑火藥吧！」

心存感激的居民提議給瓦倫汀的房子擴建附加建築，來擺放他的書，但喬琪娜提議蓋一幢獨立的建築。「如此一來，每個想看書的人，都可以在有空的時候去看書。」這樣也讓瓦倫汀一家人擁有更多隱私。他們是很慷慨大方沒錯，但也是有限度的。

他們把圖書館蓋在燻製房旁邊。珂拉坐在大椅子裡，捧讀瓦倫汀藏書的時候，常聞到很香的煙燻味。羅伊德說這是芝加哥以南藏書最多的黑人圖書館。珂拉不知道這是不是真的，但她肯定不缺閱讀素材。除了農業專著與不同作物耕種的專門書籍之外，這裡還有一排又一排的歷史書。羅馬人的野心、摩爾人的勝利，以及歐洲的皇族恩怨。大開本的書籍裡有一幅幅地圖，全是珂拉從未聽過的地方，勾勒出從未被征服的世界。

同時還有迥然不同的有色人種文學，提及非洲的帝國與蓋金字塔的埃及奴隸傳奇。農場的木匠是如假包換的工藝大師，書裡藏著這麼多驚喜，他們肯定費盡心思才讓書不致從架上掉下來。黑人詩人寫的詩集，黑人演講家的自傳。菲麗絲．惠特利[10]和朱比特．漢蒙[11]，還有一個叫班傑明．班涅克[12]，他編纂曆書——編纂曆書耶！她每一本都細細讀完。這個班涅克和撰寫《獨立宣言》的湯瑪斯．傑佛遜也是很好的朋友。珂拉讀過很多奴隸的故事，說他們生即奴隸，卻學會讀書寫字。她也讀過非洲人被偷走，遠離家庭與親人，以及他們被奴役的悲慘遭遇與死裡逃生的逃脫過程。在他們的故事裡，她彷彿也看到自己的故事。這也是她所認識的每一個黑人的故事，甚至是尚未出生的黑人的故事。這是他們未來成功的基石。

他們在狹小的房間裡，把這些故事記錄在紙上。其中有些是像她這樣黑皮膚的人。這讓她每一次推開門，都像走進重重迷霧裡。她得要盡快開始，才能讀完全部。

有天下午，她在圖書館碰見瓦倫汀。珂拉和葛洛麗亞處得很好，她叫珂拉是「探險家」，因為她一路上遇到許多險阻。可是葛洛麗亞的丈夫，她除了打過招呼之外，並沒和他真正講過話。

[10] Phillis Wheatley，1753–1784，第一位出版詩集的美國非裔女詩人。出生於西非，被賣往美國當奴隸。波士頓的主人惠特利教她讀書寫字，發現她的天分之後，鼓勵她寫作出版。
[11] Jupiter Hammon，1711–1806，出生於紐約的黑奴，是第一位公開發表詩作的美國非裔作家。
[12] Benjamin Banneker，1731–1806，黑人作家、探險家、自然學家、曆學家，生即自由人。

她欠他的恩情多到無法以言語表達，所以乾脆避開他。

他看看她讀的那本書的封面，是一本冒險故事，講一個摩爾男孩征服七大洋的故事。文字很簡單，她讀得很快。「我沒讀過這一本。」瓦倫汀說，「我聽說你喜歡在這裡打發時間。你就是喬治亞來的那個？」

她點點頭。

「我沒去過那裡。那裡的情況實在太慘了，要是我去了，肯定控制不了脾氣，最後就害我老婆變成寡婦啦。」

他露出微笑，珂拉也對他笑。夏季的那幾個月，總是不時看見他的身影，在農田裡照料印第安玉米。農場老手熟悉靛藍、菸草，當然還有棉花，但是玉米就有點棘手。他總是和顏悅色，很有耐心地指導。但隨著季節轉換，他越來越少露面。他不舒服，大家說。他在農舍裡待的時間更長，結算農場帳目。

他走向擺放地圖的書架。如今他們同處一室，珂拉被迫打破這幾個月來兩個人之間的沉默。她問起大會籌辦的情況。

「是啊，這件事，」瓦倫汀說，「你覺得開得成嗎？」

「非開成不可啊。」珂拉說。

為了配合藍德的演講行程，大會已經兩度延期了。農場的辯論風氣始於瓦倫汀家的餐桌。瓦倫汀先是和他的朋友，後來也和來訪的學者與知名的廢奴人士議論黑人問題，每每談到三更半夜。需要貿易學校，黑人醫學院。在國會裡要有人可以發聲，就算沒有黑人國會議員，也要有恢廓大度的白人願意當他們的盟友。如何修復奴隸制度對心靈的傷害——因為有太多自由人仍然無法擺脫過往奴隸經驗的折磨。

晚餐會談成為固定的儀式，人越來越多，最後只好移往大會堂舉行。如此一來，葛洛麗亞也不必再替他們準備吃的喝的，任由他們自理。贊成漸進推動黑人進步的人，和主張採取更激進手段的人互相交鋒。最受尊敬、口才也最好的藍德造訪農場之後，討論的內容就更富本地色彩了。整個國家的走向是一回事，而農場的未來又是另一回事。

「敏戈保證這會是一場令人難忘的會議。」瓦倫汀說，「絕對是雄辯滔滔，場面盛大。這些日子以來，我一心盼著他們趕快把這盛大的大會辦完，讓我可以挑個適當的時機退休。」瓦倫汀在敏戈的拚命遊說之下，已經退出辯論大會的籌辦工作。

敏戈在農場上住了很久，藍德來對大家提出他的訴求時，能有個可以代表本地的人發聲總是好的。敏戈不是很好的演說家，但他可以用自己也曾經是奴隸的身分，代表農場上大部分的人。

敏戈利用大會延期的機會，加強改進與白人城鎮的關係，也從藍德的陣營拉走了幾個人。藍德心裡想什麼，大家其實並不很清楚。他用的詞彙雖然簡單明瞭，但真正的意涵卻晦澀難懂。

「要是他們決定要我們全部離開呢？」珂拉很意外，自己竟然費了這麼大的勁才講出這句話來。

「他們？你也是我們的一分子。」瓦倫汀坐在莫莉來時最愛坐的那張椅子上。近看之下，為這麼多人背負重擔，已經讓他疲累不堪了。「我們或許已經無法掌控了，」他說，「我們在這裡建造的……有太多白人不希望我們擁有。就算他們不懷疑我們和地下鐵道的關係。看看四周吧。如果他們會因為奴隸學會讀書識字而殺了他，你想他們對圖書館會有什麼看法？我們這個房間裡裝的思想太多了。對黑人來說是太多了，不管是男是女。」

珂拉真心珍惜瓦倫汀農場這不可思議的寶藏，幾乎都忘了這是多麼不可能的成就。這座農場和毗連的其他黑人農場太大，也太蓬勃昌盛了。在這個年輕的州裡，一方黑色的區域。幾年前大家就都知道瓦倫汀的黑人血統了，有些人甚至覺得自己過去被騙了，才會用平等的態度對待這個黑鬼，而且這個黑鬼還用他的成功狠狠羞辱了他們。

她告訴瓦倫汀，前一個星期發生的意外。當時她走在馬路上，差點被馬車給撞了。駕車的人經過她身邊，大吼大叫，滿嘴髒話。受到羞辱的不只是珂拉一個人。附近城鎮新搬來的混混和底層白人，在農場居民進城補給日用品的時候，已經開始找他們打架滋事，騷擾年輕女人了。上週有家飼料店掛出「僅限白人」的板子，夢魘從南方一路追著他們前來。

瓦倫汀說：「我們身為美國公民，有權利住在這裡。」但是逃奴法案也是個法律事實。他們和地下鐵道的合作，讓情況更加複雜。獵奴者不常露面，但並不是沒聽到風聲。上一個春天，兩名獵奴者帶著搜索令出現，要求搜查農場的每一間屋子。他們要找的人早就離開了，但是獵奴隊的出現，卻也曝露出奴隸生命的岌岌可危。他們搜索木屋的時候，有個廚子偷偷在他們的水壺裡尿尿。

「印第安納是個蓄奴州，」瓦倫汀繼續說，「邪惡已經在這片土地裡扎了根。有人說邪惡已經滲透了整片土地，而且越來越強大。或許這裡不是我們該待的地方。或許當時葛洛麗亞和我離開維吉尼亞之後，應該繼續往前走的。」

「現在我一進城就感覺得到，」珂拉說，「看見那些人的眼睛，我就明白了。」那不是像她在泰倫斯、康納利或里奇威身上看見的，純粹的殘暴野蠻。而是像她在北卡羅萊納看見的，白天在公園，晚上參加暴行大會的那些人。一張張圓圓的白色臉孔，彷彿一望無際的白色棉鈴，全是一模一樣。

看見珂拉沮喪的表情，瓦倫汀告訴她：「我們在這裡所做的一切，讓我引以為榮，但我們得以重新開始。我們可以從頭再來一遍。我有兩個強壯的兒子可以幫我，我們可以得到很多的土地。葛洛麗亞一直很想到奧克拉荷馬看看，雖然我一輩子也搞不清楚為什麼。我努力想讓她快樂。」

「就算最後決定留下來，」珂拉說，「敏戈也不會讓像我這樣的人留下。像我們這種逃離農園的人，無處可去的人。」

「說出來是有好處的，」瓦倫汀說，「說出來可以澄清誤解，讓你看清楚事情的原貌。透過討論，我們可以瞭解農場的風向。這是我的農場，也是大家的農場，你的農場。我會服從大家的決定。」

珂拉知道辯論讓他心力耗竭。「為什麼這麼做呢？」她問，「為了我們大家？」

「我認為你是最聰明的一個，」瓦倫汀說，「你不知道嗎？白人不會這麼做的。我們得要靠自己。」

農莊主人不知道是不是來找書的，但他空手而返。風穿過敞開的門，颼颼地吹，珂拉把披肩裹得緊緊的。繼續看書吧，她或許可以在晚餐時間開始前看另一本書。

瓦倫汀農場的最後一場大會在十二月一個凜冽的夜晚舉行。後來許多年，倖免於難的人對當天晚上發生的事情和發生的原因，都各有說法。一直到死的那天，西碧兒都還堅信是敏戈告的密。她活到很老，住在密西根湖邊，身旁一眾不得不聽她講這些陳年舊事的孫兒女。據西碧兒說，敏戈告訴警方說農場庇護逃奴，同時提供了細節，讓他們得以成功伏擊。一場戲劇性的突襲行動可以終結農場與地下鐵道的關係，攔阻源源不絕前來求助的黑人，確保農場長治久安。被問到他是否預期到會有暴力行為發生時，她的嘴巴抿成一條線，不肯再說。

另一名倖存者鐵匠湯姆說，執法單位已經搜捕藍德好幾個月了。他才是真正的目標。藍德的演講鼓動熱情，煽起暴動，但他太高傲，不肯逃跑。湯姆不識字，但喜歡讓人看他收藏的那本藍德作品《籲請》，是這位偉大的演講家親筆簽贈給他的。

瓊安・華森出生在農場，事發時，她才六歲。攻擊之後，她在森林裡漫走，吃橡實維生，三天後才被一隊篷車發現。年紀較長之後，她說自己是美國歷史的研究者，認清了無可避免的歷史事實。她說白人城鎮合力要鏟除群聚在他們中間的黑人大本營。這就是歐洲族群的作風，她說。無法控制，就加以摧毀。

農場上就算有人事前知道會有這樣的事情發生，也都沒有露出任何徵兆。珂拉那天大半的時間都在臥房裡，讀羅伊德給她的最新曆書。他從芝加哥帶曆書回來，大半夜跑來敲門送給她。他知道她還醒著。時間很晚了，她不想吵醒西碧兒和莫莉。珂拉第一次帶他進她的房間。

她一看到下一年的曆書，就激動得難以自抑。那本曆書厚得像本祈禱書。珂拉對羅伊德提起過她在北卡羅萊納閣樓裡的日子，但一看見封面上的年份——這是來自未來的東西啊——讓珂拉也彷彿被施了魔法似的。她把在蘭道爾農園的童年告訴羅伊德，說她在那裡摘棉花，裝麻袋。她講起外婆阿嘉麗從非洲被綁架來美國，遠離家人，但在農園裡擁有一小塊地，那是她唯一能宣稱是自己擁有的東西。珂拉談起媽媽梅珀，說媽媽有一天突然拋下女兒走了，讓她獨自面對這冷酷無情的世界。她也說起布拉克與狗屋的事，說她是怎麼拿把斧頭去找他的。提到她被拖到燻製房後面的那件事時，她向羅伊德道歉，說自己竟然讓那樣的事情發生在自己身上。他要她別這樣說，該道歉的是施暴的人，傷害她的人欠她一個道歉。他說，她所有的仇人，所有的奴隸主，所有眼睜睜看著她受苦卻袖手旁觀的人，總有一天都會遭到報應，就算此生沒有，來世也肯定會有。有時正義雖來得晚，但終究會來，真正的審判總有一天會到來的。他摟著她，安慰她，要她別再顫抖哭泣。兩人就這樣睡著了，在瓦倫汀農場小屋的一個小房間裡。

他說的正義，她並不相信，但聽他這麼說，讓她心情好多了。

隔天早上醒來，她神清氣爽，不得不承認自己還是相信羅伊德的說法，至少有一點點信。

西碧兒以為珂拉又犯頭痛臥床了，中午時分，給她送了午餐來。她知道羅伊德前一天晚上住在這裡，為此揶揄珂拉。她一早正在縫補要穿去大會的衣服，看見他「手裡拿著靴子，偷偷從這裡溜出去，像隻偷吃了什麼東西的狗」。珂拉什麼都沒說，光只是微笑。

「昨天晚上抵達農場的，不只你男人一個。」西碧兒說。藍德也來了。

這就是她今天有心情開玩笑的原因。她對藍德印象非常之好，每回他來，都會讓她開心好幾天。她喜歡他演講裡的美麗辭藻，總算又把他盼回到瓦倫汀農場了。大會即將召開，結果如何未可知。西碧兒不想西遷，不想離開這個家，但大家都認為這就是藍德的主張。自從大家開始討論另覓居處以來，她就下定決心要留下來。但她也不同意敏戈的條件，因為如此一來，他們就不能再庇護任何迫切需要幫助的人了。「沒有任何地方能像這裡一樣，沒有了。他想要毀了這裡。」

「瓦倫汀不會放任他毀掉這個農場的。」珂拉說，但瓦倫汀和她在圖書館談話之後，似乎已經打定主意不管這件事了。

「等著瞧吧，」西碧兒說，「說不定我得自己出面講幾句話，把大家需要聽一聽的事情告訴他們。」

那天晚上，羅伊德和珂拉坐在前排，旁邊就是敏戈和他的家人，也就是他賺錢贖回自由的妻子兒女。他的妻子安琪拉像平常一樣沉默不語；你得要躲在他們家小屋窗外，偷聽她和丈夫私下討論，才能聽得到她開口講話。敏戈的女兒們身穿豔藍色的洋裝，馬尾上紮著白色緞帶。居民陸續進入大會堂的時候，藍德和最小的一個孩子玩猜謎遊戲。她名叫亞曼達，拿著一束絹花，他開了花束的玩笑，兩人都笑起來。像這樣的時刻，瞥見在表演間隙裡的他，會讓珂拉想起莫莉。他私下談話如此親切，想來他必定寧可自己一個人待在家裡，在沒有觀眾的房間裡舉行演奏會吧。

他手指修長纖美。這麼一位從未摘過棉花，挖過溝渠，挨過九尾鞭的人，竟然挺身為受過這些罪的人說話，真是太奇怪了。他身材瘦長，發亮的皮膚顯示他的混血血統。她見到的他總是不疾不徐，不慍不火，永遠平靜優雅，宛如飄落在池塘水面的落葉，隨著輕緩的水流飄蕩。但等他一開口，你就會發現，推動他的力量絕對不輕也不緩。

這天晚上沒有白人訪客。在農場居住工作的每一個人都出席了，還有從鄰近農場來的人家。看見大家齊聚一堂，珂拉第一次體會到他們這個群體有多麼龐大。這裡有她以前沒見過的人，例如一看見她就對她眨眼睛的那個調皮小男生。是陌生人，也是家人，他們是從未相認相識的親戚。她周圍的男人女人，有些出生在非洲，有些生來就是奴隸，有些恢復了自由，有些逃脫了枷鎖。他們曾經被烙印，被鞭打，被強暴。如今他們齊聚於此。他們是自由的黑人，可以決定自己的命運。這讓她歡喜得渾身顫抖。

瓦倫汀抓著講台，撐住身體。「我的成長過程和你們不一樣，」他說，「我母親從來不必擔憂我的安全。不會有奴隸販子半夜來抓我，把我賣到南方。白人光是看見我的膚色，就足以讓我這樣自由無虞。我告訴自己，我沒做錯什麼，但我始終過著愚昧無知的生活，直到你們來到這裡，與我們一起開創生活。」

他離開維吉尼亞，他說，是為了讓他的孩子免於偏見和隨之而來的暴力傷害。但是有上帝的這麼多恩賜，光是拯救兩個孩子是不夠的。「有個寒冬夜晚，一個女人來到我們家門口，重病、絕望。我們救不了她。」瓦倫汀的嗓音變得沙啞，「我輕忽了自己的義務。只要我們的大家庭裡有任何一個人承受奴役的折磨，那我就只是個名義上享有自由的人。在座的各位協助我走上正途，我要向大家表達我內心的感激。無論你和我們在一起好幾年，或僅僅幾個鐘頭，你都拯救了我的人生。」

他身體微微晃動，葛洛麗亞站到他身邊，摟住他。「現在，我們有幾位家人想和大家分享他們的想法。」瓦倫汀清清嗓子說，「我希望你們就像聽我講話一樣，用心聽他們說。如何在蠻荒之中闖出一條路來前進，還有很大的討論空間，可以容納各種不同的想法。夜色黑暗，而我們前進的道路危機四伏。」

農場的大家長離開講台，敏戈取而代之。敏戈的孩子跟在他後面站起來，親吻父親的手，祝他好運，然後才回座。

敏戈以自己這一路走來的歷程當開場白，談起他有無數夜晚祈求上帝指引，有很多年的時間致力爭取家人的自由。「靠著我的勤奮努力，一個接一個的，就像各位拯救自己一樣，拯救了我的家人。」他用指關節揉著眼睛。

接著，他話鋒一轉。「我們完成不可能達成的任務，」敏戈說，「但不是每個人都有像我們這樣的人格。不是每一個人都能辦得到。我們之中有些人已經走得太遠了。奴役扭曲了他們的心靈，惡靈在他們的腦袋裡塞進了錯誤的思想。他們沉溺在威士忌虛假的慰藉裡，沉溺在絕望無助與永遠的邪惡裡。你們在農園，在市鎮的街頭都見過迷失的人，那些無法自愛自重的人。你們也在這裡見到他們。他們接受此地賜予的禮物，卻還是格格不入。他們總是在夜裡不見蹤影，因為在內心深處，他們知道自己一文不值，知道這一切對他們來說都已經來不及了。」

他的一些支持者在會堂後面出聲贊同。我們必須面對現實，敏戈解釋說。白人不會一夜之間改變。農場的夢想有價值，也是真實的，但需要採取循序漸進的做法。「我們不能拯救每一個人，也不能表現得像我們可以決定所有人的命運。你們以為白人——距離我們僅僅幾哩的那些白人——會永遠容忍我們的厚顏無恥嗎？我們這是在嘲弄他們的軟弱。窩藏逃奴，讓帶著槍的地下鐵道人員來來去去，還有那些因為謀殺而被通緝的人。罪犯。」敏戈的目光落在珂拉身上，她握緊拳頭。

瓦倫汀農場已經邁向光明的未來，他說。善心的白人捐贈教科書給他們的孩子——我們何不要求他們為我們的每一所學校募捐呢？不只是一所或兩所學校，而是十所、二十所呢？黑人只要能證明自己的勤儉與才智，敏戈說，就能成為具有實質貢獻的公民，踏進美國社會，享受所有完整的權利。何必要冒著失去這一切的風險呢？我們需要放慢腳步。我們必須和鄰居達成和解，更重要的是，我們不能再做逼得他們不得不痛恨我們的事情了。「我們在這裡有了驚人的成就，」他總結說，「這是值得珍惜的成果，必須好好保護，好好培育，否則就會枯萎，就像突然碰上降霜的玫瑰。」

在鼓掌聲中，藍德輕聲對敏戈的女兒講了句話，兩人又咯咯笑起來。她從絹花花束裡抽出一朵，別在他綠色西裝的第一顆釦眼上。藍德假裝聞聞花香，一臉陶醉的表情。

「是時候了。」羅伊德說。藍德和敏戈握手，站上講台。羅伊德整天都和他在一起，逛著農場，一路交談。羅伊德沒說藍德晚上要講什麼，但渾身散發樂觀的氣息。之前，開始有人提到遷居的問題時，羅伊德告訴珂拉，他比較想去加拿大，而不是西部。「那裡的人知道如何對待自由的黑人。」他說。那他在地下鐵道的工作怎麼辦呢？總有一天得要安頓下來，羅伊德說。整天跟著鐵道到處走，怎麼成家立業。他提起這個問題的時候，珂拉總是改變話題。

現在她就要親眼看見——所有的人都會知道——這位來自波士頓的人心裡有什麼想法了。

「敏戈弟兄說得很對，」藍德說，「我們不能拯救每一個人。但這並不表示，我們不能奮力一試。有時候一個有用的幻想，強過一個無用的事實。在這寒風刺骨的冬天裡，什麼都長不出來，但我們還是有花。

「認為我們能擺脫奴隸制度，這是一個幻想。我們不能。奴隸制度留下的傷痕永遠都不會消失。你眼睜睜看著自己的母親被賣掉，看著自己的父親挨打，看著自己的姐妹被工頭或主人凌虐，你可曾想到有一天，你會坐在這裡，沒有鍊條，沒有枷鎖，和新的家人在一起？你以往所知的一切都告訴你，自由只是個騙局——但你還是來到這裡了。我們還是逃跑了，藉著滿月，逃到了這個庇護所。

「瓦倫汀農場是個幻想。誰告訴過你說黑人能有一方可以得到保護的所在？誰告訴過你說你有這樣的權利？你充滿痛苦折磨的人生，每一分鐘都在告訴你完全相反的事實。從歷史的每一個事實來看，這都不可能存在。這個地方必定也只是個幻想。然而，我們卻在瓦倫汀農場。

「美國也是一個幻想，最大的一個幻想。白人相信——全心全意相信——他們有權利佔領這片土地。他們殺了印第安人，發動戰爭，奴役自己的弟兄。如果這世界有任何正義可言，這個國家就不應該存在，因為建國的基礎是謀殺，是偷竊，是凶殘。然而，我們還是在美國。

「敏戈呼籲循序漸進發展，把迫切需要協助的人關在門外，對於他這樣的主張，我理當加以回應。有些人認為這個地方過於接近奴隸制度所帶來的負面影響，所以應該西遷，對於他們的主張，我理當加以回應。但是，我並沒有答案可以給你們。我不知道我們應該怎麼做。問題就在於這個字：『我們』。從某些方面來說，我們之間唯一的共同點是我們的膚色。我們的祖先來自非洲大陸各地。那是很大的範圍。瓦倫汀弟兄那壯觀的圖書館裡有世界地圖，你們可以自己去看看。非洲各地有不同的生活方式，不同的習俗，講幾百種不同的語言。這一大群差別如此之大的人被奴隸船運到美國來。到北方，到南方。他們的兒子女兒摘菸葉，種棉花，在最大的農園和最小的農莊工作。我們是工匠，是助產士，是傳道人，是商販。黑人用雙手蓋起白宮，也就是我們國家政府的所在地。而這個字彙：『我們』。我們不是一個民族，而是許多不同的民族。一個人怎麼能代表這個偉大而美麗的族群呢？因為我們並不是單一的族群，而是許許多多的族群，對我們的子孫擁有百萬種不同渴望、期待與希望的族群。

「因為我們是美國的非洲人。是世界歷史上的新現象，我們並沒有任何的範例榜樣可以來讓我們學習，來讓我們知道自己應該成為什麼樣的人。

「或許光是膚色就夠了。就是因為同樣的膚色，今天晚上才會讓我們齊聚一堂，在這裡進行討論，而這個共同點也將帶我們踏向未來。我由衷瞭解的是，我們是一體的，同興同衰，一個住在白人隔壁的黑人大家庭。我們或許不知道如何穿越森林，但有人跌倒的時候，我們會互相扶持，我們會一起抵達我們的目的地。」

多年之後，瓦倫汀農場的居民回想起這一刻，告訴陌生人與孫輩們，他們以前過著什麼樣的生活，以及那樣的生活如何結束時，聲音仍然會顫抖。無論他們最後落腳何處，是費城、舊金山或養牛的小鎮與牧場，他們都仍然為那天死去的人哀悼。他們告訴親人，當時屋裡的氣氛陡然緊張起來，彷彿被某種看不見的力量所驅動。無論生來自由或是奴隸，他們都同樣凝結在那一刻：也就是眼睛瞄準北極星，準備要逃跑的那一刻。這一刻他們或許就要踏進某種新秩序裡，或許就要緊抱理性陷入混亂失序之中，又或者就要用往昔歲月所累積的種種教訓影響他們的未來。再不然就是時間給了這個場合原本不應該擁有的重要性，誠如藍德所言：這一切都是他們自己的幻想。

但這並不代表發生在眼前的並非事實。

子彈射中藍德的胸膛。他往後倒，拖倒了講桌。羅伊德是第一個站起來的，就在他跑向倒地的藍德時，三顆子彈擊中他的背部。他像風濕性舞蹈症的患者那樣抽搐，倒在地上。接著來福槍聲四起，擊碎玻璃，整個大會堂裡的人陷入瘋狂奔逃。

外面的白人高聲吶喊咆哮，展開大屠殺。居民亂成一團衝向出口，擠在長椅之間，爬過椅子，爬過其他人的身上。大門口被塞住之後，大家爬向窗戶。更多槍聲。瓦倫汀的兒子扶著父親走向門口。舞台左邊，葛洛麗亞俯身靠近藍德，但發現已無法挽回他的生命之後，就隨著家人離開。

珂拉抱著羅伊德，讓他的頭枕在她腿上，就像他倆野餐的那個下午。她摸著他的鬈髮，輕輕搖晃他，哭了起來。羅伊德汩汩流著鮮血的嘴巴綻開一個微笑。他要她別害怕，隧道會再次拯救她。「到樹林裡的那間房子去，你可以告訴我那裡通向哪裡。」他的身體軟了下來。

兩個男人抓著她，拖她離開羅伊德的屍體。這裡不安全，他們說。其中一個是奧利佛・瓦倫汀，他又轉回來幫助其他人離開會堂。他大聲嘶吼。他們一把她拖到外面，走下台階，珂拉就掙脫開來。農場喧囂暴亂。白人民兵隊拖著男人女人到暗處，邪惡的臉孔滿是笑意。毛瑟槍射中追求西碧兒的一個木匠，他懷裡抱著一個嬰兒，一起倒在地上。沒有人知道該往哪裡逃才好，在混亂之中，也聽不清楚任何理智的聲音。每個人都只能靠自己，一如既往。

敏戈的女兒亞曼達跪在地上，家人全不見了，只剩她一個人孤伶伶跪在地上。她的花束已經不見花瓣，手裡抓著光禿禿的花莖，是上個星期鐵匠在鐵砧上打造出來的鐵絲，專為她打造的。她抓得好緊，鐵絲割傷了她的手掌。泥土裡有更多的血。老年之後，亞曼達看著歐洲大戰的消息，想起那一夜。她浪跡全國各地，最後定居長島，和一個超級寵愛她的欣內庫克印第安水手住在一幢小房子裡。她住過路易斯安那和維吉尼亞，因為她父親在那裡開辦了黑人教育機構，後來也住過加州。有段時間則待在瓦倫汀一家落腳的奧克拉荷馬。歐洲的戰事恐怖且殘暴，她告訴她的水手，但稱不上「大戰」。「大戰」只會發生在白人和黑人之間，過去如此，未來也會一直如此。

珂拉喊著莫莉的名字。她沒看見任何認識的人，他們的臉孔都因為恐懼而變了形。大火造成的高溫朝她襲來。瓦倫汀的房子著火了。一罐油在二樓引發爆炸，約翰和葛洛麗亞的臥房陷入烈焰之中。圖書館的窗戶粉碎，珂拉看見書架上的書也燒了起來。她朝圖書館才跑了兩步，就被里奇威一把抓住。他們一陣纏打，但他粗壯的手臂扣住她，她拚命踢著腳，卻怎麼也踏不到地，活像被吊死在樹上的那些人。

霍姆在他身邊——他就是她在長椅上見到的那個男孩，對她眨眼睛的那個。他身穿白襯衫，吊帶褲，看起來宛如置身陌生世界的天真小孩。一看見他，珂拉就放聲尖叫，和整個農場一起哀聲哭喊。

「那裡有個隧道，先生。」霍姆說，「我聽見他說的。」

梅珀

她對女兒做的第一件和最後一件事都是道歉。珂拉睡在她的肚子上，小得像個拳頭，梅珀道歉，為了她把女兒帶到這世界上而道歉。十年後，珂拉和她一起睡在宿舍裡，梅珀道歉，因為她讓女兒成了孤兒。但這兩聲道歉，珂拉都沒聽見。

在樹林裡的第一片空地，梅珀找到北極星，調整自己的方向。她打起精神，繼續涉過黑水逃亡。她眼睛直直往前看，因為只要一回頭，她就會看見她丟下的那一張張臉孔。

她看見摩西的臉。她記得摩西小時候的模樣。裹在包巾裡抽搐著，好弱小，在他大到可以做小鬼頭做的工作，例如倒垃圾、在棉花田裡舀水給工人喝之前，沒有人覺得他能活得長。特別是蘭道爾農場的小孩常常都還沒學會走路就夭折了。他媽媽用了巫婆的藥方，給他敷膏劑，熬草藥，每天晚上唱歌給他聽，輕柔的歌聲在小屋裡迴盪。她唱搖籃曲，也唱工作時哼的歌，歌聲充滿母親的期待：好好填飽肚子、快快退燒、活到早晨。他比那年出生的大部分孩子都活得長。每個人都知道是他媽媽凱特把他從疾病手中拯救回來，讓他能熬過農園每一個人都必須經歷的第一道考驗：幼年的自然淘汰。

梅珀記得凱特有條手臂麻痺，無法再做勞力工作之後，老蘭道爾就把她賣掉。摩西第一次挨鞭子，是因為偷馬鈴薯，第二次則是因為懶惰，康納利在他傷口上塗辣椒水，痛得這孩子哀哀慘叫。但這些事情並沒有讓摩西變壞，只讓他變得沉默、強壯，也讓他的動作比他隊上的採摘工更快。但在康納利讓他當上工頭之後，他就變了，主人的眼睛和耳朵取代了他自己的眼睛耳朵。從此以後，他就成為禽獸摩西，成為讓其他奴隸聞風喪膽，成為田埂上最駭人的黑色摩西。

他叫她到校舍去的時候，她用指甲抓他的臉，對他吐口水，但他只笑笑說，要是你不來，我就找其他人——你女兒珂拉多大啦？珂拉八歲。之後，梅珀就沒再掙扎。他動作很快，在第一次之後，也不再粗暴。女人和動物一樣，只需要教訓她們一次，他說。她們就會乖乖的。

所有的臉孔，活著的人，死了的人。阿嘉麗在棉花田中風，口角冒出鮮血。她看見寶莉吊在一條繩子上，可愛的寶莉，和她同一個月出生，一起在營區長大的寶莉。康納利在同一天把她們從院子調到棉花田。她倆做什麼總是分不開，但後來珂拉活下來，而寶莉的孩子卻沒有。她們生產的時間只相隔兩個星期，助產士把寶寶拉出來的時候，一個女娃兒哭了，但另一個寶寶卻沒發出任何聲音。寶莉用一條麻繩在穀倉上吊自盡，老喬奇說，你們兩個做什麼都一起，活像梅珀也應該上吊似的。

她開始看見珂拉的臉。她轉頭，快跑。

男人一開始總是很好，但這世界讓他們變得惡劣。這世界打從開始就很惡劣，而且一天比一天惡劣，不停折磨你，讓你只想死。梅珀不想死在蘭道爾農園，雖然她這輩子都沒離開方圓一哩之外。有天半夜，她渾身大汗在宿舍裡醒來，下定決心：我要活下去——隔天午夜，她就已經穿著偷來的鞋子，循著月光，來到沼澤了。她整天都在轉著逃跑的念頭，不讓其他想法干擾或侵入。沼澤裡有好幾個小島，沿著島走，她就能走到自由的大地。她帶著自己種的蔬菜、打火石和火種，以及一把小斧頭。她留下其餘的一切，包括自己的女兒。

珂拉睡在她出生的那幢小屋裡，那也是梅珀出生的地方。她還只是個小女孩，還未經歷最慘的事，也還不懂女人身上的負擔有多大多重。如果珂拉的父親還活著，梅珀如今還會在這裡，奮力穿越這片沼澤嗎？葛雷森到南園來的時候，梅珀十四歲。他是被北卡羅萊納喝醉的一個農園主人賣到南方來的。高大黝黑，有雙會笑的眼睛，脾氣很好。就算做完最辛苦的工作，也還是昂首闊步。他們從來不碰他。

她第一天就選定他了，心中暗暗決定：就是他。他咧嘴笑的時候，宛如月光灑在她身上，是上天給她的福恩。跳舞的時候，他一把撈起她，抱著她旋轉。我要為我們贖回自由，他說，他們躺著，稻草夾在他的頭髮裡。老蘭道爾不會同意的，但我會想辦法說服他。勤奮工作，成為農園的第一把好手，他會讓自己擺脫奴隸身分，而且帶上她。她說，你保證？不太相信他能做得到。親愛的葛雷森因為染上熱病死了。在他過世之後，她才知道自己懷上他的孩子了。她再也沒提起他的名字。

梅珀被柏樹根給絆倒了，趴在水裡。她蹣跚涉水穿過蘆葦，走到前方的島上，癱平躺在地上。她不知道自己要逃多久。她大口喘氣，筋疲力竭。

她從袋子裡掏出蕪菁。這顆蕪菁小而軟嫩，她咬了一口。雖然沾上了沼澤水，但這是她在阿嘉麗那塊地上收成過最甜美的果實。這是她媽媽留給她的遺產，讓她至少有一小塊地可以看顧。你也應該要留一點什麼東西給你的孩子。梅珀沒遺傳到阿嘉麗優異的一面，例如不屈不撓，例如堅忍不拔。但有塊三碼見方的地，還有這些可愛的東西長出來。她媽媽生前始終保護這塊地，用盡全心全意。這是全喬治亞最有價值的一塊地。

她躺著，又拿出另一顆蕪菁來吃。沒了她自己涉水潑濺與大口喘息的聲音，沼澤的各種噪音又出現了。鋤足蟾、烏龜和各種滑溜的爬行動物，以及嗡嗡不休的黑色昆蟲。透過黑水林木的枝葉，天空在她上方展開，她放鬆下來，看見新的星座在黑色天幕上轉動。沒有巡邏隊，沒有工頭，沒有哀慘的哭聲讓她再次陷入絕望。沒有宛如奴隸船底艙的木屋牆板，載運她航過黑夜的海洋。沙丘鶴與鷺鳥啼鳴，水獺潑水。躺在潮濕的泥土上，她的呼吸漸漸變緩，沼澤與她再無阻隔。她自由了。

這一刻。

她必須回去。女兒等著她。這是她現在必須做的。絕望已經擊敗她了，像惡魔般在她內心深處發聲。她會緊緊懷抱眼前的這一刻，這是她自己的珍寶。等她知道如何向珂拉描述，女兒會瞭解在農園之外，在她所知的一切之外，還有別的東西存在。如果女兒夠堅強，有一天也能擁有的東西。

這世界或許惡劣，但人並不一定非如此不可。只要拒絕，就不必成為惡劣的人。

梅珀拿起袋子，打起精神。要是她走快一點，就可以趕在第一絲天光破曉，趕在早起的人起床之前回到農園。她的逃脫是荒謬的念頭，但這點點滴滴已足以累積成她這一生最美妙的探險了。

她剛回頭走，就碰上了蛇。她穿過硬挺的蘆葦叢時，驚擾了蛇的休息。這條水蝮蛇咬了她兩口，一口咬在小腿，另一口深入大腿肉裡。沒有聲響，但很痛。梅珀不願相信。這只是一條水蛇，一定是。壞脾氣，但無害。但等嘴巴出現薄荷味，腿開始刺痛的時候，她就知道了。她又走了一哩，袋子早就丟掉了，她在黑水裡迷了路。她應該可以再走遠一點的，在蘭道爾農園工作，讓她變得強壯，至少身體很強壯。但她跌進一片柔軟的苔蘚裡，感覺很舒服。她說，就是這裡吧，沼澤吞沒了她。

北方

逃奴

逃奴珂拉十五個月前逃離合法但不義的主人，她身高一般，膚色褐黑，太陽穴有星形的傷疤，個性活潑狡猾。很可能化名為蓓曦。

最後一次為人所見，是和一群不法之徒匿居於印第安納瓦倫汀農場。

她不再逃跑。

賞金仍未有人領取。

她已非奴隸。

十二月二十五日

她最後一趟地下鐵道旅程的起點是在一幢廢棄房屋地下的小車站。幽靈車站。

被里奇威抓到之後，珂拉帶他們到那裡去。離開瓦倫汀的時候，嗜血的白人仍然大肆血洗農場。槍聲和慘叫聲從農場更遠、更深的地方傳來。是較新蓋的木屋區、磨坊，甚至可能延伸到李文斯頓，擴及鄰近的幾座農場。白人打算把在此定居的所有黑人一舉擊潰。

里奇威拖著珂拉上馬車，她拳打腳踢。圖書館和農舍的烈焰照亮大地。臉上挨了好幾拳的霍姆終於抓住她的一雙腳，和里奇威合力把她塞進馬車裡，銬住她的手腕，鎖在馬車地板的鐵環上。有個幫忙看馬的年輕白人歡呼起來，說等他們完事之後，也該輪到他樂一樂。里奇威給他一個耳光。

獵奴者用手槍指著珂拉的眼睛，逼她供出樹林裡那幢房子的位置。珂拉躺在長椅凳上，頭痛欲裂。要怎麼樣才能讓思緒停止飛騰，像掐滅蠟燭焰火那樣呢？羅伊德和藍德死了。其他人也被殺了。

「有個典獄長說這讓他想起以前大力掃蕩印第安人的情景，」里奇威說，「苦溪，藍瀑布。我想他那麼年輕，應該不記得那些事。說不定是他老爸告訴他的。」他也在馬車後座，坐在她對面的長凳上。他的裝備就只剩下這輛馬車，和拉車的這兩匹瘦巴巴的馬。大火在車外躍動，照亮了帆布車篷上的一個個破洞和長長的裂隙。

里奇威咳起來。自從在田納西發生意外之後，他的狀況就越來越不好，頭髮全變得灰白，儀容不整，兩頰凹陷。連講話的口氣也不一樣了，不再那麼頤指氣使。上次被珂拉踢斷了的那一口牙，已經裝上假牙。「他們把鮑斯曼埋在瘟疫墳場裡。」他說，「他肯定會嚇破膽，但也不可能說什麼了。剛才躺在地板上流血的那個渾蛋傢伙，就是他伏擊我們的，對吧？我認得他的眼鏡。」

她為什麼要讓羅伊德等這麼久？她以為他們還有足夠的時間。結果卻像被史蒂文斯醫師的手術刀從根斬斷一樣。她竟然讓農場牽著鼻子走，相信她所生活的這個世界不同於開天闢地以來皆然的那個世界。他一定知道她愛他，雖然她從沒對他說。他非知道不可。

夜鳥淒厲慘叫。過了一會兒，里奇威要她仔細找路。霍姆放慢馬車速度，她錯過兩次，一直走到岔路，才發現他們過頭了。里奇威打她耳光，叫她盯緊點。「在田納西的事情過後，我好不容易才重新站起來，」他說，「你和你的朋友把我害慘了。但是事情過去了。你就要回家了，珂拉。終於。但我要先看看那條著名的地下鐵道。」他又打她耳光。再繞回來一次，她終於找到掩住小徑入口的五葉楊木。

霍姆點亮油燈，他們一起踏進這幢淒涼的老屋。他已經換掉身上的衣服，穿戴原本的那套黑西裝與禮帽。「在地窖下面。」珂拉說。里奇威有點不放心。他拉開門，往後跳開，彷彿有群黑人歹徒正在陷阱裡等待他。獵奴者交給她一根蠟燭，要她走在前面。

「大部分人都以為這只是一種比喻，」他說，「地下鐵道。但我向來都認為這鐵道是真的存在，是躲在我們下方的秘密。今晚之後，我們就會揭開秘密。每一條路線，每一個人，都會公諸於世。」

住在地窖裡的不管是哪一種動物，今晚都悄然無聲。霍姆查看地窖牆角，帶著一把鏟子回來，交給珂拉。

她伸出戴著鎖鍊的手。里奇威點點頭，「不給她解開，我們就得在這裡耗掉一整個晚上。」霍姆解開她的鐐銬。這白人欣喜若狂，以前的權威感又慢慢在他的嗓音裡浮現。在北卡羅萊納，馬丁以為自己繼承了父親藏在雲母石礦裡的寶藏，結果找到的卻是隧道。而對這個獵奴者來說，這隧道抵得上全世界所有的黃金。

「你的主人死了，」珂拉挖地的時候，里奇威說，「聽到這個消息，我並不意外。他那人太墮落了。我不知道蘭道爾的新主人會不會為你付賞金，但我不在乎。」他對自己說出的話也很意外，「抓你並不容易，我早該知道。你徹頭徹尾都是你媽的女兒。」

鏟子碰到掀門。她清出一塊方形來。珂拉早就不再聽他講話了，也不理會霍姆那神經兮兮的竊笑。上一回交手的時候，或許是她、羅伊德和阿紅傷害了獵奴者，但最開始打擊了他的是梅珀。如果不是因為梅珀，獵奴者就不會這樣一心一意非逮到珂拉不可。他要逮住這逃走的女孩，不計一切代價。珂拉不知道這樣是讓她更以那女人為榮，還是更恨那女人。

這次是霍姆動手拉開掀門。霉味立時湧了出來。

「就是這裡？」里奇威問。

「是的，先生。」霍姆說。

里奇威用他的手槍對著珂拉揮了揮。

他不是親眼見到地下鐵道的第一個白人，但卻是第一個敵人。經歷過這麼多事之後，背叛了這一路幫助她逃亡的人，她非常羞愧，站在樓梯頂端，遲遲不動。在蘭道爾農園，在瓦倫汀農場，珂拉從不肯和眾人共舞。她向來躲開旋轉的軀體，怕其他人挨得太近，太不受控制。多年以前，男人就已經在她心裡種下了恐懼。就在今天晚上，她告訴自己。今天晚上我要緊緊摟住他，就像跳慢舞那樣。彷彿只有他們兩人在這遺世獨立的世界上，緊摟彼此，直到舞曲終了。她等到獵奴者踏上第三個台階。這時，她猛然轉身，雙臂像鐵鍊般勒住他。蠟燭掉了。她整個人的重量都壓在他身上，他想要保持平衡，想在牆上找到可以扶穩身體的地方，但她把他摟得如此之近，兩人宛如愛人，滾下台階，掉進黑暗裡。

他們一路往下滾，一路奮力扭打纏鬥。在碰撞之間，珂拉的頭撞上石頭。她有條腿劃破了，手臂扭曲著壓在她自己的身體下面。里奇威狠狠摔在地上。聽見老闆跌落的聲音，霍姆高聲喊叫，慢慢往下走，油燈的光影影綽綽讓車站從黑暗裡現了形。珂拉放開里奇威，爬向手搖車，左腿疼痛不堪。獵奴者沒發出任何聲音。她尋找可用的武器，但什麼也沒找著。

霍姆蹲在老闆身邊，手掩住里奇威後腦勺冒血的傷口。這人大腿的一根大骨頭戳破長褲凸出來，另一條腿彎成奇怪的形狀。霍姆把臉湊近，里奇威呻吟著。

「是你嗎，我的孩子？」

「是的，先生。」

「很好，」里奇威坐起來，發出痛苦的慘叫。他張望著車站，但陰暗裡什麼也看不清楚。他的目光溜過珂拉身上，但沒有一點興趣。「我們在哪裡？」

「我們在抓逃奴。」霍姆說。

「黑鬼怎麼也抓不完。你筆記本帶在身上嗎？」

「是的，先生。」

「我有個想法。」

霍姆從袋子裡掏出筆記本，翻開新的一頁。

「天命是……不，不對。不是這樣。美國的天命很偉大……是燈塔……輝煌的燈塔。」他咳了幾聲，渾身抽搐。「因需要與美德而生，在鐵鎚……與鐵砧……之間……你還在記嗎，霍姆？」

「是的，先生。」

「我們再重新開始……」

珂拉身體往前壓在手搖車的泵桿上，但無論她使了多少力，桿子一動也不動。在她腳下的木板平台上有個小小的金屬扣，她打開來，泵桿就開始咿咿呀呀響了。她再次壓壓桿子，手搖車慢慢前進。珂拉回頭看里奇威和霍姆。獵奴者輕聲講話，男孩把他的話一一記下。她拚命壓著桿子，離燈光越來越遠，進入隧道，不知道是誰所建，也不知道通往何方的隧道。

她找到節奏，雙臂規律往下壓，讓自己慢慢前進。朝北方而去。她是在通過隧道，還是在挖通隧道？每一次她壓下雙臂，都宛如揮起鶴嘴鋤劈向岩塊，掄起大鎚，敲下鐵道釘。她從沒逼羅伊德告訴她蓋這地下鐵道的人是誰。那些人挖開上百萬噸的石塊泥土，在地下艱辛工作，就為了接運像她這樣的黑奴。還有那些並肩作戰的人，把逃奴迎進家裡，餵飽他們，帶他們逃向北方，把他們當成自己的責任，為他們而犧牲性命。車站站長、駕駛和同情奴隸的人。而完成這偉大工程之後，你又成為什麼人了呢？為了建造地下鐵道，你也必定親自走過這趟旅程，到了鐵道的另一端。在這一端，你是還沒進入地下之前的你；而在另一端，走出隧道，迎向陽光的，又是另一個新的你。比之於地下的奇蹟，地面上的世界必定平凡無奇。那地下的奇蹟，是你以血汗所造就的。是你會永遠埋藏在心裡的秘密勝利。

她前進了好幾哩，把她那虛妄的庇護所、無盡的鎖鍊，以及瓦倫汀農場的屠殺拋在背後。隧道裡只有黑暗，而出口，在前方的某處。又或者，這只是一條死巷，如果命中註定如此，那麼迎接她的就將只是一道空白無情的牆。這將是最後一個苦澀的玩笑。她終於筋疲力盡，在手搖車上睡著了。她睡在黑暗裡，宛如棲息在夜空的最深處。

醒來時，她決定靠雙腳走完其餘的路，因為她的兩條手臂已經麻痺了。她一瘸一瘸地往前走，不時絆到枕木。珂拉手扶著隧道牆壁，摸到一道道凸起的稜脊，一個個凹下的缺口。她的手指撫過山谷、溪流、山峰，一個新國家的輪廓藏在舊有的世界裡。你們偷偷往外瞄，就可以看到美國真正的面貌。她看不見，但感覺得到，透過她的心，感覺到了。她怕自己睡著的時候調轉了方向，她是越往隧道深處走，還是走回來時路呢？她任由奴隸的本能引導她——她可以到任何地方，只要不是原本逃離的地方，到哪裡都可以。她已經走了這麼遠，若非抵達終點，就是死在鐵軌上。

她又睡了兩次，夢見和羅伊德在她的小屋裡。她對他說起以往的生活，他抱著她，然後把她轉過來，兩人面對面。他拉起她的衣服從頭上脫掉，然後脫掉自己的襯衫長褲。珂拉吻他，雙手摸索著他的身體。他撥開她的雙腿，她已經濕了，他輕輕滑進她體內，一次又一次喊著她的名字，沒有人像他這樣叫過她的名字，以前沒有，以後也不會有，這般甜蜜，這般溫柔。她每次醒來，面對的都只是空蕩蕩的隧道，但為他哭上一場之後，就站起來繼續往前走。

隧道口一開始只是黑暗裡的一個小針孔。她闊步向前，針孔變成一個圓圈，接著是一個洞口，藏在灌木與藤蔓裡的洞口。她撥開蔓生的草木，走到隧道外。

天很暖。還是稀微的冬日光線，但是比印第安納暖和，太陽差不多就在她的正上方。洞口開向長滿松樹與杉樹的森林。她不知道密西根、伊利諾或加拿大是什麼模樣。說不定她並不在美國，早就已經穿越國境了。她碰到一條溪，跪下來喝水。冰涼清澄的水。她洗掉手臂和臉上的煤灰塵土。「從山裡來的，」她說，這是從一本舊曆書裡看到的一篇文章。「雪融水。」饑餓讓她覺得頭暈。太陽讓她知道哪邊是北方。

走到一條小徑時，天色已開始轉暗。這條小徑只是車轍壓出來的路，並不起眼，但終究是一條路。在石頭上坐了一會兒，她聽見馬車的聲音。總共有三輛，看來是要長途旅行，載滿裝備，儲備的物資綁在車子兩側。他們往西行。

駕第一輛車的是高個子的白人，戴頂草帽，鬍子灰白，面無表情，活像一堵石牆。他的妻子和他一起坐在駕駛座上，粉紅的臉和脖子從花格毛毯裡露出來。他們無動於衷地打量她，繼續前行。珂拉也像沒看見他們似的。駕第二輛車的是個年輕人，一頭紅髮，看起來像愛爾蘭人。他的藍眼睛望著她，停下車來。

「不注意你都難。」他說，音調很高，像鳥兒鳴叫。「你需要什麼嗎？」

珂拉搖搖頭。

「我是說，你需要什麼東西嗎？」

珂拉再次搖頭，在寒風中搓著手臂。

第三輛馬車的駕駛是個黑人老頭。他矮矮胖胖，頭髮灰白，身上厚重的牧場工人外套，已經磨損得很厲害了。他眼神和藹，她想。雖然想不起來在哪兒見過，但很面善。菸斗的煙帶著馬鈴薯的味道，珂拉的肚子咕嚕咕嚕叫。

「你餓了？」這人問。從口音聽來，他是南方來的。

「我很餓。」珂拉說。

「上車，給自己拿點吃的。」他說。

珂拉爬上駕駛座，他打開籃子。她撕下麵包，狼吞虎嚥下肚。

「還有很多，」他說。他脖子上有馬蹄形的烙印，珂拉看著的時候，他豎起衣領遮掩。「我們趕上他們吧？」

「好啊。」她說。

他對馬吆喝一聲，就沿著車轍小徑往前去。

「你要去哪裡？」珂拉說。

「聖路易。從那裡再到加州去。我們，我們有幾個人要在密蘇里會合。」看她沒有反應，他說：「你是南方來的？」

「我本來在喬治亞，後來逃跑。」她說她名叫珂拉。她在腿上抖開毯子，把自己整個裹起來。

「我叫歐利。」他說。另兩輛馬車在前方轉彎處。

毯子硬邦邦的，刺得她下巴好癢，但她一點都不在乎。她很想知道他是從哪裡逃出來的，過程有多悲慘。還有，他究竟逃了多遠，才擺脫那一切。

地下鐵道 / 科爾森.懷特黑德作；李靜宜譯. -- 初版. -- 臺北市：春天出版國際, 2019.07
面； 公分. -- (春天文學 ; 17)
譯自：The underground railroad
ISBN 978-957-741-214-0(平裝)

874.57 108009426

春天文學 17

地下鐵道 The Underground Railroad

作者 科爾森・懷特黑德
譯者 李靜宜
總編輯 莊宜勳
主編 孟繁珍
出版者 春天出版國際文化有限公司
地址 台北市信義路四段458號3樓
電話 02-7718-0898
傳眞 02-7718-2388
E－mail frank.spring@msa.hinet.net
網址 http://www.bookspring.com.tw
部落格 http://blog.pixnet.net/bookspring
郵政帳號 19705538
戶名 春天出版國際文化有限公司
法律顧問 蕭顯忠律師事務所
出版日期 二〇一九年七月初版
定價 350元

總經銷 楨德圖書事業有限公司
地址 新北市新店區寶興路45巷6弄6號5樓
電話 02-8919-3186
傳眞 02-8914-5524
香港總代理 一代匯集
地址 九龍旺角塘尾道64號 龍駒企業大廈10 B&D室
電話 852-2783-8102
傳眞 852-2396-0050

ISBN 978-957-741-214-0 Printed in Taiwan